해남 땅끝에 가고 싶다

해남
땅끝에
가고 싶다

일상이상

땅끝에서 부는 바람

　　　　　　　한반도의 땅끝에 위치한 해남은 어
머니 품처럼 포근한 바다와 섬, 두륜산 등 뛰어난 자연경관은 물론이
고, 대흥사, 미황사는 천년고도를 뿜어내는 문화유산으로 사람들의
발길을 재촉한다. 유홍준은 『나의 문화유산 답사기』의 1권에서 남도
지방을 소개했는데, 그중에서도 해남을 가장 먼저 소개했다. 해남을
대한민국 문화유산답사의 출발점으로 보았기 때문이다.

　해남은 우리나라 최남단의 땅끝이다. 우리나라 땅의 시작점이자
마침표를 찍는 황톳길에는 우리 역사와 문화가 살아 숨 쉬고 있다.
땅끝의 풍경은 그래서 성찰과 사색을 여는 문이다. 북위 34도 17분

32초에 위치한 한반도 최남단의 땅끝은 서울과는 천 리 길이다. 최북단인 함경북도 온성군과는 삼천 리 거리다. 땅끝은 삼천 리 금수강산의 시작점으로 희망을 상징하는 곳이다. 땅끝 바닷가에 돌을 던지고 땅끝 전망대를 바라보며 소원을 빌면 모두 이뤄진다는 이야기도 있다.

해남군은 전국에서 손에 꼽힐 정도로 광활한 면적을 보유하고 있고, 경지는 전국 최고 면적이다. 전국 농가호당 경지면적은 1.58헥타르인데, 해남군은 농가호당 3.5헥타르를 경작한다. 경지면적만 여의도의 115배에 이른다. 그러다 보니 넓은 평야와 임야, 400여 킬로미터의 해안선, 갯벌 등 다양한 자원을 가지고 있다. 다양한 자연 자원뿐만 아니라 국보, 보물 등 국가문화재 37점을 비롯하여 도지정 42개, 향토문화재와 전통사찰 등 지정문화유산 129개를 보유하고 있다. 최근에는 마한 고분의 학술적인 발견이 가시화되고 있다. 해남군은 이러한 자원들을 중심으로 형성된 땅끝, 두륜산, 우수영, 화원 등 4개 권역으로 나누어, 우수한 관광 경쟁력을 특화하고 있다.

사람들의 발걸음을 재촉했다가도 길을 잃은 사람들의 퇴로를 열어주는 해남 곳곳에는, 우리의 정신문화가 숨어 있다. 우리 역사를 빛낸 인물들의 고장이 바로 해남이다. 우수영은 이순신 장군이 선조 임금에게 "신에게는 아직 12척의 배가 있습니다"라는 장계를 올린 후 장흥 회령포에서 수선한 배 한 척을 더해 13척으로 133척의 왜선을 무찌른 기적의 장소다. 세계 해전의 역사에 길이 남은 명량대첩을 기념하는 명량대첩 해전전시관과 명량대첩 공원이 오래전에 조성되었다. 대흥사는 유네스코 세계문화유산으로 등재된 지 오래되었다. 대흥사는 한국의 산지 승원으로 천년고찰이다. 대흥사 일지암에 기거하면서 우리의 차를 새롭게 정립한 초의 스님과 임진왜란 때 승병을 일으킨 서산대사를 모신 표충사인 대흥사는 차와 충을 상징하는 우리나라의 대표적인 사찰이다. 지역마다 문화와 역사들로 사연이 있지만 사연으로 끝나지 않은 해남에는 맛과 멋이 담긴 이야기가 있고, 사람 냄새 나는 정거운 사람들이 있으니, 여행은 365일로도 부족하다.

해남의 지리적인 환경과 문화적인 환경이 광대하지만 아쉽게도 해남을 찾는 관광객이 기대만큼 많지 않다. 문화도시 해남의 면모를 널리 알리기 위해 이 책을 펴내게 되었다. 해남은 다양한 섬과 갯벌, 맑고 깨끗한 바다, 힐링하는 자연 친화형 관광과 해양, 생태, 문화, 음식 등 해남만의 특화자원이 넉넉한 곳이다. 남도 예술의 멋과 청정 자연이 제공하는 음식의 맛을 느낄 수 있는 해남은, 쉬었다 가는 데 그치지 않고 머물다 갈 수 있는 곳이다. 루카치는 『소설의 이론』에서 "길은 끝났지만 여행은 다시 시작된다"고 했다. 땅끝 해남은 길이 끝나는 곳이 아니라 새로운 여행을 시작할 수 있는 곳이다.

한국의 둘레길은 총 4,544킬로미터에 이른다. 남해의 남파랑길, 서해의 서해랑길, 동해의 해파랑길, 비무장지대의 평화누리길로 이뤄져 있다. 그중 남파랑길은 부산 오륙도부터 해남 땅끝 전망대까지 총

1,470킬로미터다. 남파랑길은 탄소가 없는 청정 관광지 재생사업으로 탄소 중립화를 선도하기 위해 친환경 힐링, 교육, 체험 관광지로 사람들의 시선을 모은다.

코로나를 맞은 어려운 시기에도 해남을 찾는 관광객이 꾸준히 늘었다. 천혜의 청정 자연 환경에 대한 관심이 높아지면서 쾌적한 공간을 찾는 사람들이 오히려 더 늘어났다. 우리 해남의 땅끝은 치유와 힐링의 인생순례지로, 두륜산은 자연친화적 가족 단위 체험 힐링 관광으로, 우수영은 역사문화와 야간경관의 명소로, 화원반도는 장기체류형 관광지로 으뜸가는 곳이다. 그래서 매년 한 번쯤은 가고 싶은 곳이 해남이다. 예전에도 한반도의 최남단이자 대한민국 국토순례의 출발점인 땅끝은 희망의 시작점으로 사람들의 시선을 받았고, 코로나로 지친 우리에게 정신적 치유와 힐링을 제공하므로 인생순례지로 주목받고 있는 것이다.

땅끝은 사람, 자연, 문화를 이어주는 우리나라 둘레길의 시작점으로, 인생에 한 번은 가봐야 할 인생순례다. 세계의 땅끝을 테마로 한 공원과 조형물 등을 설치한 땅끝 관광지를 방문하면, 세계 곳곳의 땅끝을 관람하는 색다른 체험을 할 수도 있다.

우리나라에서 최고로 아름다운 사찰 미황사와 도솔암, 자연 그대로 잘 닦아 놓은 달마고도, 국내 유명 조각가들이 참여하여 만든 조각공원, 소나무 숲이 아름다운 송호해수욕장을 비롯하여 주변에 조성된 작가들의 개인 전시공간과 인문학하우스를 찾는 이들이 줄을 잇고 있다.

두륜산에 위치한 대흥사는 우리나라 불교의 시조라 할 수 있는 서산대사의 유물을 비롯하여 국가문화재가 즐비한 문화관광의 보고다. 원교 이광사, 추사 김정희, 초의선사 등의 숨결이 깃들어 있다. 십여 리에 달하는 장춘 십리길은 우거진 숲길이 아름답다. 도목으로 지정된 천년수를 비롯하여, 차 문화의 성지인 일지암과 북암 등 암자는 한국을 대표하는 문화유산이다.

두륜산 케이블카에 탑승하면 다도해와 한라산의 절경을 볼 수가 있고, 충무공 이순신 장군의 승전을 읽을 수 있는 곳으로 사람들의 발걸음이 늘고 있다. 이 밖에도 해남군은 카트레이싱, 사계절썰매장, 정원 등을 조성해 두륜산 생태 힐링파크를 만들고 있다. 또한 천년고찰 대흥사를 비롯하여 마한문화권 고분들이 보존되어 있고, 금남 최부 선생으로부터 시작되는 해남 학맥의 문학벨트로 볼거리가 마련되었다.

화원반도에는 한국인이 가고 싶은 섬으로 지정된 임하도를 비롯하여 일제강점기 노동의 역사가 고스란히 남은 옥매광산과 옥돌공예촌 그리고 국가에 위기가 있을 때마다 땀을 흘렸다는 명량대첩비와 충무사, 강강술래와 부녀농요 등의 역사문화유산이 있다. 이 지역에는 오시아노관광단지가 들어섰는데, 리조트호텔이 총 120개의 객실과 풀장, 야외테라스 등 4성급 호텔로 공사가 진행 중이다. 주말이면 오시아노 캠핑장에는 캠핑족들로 가득하다. 국도 77호선이 해남 화원까지 연결되면 해남과 신안, 목포 등지와 이어져 진도, 완도를 찾는 관광객들의 새로운 관문이 될 것이다. 최근 많은 사람들이 줄을 잇는 곳은 해남 화원면 매월리 일원 목포구등대다. 등대아트갤러리, 수변데크, 헬스로드 길은 연인들의 데이트 코스와 산책으로 최적지다.

특히 화원과 가까운 산이면에 위치한 솔라시도는 해남관광레저형 기업도시로 산이면 구성지구 632만 평 부지에 3만 6천여 명을 수용하는 스마트 도시가 조성 중이고, 유럽마을 테마파크를 유치해 1,800세대 주거단지가 조성 중이다. 또 15만 평 부지에 들어설 산이정원은 이 기승 보성그룹 회장과 이병철 박사의 정신문화를 가미한 어린이를 위한 친환경자연놀이 문화공간이다. 이 생태정원이 들어서면 희망의 공원이 될 것이다. 현재 골프장 18홀과 100메가와트 태양광 발전사업이 완공되었고, 임진왜란 때 우리를 도왔던 명나라 진린 장군의 사당인 황조별묘가 있어 중국인들의 발길도 늘고 있다. 해남군은 장군의 고향인 중국 옹원현과 자매결연을 맺었는데, 앞으로 중국 관광객이 늘 것으로 기대된다. 아울러 솔라시도에는 해남의 탄소중립 클러스터 등 태양광 에너지 산업벨트가 조성될 계획인데, 새 정부의 친환경정책에 힘입어 해남은 앞으로 기업도시로도 활성화될 것으로 보인다.

해남에는 해수산물 등 먹거리도 풍부하다. 해남미남축제는 3년 연속 대한민국 축제콘텐츠 대상을 수상하였고 전라도의 대표축제로 선정됐으며, 해남 8미인 보리밥, 산채정식, 떡갈비, 닭 코스요리, 삼치회, 생고기, 한정식, 황칠오리백숙은 맛의 진미로 사랑받아 사람들의 발길이 끊이지 않고 있다. 또한 해남에서 살아보고 체험하는 생활관광 해남형 관광으로 '땅끝마실'을 운영하고 있다. 지역의 특산물을 활용하여 딸기나 바나나를 수확하는 농촌체험, 조개잡이와 낚시를 하는 어촌체험, 서각이나 다도를 경험하는 생활체험, 고사리나 취나물을 수확하는 산촌체험, 도토리묵, 김치 담그기, 연잎 약밥 등 다양한 음식 체험까지 해남군민이 되어 짧게는 1박 2일, 길게는 6박 7일까지 운영하고 있다. 이 프로그램을 통해 해남의 음식들을 접할 수 있다. 특히, 미남축제장에서는 지역의 특산물을 활용한 축제음식 컨설팅과 함께, 앞서 소개한 해남의 대표 음식인 8미를 맛볼 수 있다. 이렇게 해남에는 볼거리, 먹을거리, 놀거리가 충만하다. 먹을거리로 해남산 고구마를 이용한 피낭시에 베이커리와 더라이스의 고구마 빵은 해남의 관광특산물로 자리매김했다. 또한, 해남만의 독특한 해남쑥떡, 보리개떡, 고구마피자, 김치 등 청정 농수산 자원을 이용한 해남의 식단은 남도의 푸짐함까지 함께하여 훈훈한 인심까지 더한다.

이제 해남 가는 길은 서해안고속도로와 무안국제공항, 고속철도와 연계되었고, 광주에서 영암과 해남을 거쳐 진도까지 98킬로미터에 이르는 4차선 도로가 개설되어, 과거보다 가까워졌다. 해남군은 목포구등대-양화 간, 화원 후산-장수 간 해안도로를 건설할 계획인데, 화원 매월리를 시작으로 목포구등대-장수리-오시아노관광단지 해안도로 23킬로미터 구간을 잇는 도로가 구축된다.

부산이 부산국제영화제로, 제주도가 올레길로, 부천이 부천판타스

틱영화제로, 지역향토 문화산업의 특성을 살려 성공한 점을 고려하면, 해남은 천혜의 자연과 바다가 있음에도 다른 지역보다 발전되지 못한 것이 못내 아쉬웠다. 아름다운 자연과 정신문화가 충만한 해남을 널리 알리는 데 이 책이 여행문화의 길잡이로 많은 사람들에게 도움이 되었으면 좋겠다.

이 책은 해남군 덕분에 출간하게 되었다. 명현관 군수와 강상구 아동문학가 전 해남부군수, 곽준길 부군수를 비롯한 해남을 사랑하고 아끼는 공직자들의 애향심이 없었다면 이 책의 출간은 불가능한 일이었다. 현재 해남군은 국립 농식품 기후변화대응센터, 탄소중립 에듀센터, 솔라시도 기업도시의 유럽마을 테마파크 등을 조성 중이다. 또 최근에는 해남군 신청사를 개청했는데, 해남의 무궁무진한 자원과 자산이 함께 어우러져 더욱 발전하리라 기대한다.

해남의 문화예술인들도 인문주의를 되살리고 사람과 사람을 이어주는 아름다운 정신문화를 실천하기 위해 작지만 더욱 큰마음을 열고 있다. 산과 들, 물과 바람은 그 어느 지역에서나 누릴 수 있지만 해남 땅끝에서 부는 바람에는 사람 냄새로 가득하다. 그것은 인문주의를 사랑하는 정 깊은 사람들이 있기 때문이다.

그럼에도 불구하고 이 책을 기획한 필자로서는 적지 않은 부담감이 따랐다. 고향으로 귀촌하기 위해 집터를 찾고자 1년간 발품을 파는 동안 해남만의 역사와 장대한 지리적 토양에 감탄하고 말았다. 이를 계기로 해남의 아름다움을 소개하고자, 대한민국 대표 문화예술인 30 여 명에게 원고를 청탁했다. 이들이 해남에서 보고 느낀 이야기들은 해남을 찾고 싶은 사람들에게 소중한 길잡이가 되어줄 것임을 의심치 않는다.

이 책은 해남에서 활동하는 문화예술인들보다는 해남 밖에서 활동 하는 문화예술인들의 시선으로 해남을 소개하고자 기획되었다. 자 기가 사는 고장을 이야기하는 것도 좋은 일이겠지만 다른 지역에 사 는 대한민국 대표 문화예술인들이 해남을 이야기하는 것이, 보다 좋 을 거라고 생각해서다. 이러한 기획의도로 출간하게 되었지만, 임하 도와 행촌미술관, 테라코타미술관, 땅끝해양자연사박물관, 두근두근 대섬, 우수영문화마을, 해월루, 화원요, 고천암생태공원, 해바라기농 장, 땅끝매화축제, 연호리보리축제, 땅끝 해넘이 해맞이 축제, 서산대 제, 공재 문화재, 흑석산자연휴양림, 치유의 숲, 어촌체험, 해남 8미, 해남의 시골장터, 장춘숲길, 수류미등대길은 아포리즘으로 소개는 했 지만, 마한 역사문화의 역사적 가치가 있는 백포만 일원 송지면 군곡 리 패총, 삼산천 일원의 원진리 옹관고분군, 옥천 만의총고분군, 북일 면 일원의 북일고분군 등 지석묘, 고분, 패총 등 마한 신미제국의 대장 군인 신미국이 있었던 마한 시기 해양문화의 요충지이자 중심지로 해 남반도를 면밀하게 소개하지는 못했다. 지면의 한계와 학술적인 섬세 한 연구가 더 필요해 소개하지 못한 것이 큰 아쉬움으로 남는다. 그럼 에도 불구하고 이 책을 위해 소중한 옥고를 보내주신 작가들에게 깊은 감사를 드린다. 김병익 문학평론가를 비롯하여 임철우, 신경숙, 최수철 소설가, 황지우, 정끝별 시인, 곽재용 영화감독, '맘마미아', '햄릿' 등을 제작한 박명성 예술감독 등 옥고를 보내주신 우리 시대 문화예술인들에게 고개 숙여 감사의 마음을 전한다.

끝으로, 우리가 사는 세상과 다양한 삶의 모습을 반추해 보고, 지친 삶에 위안을 얻고자 하는 분들에게 그리고 여행을 통해 나눔과 배려를 실천하고자 하는 사람들에게 이 책을 추천한다. 이 책을 읽고 해남을 찾는 분들이 해남에서만 누릴 수 있는 따뜻한 위안과 평안한 안식을 얻기를 바란다. 더 나아가서 우리나라 남녀노소 누구나 해남의 아름다운 자연경관과 문화유산 그리고 해남 사람들의 정신문화를 가까이 만날 수 있기를 기대한다.

2022년 6월 15일

인송문학촌 토문재 仁松文學村 吐文齋

촌장 박병두 쓰다.

솔섬

나는 어란으로 가기 위하여 읍내 '나그네의 집'에서 하룻밤을 묵는다.

"집은 어디서 왔다요?"

성도 이름도 없는 여자가 묻는다.

"수상해? 북에서 내려왔어."

그녀가 나를 꼬집는다.

"너는 어디서 왔냐?"

여수에서 영등포로, 미아리에서 부산으로, 목포로, 완도로, 해남으로 왔다, 그녀는. 대흥사 여관동네에서 한 2년?, 있다 장터까지 왔다, 그녀는.

"너도 끝장까지 왔구나."

"아저씨는 눈이 내 애인 닮았소잉."

"뭐하는 놈인데?"

"중."

밤늦게까지 그는 그녀에게 막걸리 주전자를 따라주고 암자로 올라가곤 했다, 그 중은. 산 전체가 단풍으로 색色이 탱탱할 때, 그는 통도사通道寺로 가버렸다, 그 중은. 그녀는 광주 공용터미널까지 가서 배웅했다, 그녀는. 슬픈 가을 산으로 돌아왔다.

"내가 환속한 그 중놈이야, 내가."

쓰게 웃는다, 그녀가.

그녀는 내 품 안으로 파고든다.

못생기고 늙은 이 작은 여자를 나는 넓은 가슴에 묻는다.

"집은 어디 간다요?"

"어란."

"어란 어디?"

"솔섬."

"거기 누가 있소?"

"아냐, 아무도 살지 않아."

횃대로 올라가는 닭, 그녀는 이내 잠이 든다.

1983년 12월 24일, 나는 지상에서 한 여자를 재웠다. 첫 미사를 알리는 천주교 종소리에 깨어났을 때, 그녀는 없었다. 2만 원만 챙기고 내 호주머니에 3만 원을 넣어두고 간 그녀의 발자욱을 금세 눈이 지우고 있었다.

나는 어란으로 가기 위하여, '나그네의 집'을 나왔다.

인송문학촌 토문재 앞, 어란 앞바다 ⓒ김대원

황지우 _____ 1952년 전남 해남군 북일면에서 태어났다. 광주제일고, 서울대 미학과를 졸업하고, 서강대에서 석사학위를 받고, 홍익대에서 박사과정을 수료했다. 한신대 문예창작학과 교수, 한국예술종합학교 총장을 역임했다. 1980년 중앙일보 신춘문예에 '연혁'으로 입선했고, 김수영문학상, 백석문학상, 현대문학상, 소월시문학상, 대산문학상 등을 수상했다. 현재는 고향 해남 현산면 황산리에 집을 짓고 창작에 몰입하고 있으며, 고산문학축전과 인송문학촌 토문재 운영위원장을 맡고 있다. 시집으로『새들도 세상을 뜨는구나』등이 있다.

• 차례 •

제2부 해남 명소에 가고 싶다

제1부

해남
땅끝에
가고 싶다

해남형님

　　　　　　　　　　　내가 해남에 대해 처음 알게 된 것
은 대학교 입시에 한 번 낙방하고 재수를 하는 동안 서울 원서동의
한 집에서 하숙을 할 때였다. 나는 당시 대학에 다니고 있던 친형과
한방을 쓰고 있었다. 하숙집에는 본채에 여럿 딸린 방마다 하숙생들
이 있었는데, 그중 나보다 대여섯 살 많았던 한 청년이 바로 해남 출
신이었다. 그는 공수부대를 제대하고 몇 수를 하고 있는지 모르지만
나처럼 대학 공부를 하고 있었던 것이다.
　하숙생들 중 가장 나이가 많았던 그였기에 우리는 그를 해남형님이
라고 불렀다. 나는 그때 처음으로 해남이란 고장에 대해 알게 되었고

달마산 앞바다 ©해남군

땅끝이란 말도 그를 통해 처음 들었다.

그 해남청년은 곱슬머리에 코가 크고 약간 각이 진 턱을 가지고 있었으며, 하숙생들끼리 서로 어울릴 때면 언제나 공수부대 시절의 이야기를 했다. 그의 목소리는 비염이 있는 듯 약간 콧소리가 났었다. 그리고 가끔 나와 형이 서로 다툴 때에는 꼭 우리 방에 찾아와 우리 형제의 기분을 풀어주려고 애썼다. 그는 나의 형보다 나이가 위였기 때문에 나에게 화를 내던 나의 형도 그의 참으라는 말을 들으면 곧 화를 가라앉혀야만 했다.

나는 가끔 형과 사이가 나빠졌을 때 그의 방으로 피신을 하기도 해서 형의 기분이 풀릴 때까지 노닥거리다가 나오곤 했었다. 그때마다 그는 나를 반겼고 나는 또 그의 공수부대 시절 이야기를 들어야 했다.

나는 그때부터 그의 착한 마음씨와 해남을 동일시하며 떠올리게 되었다. 특히 그 하숙집에서 나를 분노로 끓게 했던 사건이 생겼을 때에도 그의 심성은 내게 큰 도움과 위안이 되었다. 나를 분노케 했던 사건은 이러했다.

우리가 살던 하숙집에는 잡종이지만 귀여운 강아지 한 마리를 키우고 있었다. 나를 포함한 하숙생들은 모두 그 개를 예뻐해서 어디에 나갔다 올 때에는 강아지의 간식을 사가지고 오거나 하숙집에서 가끔 고기반찬이 나올 때에도 조금씩 남겨서 강아지에게 주곤 했었다.

지금 그 강아지의 이름은 잊었지만 몸집이 작고 털이 풍성한 데다 사람을 잘 따라서, 그 강아지가 꼬리를 흔드는 몸짓이나 사람을 반기는 표정은 기억에 선명하게 남아 있다.

그러던 어느 날이었다. 아침에 잠을 털어내며 세수를 하려고 수돗가에 나갔을 때, 나는 세숫대야 안에 잘려진 강아지의 목이 있는 것을 발견했던 것이다. 아마 몸은 탕을 끓이고 남은 머리는 흐르는 피를 받으려고 대야에 밤새 놓아둔 모양이었다. 그것도 우리가 매일 쓰던 세숫대야에……

그 광경을 보고 기겁을 한 나는 너무 화가 나서 앞뒤 가릴 것 없이 마구 소리를 지르며 하숙생들을 깨웠고, 하숙생들이 보는 앞에서 하숙집 주인 부부를 향해 마구 욕을 해댔다. 하숙집 안주인은 남편의 몸이 부실해서 먹이려고 개를 손수 잡았다는데, 지금도 그렇지만 당시에도

도통 이해를 할 수 없었다.

그때도 해남형님은 나를 끌고 방 안으로 데려가 흥분을 가라앉히도록 차분하게 많은 말을 해주었다. 쉽게 화를 가라앉히지 못하던 나는 내 등을 토닥여주는 그의 손에 점점 안정을 찾게 되었다.

이후 해남형님은 그 누구도 건드리기 싫었을 그 개의 목을 손수 상자에 담아 창덕궁의 서쪽 돌담 아래 묻어주었다. 나는 화가 나서 길길이 날뛰면서도 개의 머리를 수습하는 일은 할 수 없어서, 해남형님이 대야의 피를 쏟아내고 머리를 상자에 조심스럽게 넣는 뒷모습만을 바라봐야만 했다.

강아지 사건이 있은 후 나는 얼마 있다가 하숙집을 나오게 되었고 해남형님도 더 이상 볼 수 없었다.

이후 나에게 있어서 해남이란 이미지는 그 형님과 다름없었다. 그렇게 착하고 어떤 일이든 묵묵히 해내는 심성의 사람들이 모여 사는 곳, 그런 곳이 나의 상상 속의 해남이었다. 세월이 흘러 내가 해남을 직접 가보게 된 것은 나의 두 번째 영화인 '가을 여행'의 촬영지를 물색하러 로케이션 헌팅을 다닐 때였다. 해남이란 이정표를 볼 때 제일 먼저 떠올렸던 것도 해남형님의 펑퍼짐한 곱슬머리와 큰 코, 비음 섞인 목소리, 하얗고 각진 얼굴 등이었다. 웬만해서는 화를 낼 줄 모르는 그 형님 같은 땅의 끄트머리가 바로 해남이었다. 그 해남형님도 이제 인생의 황혼기에 접어들었을 텐데 지금은 어디에 있을까. 해남에 돌아와 살고 있을까, 아니면 다른 도시에서 해남의 모습을 보여주며 살고 있을까. 시간을 내서 해남에 가봐야겠다.

곽재용 _____ 1989년 '비 오는 날의 수채화'로 영화감독으로 데뷔했다. 2009년 제12회 상하이 국제영화제 합작 프로젝트 마켓 CO-FPC 최고상, 2005년 제39회 대종상 영화제 각색상, 2003년 홍콩 금장상 영화제 최고 아시아 영화상 등을 수상했다. 지은 책으로『주홍나비』등이 있다.

· 김경윤 ·

비자나무 숲에 푸른 비가 내리는 녹우당과 고산문학축전

해남은 유독 시인이 많은 곳이다. 조선시대에는 고산 윤선도, 석천 임억령, 미암 유희춘, 옥봉 백광훈, 공재 윤두서 등 수많은 시인과 예술가를 배출한 문향文鄕이었으며, 현대에 들어와서는 이동주, 박성룡, 김남주, 고정희, 윤금초, 김준태, 황지우 등 이루 헤아릴 수 없을 정도로 많은 시인들을 배출한 곳이니 가히 '시인 공화국'으로 불릴 만하다. 10여 년 전 귀향하여 글농사를 짓고 있는 윤재걸 시인은 그의 시 『유배공화국, 해남유토피아』에서 "귀양다리 피와 살이 얽힌/해남들녘에 우뚝한 시인 공화국!"이라고 노래한 바 있다. 그렇다! 해남은 '시인 공화국'이다.

일찍이 박두진 시인은 「시인 공화국」이라는 시에서 "공화국의 시민들은 시인이다./시인들의 마음은 시인들이 안다"라고 했다. "가난하나 다정하고/외로우나 자랑에 찬/시인들이 모인 나라"에서 나도 이 시인 공화국의 시민이다.

"고인도 날 못 보고 나도 고인古人을 못 뵈어, 고인을 못 뵈어도 가던 길 앞에 있네. 가던 길 앞에 있거든 아니 가고 어찌할까"라고 퇴계 이황이 「도산십이곡」에서 읊었듯이, 나도 시인 공화국의 시민으로서 20여 년 동안 옛 시인 고인古人의 발자취를 따라가면서 그의 마음과 시대를 헤아려보고자 했다.

우리가 문화답사를 하는 까닭도 어쩌면 그 고인이 '가던 길'을 따라가는 여정이 아닐까. "나 자신이 옛사람이 되어 그 마음을 헤아려보기도 하고, 옛사람이 내 귀에 속내를 속삭여주는 경이로운 체험"을 맛보는 것이 답사의 여정이 될 것이다.

나는 그런 마음으로 고산孤山이 살았던 시대적 갈등과 고민을 생각하며 20여 년 동안 그의 길을 따라 걸을 수 있었다.

고산을 생각하면 '연꽃'이 떠오른다. 우연인지 필연인지 고산과 연꽃은 인연이 매우 깊다. 그의 출생지는 연화방蓮花坊, 현재 종로구 연지동蓮池洞이고, '어부사시사'의 산실인 보길도 부용동芙蓉洞의 용蓉 자는 연꽃의 다른 이름이며, 녹우당이 있는 마을의 이름도 연동蓮洞이다. 연동마을의 옛 이름은 '하얀 연꽃이 피어 있는 마을'이라 하여 백련동白

蓮洞 으로 불렸다. 고산이 머무는 곳마다 연꽃이라는 이름이 따라다닌 셈이다. 연꽃은 진흙탕 속에서 청아한 아름다움을 드러내는 꽃이다. 마치 고산의 생애를 연상케 한다. 연꽃이 뿌리내리고 있는 진흙탕이 그가 평생 동안 당쟁에 부대꼈던 정치 현실이라면, 연꽃의 청신함은 그의 시에 담긴 자연미를 상징한다고 볼 수 있다.

고산유적지를 찾아온 답사객들은 대개 유물전시관이나 녹우당 고택으로 서둘러 발길을 향하기 일쑤인데 가능하면 주차장 앞 연지 蓮池 를 먼저 둘러보아야 한다.

고산 윤선도 유물전시관에서는 해남 백련동에 터를 잡고 500여 년 이상 살아온 해남 윤씨 가문의 역사와 유물을 둘러볼 수 있다. 잠시 타임머신을 타고 역사의 터널로 들어가듯 문화해설사의 안내에 따라 지하 전시관으로 들어가면 조선 최고의 시인으로 추앙받고 있는 고산 孤山 윤선도 尹善道 의 유품들과 국보 제240호인 '자화상'의 주인공으로 조선 회화사상 사실주의 화풍을 개척한 화가로 높이 평가받고 있는 공재 恭齋 윤두서 尹斗緖, 1668~1715 의 작품들을 만날 수 있으며, 고산과 공재가 살았던 조선시대 사대부가의 삶과 생활의 체취를 느낄 수 있다.

해남 시인 공화국의 족장이라고 할 수 있는 고산이 최초로 한시를 지은 것은 14세 무렵이었지만, 고산을 고산이게 한 것은 역시 시조였다. 당시 사대부들에게 시조는 단지 '시여 詩餘', 즉 한시를 짓다가 남

고산유적지 연꽃 ⓒ해남군

은 여흥에 불과했다. 그러나 고산은 사대부들이 한문학의 틀에 갇혀 있을 때, 자연을 소재로 우리말의 아름다움을 살려낸 시조를 일구어 냈다. 시란 모름지기 세계와의 불화 속에서 그 서정적 빛을 발한다고 하던가. 그의 나이 30세 때 당시 정권의 실세였던 이이첨의 전횡을 신랄하게 비난하고, 왕에 대한 질책도 불사할 정도로 대담한 상소문을 올렸다가 함경도 경원으로 유배된 고산은 유배지에서 그의 처녀작이라고 할 수 있는 연시조「견회요」를 쓰게 된다. 그 후 고산은 사대부적 언어의 무거운 의장을 벗어던지고 평이한 우리말을 물 흐르듯 유연하게 구사하면서 감칠맛 나는 울림을 끌어냈고, '우리말의 연금술사'로서 그의 미적 능력을 유감없이 발휘하였다.

특히 '내 벗이 몇이냐 하니'로 시작되는「오우가」는 마치 오래된 친구를 소개하듯 화자의 목소리가 몹시 부드럽고 친근하다. 이처럼 자연물들이 추상적인 도道의 현현이 아니라 '벗'으로 환유되었다는 것은 실로 '감수성의 혁명'이라고 할 수 있을 만큼 획기적인 발상인 것이다. 또한 변화무쌍한 사계절의 역동적 이미지와 강호자연을 향해 던지는 '은유의 그물망'에 싱싱한 언어들이 파닥거리는「어부사시사」는 가히 우리 시조문학의 절정이라고 할 만하다.

고산은 우리 문학사에서 시조문학의 최고봉으로 평가되고 있지만, 그는 강직하고 올곧은 정치인이기도 했다. 고아하고 서정적인 시인의 삶 이면에는 혈기방장하고 꼬장꼬장한 정치 논객으로서의 삶이 있었다. 그로 인해 일생 동안 세 차례에 걸쳐 16년이나 유배생활을 해야 했고, 관직에 오르지 않았을 때는 해남 금쇄동과 보길도 부용동을 오가며 은거생활을 했다.

고산유적지에 있는 녹우당을 고산의 생가로 아는 사람들도 있는데, 사실은 고산이 25세 때 해남 윤씨 가문의 장손으로 선대 묘소의 성묘

차 처음 해남을 방문하였다. 그때 쓴 122구의 기행시 「남귀기행 南歸記行」은 여행의 고단함, 처음 만나는 풍광의 아름다움, 청년 고산의 포부 등 고산의 섬세한 감수성을 잘 보여주고 있다.

윤선도의 삶의 자취가 남아 있는 해남 윤씨 종가의 사랑채 녹우당 綠雨堂 은 효종이 왕세자 시절 사부였던 고산을 흠모하여 수원 화성에 사랑채를 지어 하사한 것을 고산의 나이 82세 되던 해에 이곳으로 옮겨 놓았다. 녹우당 綠雨堂 이라는 당호는 공재 윤두서의 절친한 친구였던 옥동 이서가 녹우당 뒷산에 우거진 비자나무 숲이 바람에 흔들릴 때마다 나는 소리가 마치 푸른 비가 내리는 듯 들린다고 해서 붙인 이름이라고 한다.

나는 녹우당에 들를 때마다 대문 앞에서 종갓집의 후덕한 며느리 같은 은행나무 잎사귀들이 살갑게 손사래 치며 부르는 노래를 듣곤 한다.

수령 500년 넘은 이 은행나무는 고산 윤선도의 4대 조부 祖父 인 어초은 윤효정이 자제들의 과거 급제를 기념하기 위해 심었다고 한다. 고산문학축전이 열리는 가을이면 노랗게 물든 은행잎이 바람에 날리는 소리가 절창 絶唱 이다.

어느 해 봄이던가. 나는 이 녹우당 툇마루에 앉아 만년 晩年 의 쓸쓸했던 공재를 생각하며 이런 시를 쓰기도 했다. "향리에 낙향한 지 벌써 내 해째/독서와 서화로 마음 달래며 지냈다. 그림은 고독한 내 마

해남 땅끝에 가고 싶다

녹우당(綠雨堂)이라는 당호는 공재 윤두서의 절친한 친구였던 옥동 이서가 녹우당
뒷산에 우거진 비자나무 숲이 바람에 흔들릴 때마다 나는 소리가 마치
푸른 비가 내리는 듯 들린다고 해서 붙인 이름이라고 한다. ⓒ김대원

35
·
김경윤

음의 독백 같은 것/애당초 출세의 길에 뜻을 두지 않았던 터라/무슨 허명 虛名 엔들 마음 두었으리/오직 책과 그림만이 나의 말 없는 벗이 었다. " 졸시 「공재화첩 3-자화상」 중에서

나는 개인적으로 '고산문학축전'의 실무를 맡아보면서 고산의 진면목을 알게 되었다. 고산의 삶은 평생 '세상과의 끝없는 불화' 속에 있었다. 그러나 역설적으로 이 '불화'야말로 「산중신곡」과 「어부사시사」의 주옥같은 명편이 나올 수 있었던 '고산의 미학'의 원동력이 아니었을까? 그리고 이 에너지가 '해남 시인 공화국'의 DNA가 되었는지도 모른다.

세상과 불화하는 이의 견결성, 원칙을 향한 투지, 독창적이고 투명한 감수성으로 자신만의 강호미학을 꽃피운 조선 최고의 서정시인, 고산의 삶과 문학을 기리고 선양하는 해남의 대표적인 문학축제가 '고산문학축전'이다.

고산문학축전은 매년 10월 중순에 고산유적지에 있는 땅끝순례문학관 일원에서 열리는데 올해로 22회째를 맞고 있다. 해남군과 해남 윤씨귤정공파종친회와 ㈜크라운해태가 후원하고 고산문학축전운영위원회가 주관하는 이 축제는 고산문학대상과 신인상 시상식, 고산인 문학콘서트, 전국 고산청소년백일장, 고산시서화백일장, 고산시가낭송대회 등 다채로운 프로그램으로 열리는 전국적인 문학축제이다. 특히 이 축제의 꽃이라고 할 수 있는 '고산문학대상'은 시부문과 시조부

문에 각각 2천만 원의 상금이 수여되는 문학상인데, 그간의 수상자들의 면면을 볼 때 지자체가 후원하는 '문학상' 중에서는 가장 우수한 문학상이라고 자부할 만하다. 문학상의 공정성과 권위는 심사위원의 면면만 보아도 알 수 있다.

고산문학축전이 열리는 기간에 고산유적지를 탐방한다면 축제도 즐기고 해남의 가을 풍광을 한껏 만끽하는 여행이 되리라 믿는다. 또 여행에서 빼놓을 수 없는 즐거움 중 하나가 먹거리가 아니던가. 해남의 먹거리촌은 읍내에서 대흥사로 들어가는 길목에 닭 코스요리를 전문으로 하는 닭요리촌이 있고, 대흥사 입구에 보리밥^{쌈밥}과 산채음식을 전문으로 하는 웰빙음식촌이 조성되어 있다. 이곳 보리밥집에서는 밥이 나오기 전에 구운 돼지고기와 야채쌈이 나오고 고기를 다 먹을쯤에 비빔밥이 나오는데, 각종 산나물과 토하젓을 넣고 참기름을 둘러서 쓱싹쓱싹 비벼 먹는 맛이 일품이다.

김경윤 _____ 1957년 전남 해남에서 태어났다. 1989년 무크지『민족현실과 문학운동』을 통해 작품 활동을 시작했다. 시집『아름다운 사람의 마을에서 살고 싶다』,『신발의 행자』,『바람의 사원』,『슬픔의 바닥』등이 있다.

해남 인문학의 중추
'인송문학촌 토문재'

지난해 인송문학촌 토문재吐文齋
가 해남 땅끝마을 바다가 보이는 송지면 송호리에 들어섰다. 해남
땅끝마을에 터를 잡은 인송문학촌 토문재는 30년 공직생활을 접고
전업작가의 길을 걷고 있는 박병두 작가가 사재를 들여 고향 해남
에 문화예술인들을 위해 만든 창작공간이다. 인송문학촌 토문재는
1,300평의 대지에 전통한옥 양식으로 지은 본관과 별관, 정자, 외삼
문 등 3개 동으로 이뤄져 있다.

토문재는 "글을 토해낸다"는 뜻이다. "글을 토해내는 작가"를 위해
만든 곳인 것이다. 입주작가를 선정하고 창작공간 등을 지원하는 형

태는 기존 문화예술기관이 운영하는 레지던스와 비슷하지만 수익 창출을 위해서가 아니라 문화예술인들의 창작활동을 지원하기 위해 만들었다.

이 시설을 공공이 아닌 민간이 운영·관리하기에는 버거울 테지만 작가는 위험을 무릅쓰고 인문주의 정신을 되살리고자 뛰어들었다.

해남 황산면에서 태어나 산이면에서 성장통을 겪은 그는 신안군에서 교편을 잡은 부친을 따라가 유년시절을 보냈고, 경남 마산 완월국민학교에서 공부하다 다시 해남으로 돌아온 뒤 목포에서 초·중·고를 다녔다. 영화배우 오디션에 합격하고 서울로 올라가 대사 암기력에 한계를 느끼고 영화배우의 꿈을 접었다. 청소년기 시절 그는 서울 영등포 신림동에서 사출기공장과 모자공장에서 전전긍긍하며 공돌이 생활을 하던 중 화학약품을 실수로 흘려 불이 나버렸다. 회사 직원들에게 죽지 않을 만큼 뭇매를 맞았다. 이를 지켜보던 공장 동료가 딱하게 여긴 끝에 수소문으로 작가의 고향 부모님께 편지를 보냈고, 고향으로 내려와 신설 공립학교 추가모집으로 황산고등학교 1회 졸업생이 된 것이다.

1985년 대학 시절 드라마공모에 입선되어 작가활동을 시작했고, 서울과 수원에서 공직생활을 하면서도 창작을 게을리하지 않았던 터에 독자들에게 널리 알려지게 되었다. 퇴직 후 그는 해남과 완도, 강원도, 제주도 등에 자리한 작가들의 창작공간을 찾아 유랑하며 성실한 글밭을 이뤘다. 창작공간을 유랑하면 할수록, 글을 토해내면 낼수록 공허감은 커졌다. 그것은 시대가 준 어떤 공허감 때문이었다.

갈등과 충돌을 넘어 혐오의 시대, 인간성이 상실되어가는 시대는 그에게 자꾸 작가로서의 책무를 되묻게 했다. 그는 이 시대를 살아가는 작가들이 인문정신을 되살려야 희망이 있다고 생각했다. 그러려면 건강한 작가들이 많이 배출돼야 한다고 생각하고 있을 때 부친이 췌장암으로 소천하셨다. 부친의 염을 하는 동안 불현듯 옛 추억이 떠올랐다. 해남 상공리에서 조양호와 백마호 목선을 타고 목포에서 유학하며 자취생활을 하면서 공납금이며 자취생활비를 받으려고 고향집에 가면 부친은 주머니를 털어 동네 사람들에게 돈을 빌려주셨다. 그래서 그는 번번이 학교에 납부금을 내지 못해 벌을 받거나 화장실 청소를 하곤 했다. "공직생활을 하는 동안에도 생각나지 않던 부친의 측은지심惻隱之心 과 역지사지易地思之 의 DNA를 이어받아 성장한 탓에 도시 생활을 접고 고향으로 귀촌한 결정적인 동기가 되었다"고 그는 말했다. 박병두 작가는 작가들이 맘껏 글을 쓸 수 있는 환경이 제공돼야 한다는 결심으로 창작공간을 만들기 위해 한옥건축 부지를 찾으려고 해남 구석구석을 돌아다녔다.

지금의 토문재가 들어서는 데 고산문학축전 등 지역문학에 힘을 쓰는 김경윤 시인의 큰 도움이 있었다고 한다. 뒤편으로 인추산 혹은 달마산으로 불리는 산이 있고, 앞에는 바다가 펼쳐져 있으니 천혜의 경관과 배산임수를 두루 갖추고 있었다. 토문재 뒷산을 1 시간가량 걸으

인송문학촌 토문재 전경 ⓒ박병두

면 도솔암이 나오고, 땅끝마을도 인근에 있다. '바로 이곳이다'라고
마음을 굳힌 그는 대한민국에서 독보적인 작가들의 창작공간을 짓기
로 했다. 대목장 이춘수 명장과의 인연으로 전통 한옥을 신축 완공할
수 있었다.

  인송문학촌 토문재는 낭독회와 작가초청 토크콘서트를 주·월·분
기별 개최하고, 인문학 관련 강좌인 문학창작교실도 운영할 예정이
다. 그는 토문재에 머물 숱한 작가들의 문학적 영감은 땅끝 해남에서
시작될 것이고, 그와 관련된 글이 쏟아질 것이라는 희망을 갖고 있다.
그러한 작가들의 글을 통해 땅끝 해남은 인문학과 문학의 명소로 떠
오르고, 땅끝이 갈등과 충돌의 시대를 인문의 시대로 열어낼 것이란
희망도 키우고 있다.

박병두 작가의 아호는 인송 仁松 인데, '인仁'은 '사랑하다', '친하게 지내다'는 의미로 쓰이지만 '가엾게 여기거나, 애처롭거나 안타까워서 차마 하지 못하는 그런 마음'을 뜻하기도 한다. '송松'은 소나뭇과의 나무를 통틀어 이르는 말이지만 굳은 지조나 장수 長壽 를 상징하는 말이기도 하다. 방송작가 시절 그의 스승 만촌이 아호를 지어준 것인데 "착하고 어진, 변함없는 사람"이라고 해서 지어주신 아호다.

인송문학촌 토문재는 어려운 환경에서도 문학의 길을 걷고 있는 작가들에게 무료로 제공하는 창작공간이고, 유명한 작가보다 문단에서 소외된 작가나 장애인 작가 등의 창작산실이 되기를 바란다는 점에서 '인송'이라는 아호가 작가의 성품과도 어울려 보인다.

이런 레지던스 공간을 마련한 또 다른 이유는 작가 자신이 그런 혜택을 받았기 때문일 것이다. 해남군 '백련재 문학의 집' 1기 입주작가로 입소해 대학의 학부 시절 문창과 스승인 황지우 시인과 5개월간 창작을 같이했고, 완도군에서 마련한 '윤선도 창작관'에 머물면서 그의 장편소설 『인동초』의 시나리오를 각색했다. 작가는 "일상에서 이탈해 밖으로 나오니 정신이 가벼워지더라. 다른 작가도 마음 편하고 좋은 환경에서 글을 쓰게 하고 싶다"고 말했다. 대목장 이춘수 선생이 심혈을 기울인 덕분에 인송문학촌 토문재가 한반도 땅끝에 자리 잡은 것이다.

토문재를 구성하는 3개 동 중 본관에는 북카페, 세미나실 등 공용공

인송정 ⓒ박병두

간이 자리하고 있다. 또, 혼자 유유자적 차를 마시며 해방감을 즐길 다
락 차방도 있다. 본관에는 인송실, 하우실, 난초실 등 창작공간이 있
고, 별관에는 송정실, 국화실, 목련실 등 입주작가의 집필실이 있다.
박병두 작가가 유독 심혈을 기울인 정자 인송정 仁松亭 은 휴식공간과
작품낭독공간이다. 조경까지 마치면 새내기 부부들을 위한 야외결혼
식장으로 무료 제공할 생각이란다. 그는 산과 바다 등 자연과 어우러
진 천혜의 경관을 자랑하는 인송정이 작가들에게 영감을 줄 최적의
장소가 될 것으로 기대하고 있다. 40여 명이 앉아 토론회와 세미나를
열 수 있는 인송정은 인송문학촌 토문재에서 단연 압권이다. 인송정
앞에는 시원하게 열린 바다가 보이고, 파도의 너울을 바라보며 문학

43

44

仁
荷
亭

吐
文
齋

蒼
山

인송문학촌 토문재 ⓒ김대원

낭독회와 시낭송회가 가능하기 때문이다. 또 뒷산인 인추봉과 도솔암으로 이어지는 산책길과 송지면 송호리에서 땅끝으로 이어지는 산책로. 송호해수욕장과 소나무 숲, 모래 해변은 작가들의 힐링 공간이다.

본관 북카페는 작가들만의 공간을 넘어서 잠 못 이루고 땅끝을 찾는 사람들의 공간으로 활용할 계획이다. 커피 등 음료 제공과 함께 작품집, 계간 문예지, 인문학 서적, 중앙지 신문 등을 24시간 열람할 수 있게 꾸며 놓았다.

집필실은 개인 작업공간이자 숙소로 사용된다. 이곳은 책상과 의자, 다과 찻상, 개인 화장실, 음식 조리가 가능한 싱크대 등을 넓고 쾌적하게 갖추고 있다. 입주작가에게는 모든 혜택이 무료로 제공된다. 자립하지 못한 예비작가나 숨겨진 인재를 발굴하는 것이 토문재의 건립 취지라서 비용을 일체 받지 않는다. 해남의 인문주의를 대표하는 랜드마크로 남겨질 것으로 기대된다. 앞으로 전국에서 발간된 문학 월간지 및 계간지를 이용하는 문학도서관과 가족도서관, 인문학작가들의 수련원이 인송문학촌 토문재 주변으로 건축될 계획이다. "문학작가 연수원이 국내에는 단 한 곳도 없다. 해남에 작가 연수원이 생기면 토문재와 함께 한국문학의 미래를 여는 단추가 될 것"이라면서 "현재 해당 계획서를 관계기관에 제출한 상태"라고 한다.

작가는 "물질적인 풍요보다 눈에 보이지 않는 정신적 가치를 더 중요하게 여겨왔다. 그런 의미에서 요즘 세상은 인문주의 정신과 인간성 회복이 시급하다"며, "인문학의 길을 걸어가고 있는 사람들의 책무는 이러한 문제를 함께 고민하고 작품을 통해 위로를 선사하는 것이다. 토문재는 인간에 대한 배려와 나눔을 실천하는 공간"이라고 말한다.

귀촌 후 그는 해남문화관광재단 이사로 활동하는 등 지역의 문화예술 발전을 위해 보이지 않는 노력을 다하고 있지만 그 속도는 더디기만 하다. 지역이 안고 있는 현실적인 어려움도 있기 때문이다. 하지만 그는 걸음을 멈추지 않는다.

인송문학촌 토문재의 전경은 어제도 오늘도 밤하늘이 그야말로 진풍경이다. 울림과 끌림으로 나의 심장을 뛰게 한다. 진홍빛 노을, 별이 흐르는 밤하늘을 보면서 작가들의 맑은 영혼의 소리도 더 깊어질 것이다.

햇살 가득한 봄날, 나는 사람 향기가 가득한 인송 박병두 작가를 보러 안동에서 화폭을 챙겨 서둘러 인송문학촌 토문재를 향해 자동차를 몰았다. 토문재를 포함한 바다 전경 작품을 화폭에 담아냈다.

김대원 _____ 동양화가이자 문학박사이며, 경기대학교 미대 교수를 역임했다. 지은 책으로 『조선시대 그림 이야기』, 옮긴 책으로 『중국역대화론』 등이 있다.

땅끝, 그 땅 마지막의 환한 열림

고향은 경상도고 자라기는 대전이어서 호남 출신 친구를 처음 만난 것은 서울로 진학하고 나서였다. 그런데 신문사 기자가 되어 문학을 담당하면서 사귀게 된 많은 친구들이 전라도 출신의 또래 문인들이었다. 그들은 가까운 지인 정도가 아니라 나보다 후생이면서 문학의 선배가 되는 남도의 목포 출신 김현과 북도의 고창 출신 김치수 그리고 그의 뒷자리를 마련하기 위해 힘겨운 일을 해야 했던 장흥의 이청준이었다. 여기에 내가 4·19 제3세대의 문학인으로 앞세운 소설의 김승옥과 끌어안고 싶은 같은 세대의 막내 시인 황지우가 있었다. 그들을 통해 강호무, 박상륭, 최하림, 김형영도 함께 어울리며 1970년대 후반에 이르도록 우리 문단의 주도 세력으로 활동한 문인들이 바로 이 호남 출신들이었다. 내가 처음 들을 때의 그들 말소리가 부드럽게 사근사근 울리는 낯선 억양으로부터 새삼 시골스런 정감으로 따뜻하게 다가올 때, 그들이 내게 안겨준 우정은 이미 내 생애를 휘젓기 시작하고 있었다. 내가 그들과 문학 동인이 되고, 실직하고 나서는 출판사 동업자가 되고 필자와 독자가 되어 문학 동네의 형과 아우가 된 것이다. 그 친구와 후배들이 왕성한 문학 활동을 하고 있을 때, 그리고 김현과 이청준이 때 이른 나이로 이 세상을 먼저 하직하고 나서, 나는 문학비와 문학자리 등 그들의 뒷일들을 이루기 위해 그들 고향을 더 자주 들락거리며 부산을 떨어야 했다.

그 부산함 속에 내가 해남에 간 것은 김현의 목포 문학비를 건립하고서도 얼마 후였다. 이청준의 장흥을 오가며 이 '바다남쪽' 해남이란 아름다운 땅의 이웃임을 알게 되었다. 가난으로 시달리던 이청준이 고향 발길을 끊다시피 하며 귀향을 회피하다가 어느 결에 옛집과 동네로 발걸음을 들이밀더니 드디어 고향길 이야기, 시골 어른들 이야기 그리고 자신의 어린 시절 이야기 등 이른바 '귀향소설'로 속내를 펴기 시작했고, 그러면서 친구들을 꼬여 장흥으로, 그의 시골집 회진으로 데리고 가 먹이고 재우고 구경시켜 주고 했는데, 그 마실길이 강진이며 해남을 거치게 마련이었다. 이청준은 지나는 길에 보이는 언덕이며 산날맹이를 손가락으로 가리키며 그 능선의 흐름을 짚어 학이 두 날개를 펴고 솟아오르는 형상이라고 그려주기도 하고, 자기 집 앞 넓은 들판이 물막이로 일군 바닷가 땅임을 설명하기도 했다. 우리는 그의 『당신들의 천국』 자리 소록도를 한 바퀴 돌기도 했고, 다산이 유배로 산 초당에도 올라 그 담백한 초가 마루를 한나절 지켜 앉아 있기도 했다. 그는 한 뼘이라도 더 제 고장 자랑을 하고 싶었는지 우리를 대흥사와 미황사로 데려가 보여주며 절도 불교도 모르는 우리에게 언제 배우고 알았는지 그 절들과 스님들 이야기를 해주었다.

　내가 바다 남쪽 '해남'을 이름이 아니라 형상으로 안 것은 이 즈음이었다. 30년 전이고 그때만 해도 옛 명소를 밝히고 새 구경거리를 만들어 관광 소개를 하기는 고사하고 안내판도 제대로 갖추지 못한 수준이어서 명찰도 설명도 없이는 그 값을 제대로 알아보기 힘들었다. 그래도 대흥사의 넓고 단정한 마당과 걸치레 없이 의연한 탑이 참 품위 있게 보였고, 미황사의 탱화는 이청준의 설명으로도 눈에 잘 들어오지 않았지만 절 바닥 밑으로 뚫린 땅길을 지나 마당으로 오르던 독특한 오름길이 재미있었다. 내 기억을 자신할 수 없는 것이 절 모습을 다른 것과 헷갈리게 알고 있을 수도 있을 만큼. 시간이 많이 지났다기보다 내 회상을 믿을 수 없기 때문이다.

그러고는 마침내 이른 곳이 땅끝마을 전망대였다.

　그때는 우리 글쟁이 부부가 열 명 넘게 동행했던 것 같다. 전망대에 올라 먼 남쪽 바다를 바라보았고 그 안의 홀에서 무언가 마시며 지껄지껄했을 것이다. 그런데 웬일인지 이때의 이 전망대 안에서의 일행들을 감싼 홀 안의 분위기는 내게 어두침침하게만 기억된다. 아마 실

땅끝마을 전망대 ⓒ해남군

제로 어두웠을지도 모르고 많은 걸음으로 눈길이 피로해 있었을지도
모르겠다. 사진도 찍고 찍히며 전망대 주변을 어슬렁거리고 구경도
했을 터인데, 지금의 내 회상에는 그 세부는 사라지고 우리 주변을 감
싼 분위기는 좀 침침했고 피로해 있었다. 돌이켜보는 내게 확연했던
것은 내가 알고 있는 '토말', 우리의 '땅끝'은 적어도 이렇지 않았다.
환하게 열려 있는, 남쪽 바다가 질펀하게 열려 있는 곳이어야 했다.
그 파랗게 환히 열려 있는 곳을 떠올리자 내가 왜 이처럼 어둡게 느껴
야 했는지 깨달았다. 나는 우리나라 땅의 끝자리를 아주 밝고 맑게,
크게 열려 있는 모습으로 본 적이 있어 그 기억 속을 헤매고 있음을 깨
달았다.

김병익

이 전망대에 오기 아마 두어 해 전이었을 것이다. 나는 모스크바에서 열리는 국제도서전 참관을 핑계로 소련을 구경하고 헝가리와 체코를 잠시 들렀다가 독일을 거쳐 귀국 비행기를 탔다. 프랑크푸르트에서 만난 두 친구와 로만틱로드를 거친 여행도 했기에 소련, 동구에 이어 독일 내부까지 구경은 많이 했지만 그랬던 만큼 몸은 피곤했고 마음은 향수에 젖어 있었다. 창가에 타 하늘을 내다볼 수 있었던 그 대한항공기가 아마 중앙아시아를 거쳐 중국 내륙을 날아 드디어 황해를 건너 한반도로 오르는 참이었다. 하늘은 맑고 바다는 푸르렀으며 햇빛은 밝고 공기는 투명했다. 지루한 산들과 무거운 구름들에 창밖 구경도 지쳐 바깥세상도 별 볼 일 없이 여겨지는 즈음, 문득 바다가 열리고 그걸 건너며 그 푸르름에 젖어 마음을 새로이 다잡고 이제 드디어 우리나라로 와 가는구나 하고 안도감을 품는 참이었다. 문득 육지가 보이며 곁으로 파란 바다의 신선한 색깔들 가운데로 해안선을 그으며, 낮은 언덕이 나타나고 그 언덕 맞춤한 자리에 작고 허연 돌 비석 같은 게 눈에 띄었다. '아! 저것, 토말비 아냐?' 나는 여적 보지도 못했던, 그 뜻밖의 '땅끝!'을 보았던 것이다.

기이할 정도로 맑은 날, 그 환한 저편에, 분명 보이지 않는 것이지만 그럼에도 나는 또렷하게, 그렇게 읽었다. '토말', 그 '땅끝'! 여기가 한반도 땅의 마지막이구나! 여기 우리 삶의 터전 끝자리구나. 나도 미처 예감하지 못한 감탄들이 잇달아 조용히 솟구쳤다. 저기까지 적어도 5백 길은 더 될 터인데, 어쩜 저리 선명하고 분명할까. 그 반가움은 나

이 땅의 끄트머리는 바다로 환히 열려 있고 하늘로 한없이 퍼지고 있고
맑은 대기 속으로 드러나며 따뜻한 햇볕으로 안겨 있고, 푸른 바다와 육지와의 경계로
아름답고 자랑스레 버티고 있구나. ⓒ해남군

만 느꼈던 건 아니었던 것 같다. 기내 마이크에서 기장의 목소리가 들려왔다. "저기 아래로 토말 비석이 보입니다. 손님 여러분, 그 비석을 내려다보세요." 수백 번 이 상공을 들락거렸을 기장도 이런 맑고 또렷한 토말비를 본 것은 아마 처음인 듯, 그 목소리가 높고 좀 들떠 있어 승객들에게 이 반가운 풍경을 자랑하고 싶었던 것 같다. 나는 3주를 넘는 긴 여행 끝에 드디어 우리나라에 돌아오는 중이었고, 그리고 이

나라는 이처럼 밝고 환하고 흰한 땅이었다! 나는 감동했다. 내가 아시아 대륙의 끄트머리 나라, 그 나라의 땅끝 자락을 시작으로 열어가는 자리에 드디어 오르게 되었다는 더없는 안도감, 그 '막힌 끝의 열려감'을 보는 특별한 정서에 젖었고 우리 땅이 이처럼 글자 그대로 금수강산이라는 데 흐뭇했다. "새나라의 어린이는 일찍 일어납니다. 잠꾸러기 없는 나라 우리나라 좋은 나라……" 뜬금없이 속에서 솟아나는, 내가 맨 처음 학교에서 배운 노래, 나는 속으로 흥얼댔고 즐거웠고 밝았고 기뻤고 자랑스러웠다.

해남은 그렇게 환한 모습으로 내 안에 박혀왔다. 밝고 맑고 가없이 트이고 열려 있는 곳, 그 이름마저 바다의 남쪽……. 끝이라면 으레 막혀 있고 당연히 닫혀 있게 마련이고 그래서 막막하면서도 어둡고 답답하고, 그래야 하는데, 이 땅의 끄트머리는 바다로 환히 열려 있고 하늘로 한없이 퍼지고 있고 맑은 대기 속으로 드러나며 따뜻한 햇볕으로 안겨 있고, 푸른 바다와 육지와의 경계로 아름답고 자랑스레 버티고 있구나. 해남은 그렇게 내게 우리나라를 안고 왔고, 그 해남을 따라 한반도 대륙에 올라 김포로 향하는 하늘길도 그렇게 열려 펴 있고 그 아래 땅길도 줄서 있었다. 이 발견이 착시이고 그 기억이 환상일까? 내 회상을 들은 친구는 그 높은 하늘에서 어찌 그리 크지 않은 비석이 보이겠는가, 내 착각이고 오인일 것이라고 내 속을 건드렸다. 그래서 내 부실한 기억력의 잘못일 수 있겠다 싶은데, 그런데, 그 환한 하늘 아래 크지 않은 허연 비석의 모습은 또렷하게 회상되고 기장의 들뜬 목소리가 지금도 귓가에 맴돌고 있다.

어떻든 그 이후의 나는 이 고생스럽고 서러운 땅을 답답히 여길 생각을 하지 않았다. 이미 이 땅에서 겪어야 할 고초도 다 겪었고 당해야 할 설움도 버텨냈으니, 이 나라에서의 우리 삶과 푸른 바다를 껴앉는 곳, 열린 땅끝에 이르는 착지감을 느끼기 시작한 것이었다. 과연 그랬다. 우리 젊은 시절만이 아니고 중년까지 괴롭히던 이 땅의 꽉 막혀 닫혀 있듯 하던 폐쇄감은 1990년대로 들어서면서 조금씩 풀리기 시작했고 그래서 숨쉬기도, 말 나누기도, 뜻을 같이하기도 좋을 분위기로 천천히 열려가며 부드러워지고 있었다. 내가 땅끝을 내려다보며 그 환한 열림의 감동을 느끼던 때가 동구의 공산권도 그렇게 풀리기 시작하던 즈음이었고 그래서 세기말에 희망의 새로운 세기를 바라보고 싶던 참이었다. 내가 비행기 창을 통해 내려다본 해남의 땅끝은 그렇게 열려가는, 펼쳐지고 있는 희망의 환한 세상 첫 자락이었다. 여러 해 전 좁게 흐르는 두만강 건너로 바라본 온성에서 삼천리, 그 끝이 바로 여기였다.

나는 새삼 인터넷을 열어 그때로부터 30년 후의 요즘 해남을 구경했다. 공룡 자국도 박혔고 자연사박물관도 섰고 이순신 장군이 활약한 우수영 바다도 펼쳐져 있었고 모노레일로 돌아다니며 관광을 즐길 수도 있게 되었다. 그러나 전망대에서 바라본 토말 풍경, 아니 그보다 앞선 공중에서 내려다본 땅끝의 땅을 바라볼 수 있었던 이후의 모습들보다 그 관광안내는 새삼스러워 보이지 않았다. 그 환한 땅끝을 내려다보며 젖어든 이 땅에의 정다움과 그 뜻의 속매김으로 해남은 내게 더없이 밝은 모습과 환한 느낌이 되어 다가온 것이었다.

김병익 _____ 동아일보 문화부 기자를 거쳐 문학과지성사를 창사(1975)하여 대표로 재직했고, 현재 문학과지성사 상임고문이다. 대한민국문학상, 팔봉비평상, 대산문학상 등을 수상했으며, 비평집 『상황과 상상력』, 『지성과 문학』, 산문집 『무서운, 멋진 신세계』 등이 있다.

해남촌놈

　　나는 땅끝, 해남에서 나고 자란 촌놈이다. 고등학교 때부터는 유학 아닌 유학생활을 했다. 우수영중학교를 졸업하고 광주에 있는 고등학교로 진학을 했으니, 감수성이 풍부하던 어린 시절 대부분은 해남에서 보낸 것이다.

　어쩌면 그래서 지금도 연극판에서 창의적인 일을 하고 있는지도 모르겠다. 어릴 적 논두렁이며 밭두렁을 오가면서 아름다운 자연에 둘러 살았던 것이 내 감수성을 키워줬는지 모른다. 뿐만 아니라 마을에서 늘상 봤던 굿이며 소리며 남도의 전통놀이문화들은 지금도 내 창작활동의 소중한 밑거름이 되고 있다. 나는 그래서 내가 해남 출신 '촌놈'이라는 것이 자랑스럽다.

　나는 지금도 달을 걸러 한 번씩은 꼭 해남을 찾는다. 나 혼자 재충전하기 위해 훌쩍 떠나올 때도 있지만, 가끔은 다양한 직업을 가진 주변 분들과 동행하기도 한다. 사실 대한민국에 살고 있는 사람이라면 누구나 해남을 궁금해하겠지만 내 주변에 있는 사람들은 더욱 땅끝 해남여행을 즐기고 사랑한다. 그중 특히 연극계 어르신들을 모시고 올 때가 가장 행복하다. 박정자, 손숙, 정동환, 김성녀, 윤석화, 길해연 배우들이나 연출가 손진책, 윤호진 선생들을 모시고 1년에 한 번씩 꼭 해남을 찾는다. 이분들은 대한민국 연극계를 이끌어 오셨고, 지금도 여전히 왕성한 활동을 하고 계신다. 어찌 보면 대한민국 문화예술계의 살아 있는 국보들이라 해도 틀린 말이 아닐 것이다.

　올 여름에도 이 어르신들을 모시고 연극 '햄릿'을 국립극장 무대에 올릴 준비를 하고 있다. 손진책 연출과 박정자, 손숙, 전무송, 권성덕, 유인촌, 윤석화, 손봉숙, 길해연 배우들을 모시고 연극의 새로운 전설을 만들어 갈 예정이다. 국보급 예술가들을 한 작품, 그것도 한 무대에서 모두 볼 수 있다는 것 자체가 관객들에게 행복감을 만끽하게 해줄 것이다. 연극경험이 풍부하신 어른들을 모시고 엄청난 대작의 연극을 만들 수 있는 기회를 얻었다는 것은 나에게는 행운이고 영광이다. 인생살이에 있어서도 큰 공부를 할 수 있는 기회가 아닌가 싶다. 어르신들을 통해서 나 자신을 뒤돌아보고 자성하는 계기가 되지 않을까. 연극쟁이로서의 어떤 정신으로 연극을 만들어야 하는지 그리고 어떤 작

58

해남 땅끝에 가고 싶다

품을 어떻게 만들어가야 할지 고민하게 될 것이다.

아무튼 이렇게 존경하는 분들을 모시고 내 고향 해남을 둘러보는 여행이라니, 어찌 나에게 특별하지 않을 수 있을까! 사실 2021년 늦가을에도 임권택 감독과 함께 지인 몇 분들이 유선관을 찾을 예정이었다. 임권택 감독께서 자주 머물면서 작품구상을 하였던 유선관을 오랜만에 찾는다는 것은 아주 특별했다. 하지만 코로나19로 인하여 무산되어 두고두고 아쉬울 뿐이다. 특히 이번 해남 방문을 앞두고 우리 연극계 어른들은 유선관에 대해 기대가 크셨다. 천년고찰 대흥사 앞에 자리 잡은 백년여관 유선관. 1914년에 12칸짜리 전통 한옥건물에서 첫 영업을 시작한 것으로 알려졌으니, 유홍준 전 문화재청장의 말대로 "우리나라에서 가장 오래된 여관"이라 할 만하다. 그 유선관이 최근 깔끔한 한옥호텔로 거듭났다. 당신들이 여기에 오고 싶었던 것은 단순히 최신시설로 바뀌어서가 아니다. 이곳이 예술가들과 인연 깊은 곳이기 때문이다.

아무리 장인匠人의 경지에 오른 예술가들이라도 좋은 기운을 받고 싶은 마음은 마찬가지신가 보다. 임권택 감독이 이곳에 머물 때 구상했던 작품들이 당시 전부 대박이 났다는 이야기를 익히 들으셨으니, 꼭 한 번쯤 와보고 싶으셨을 게다. '아제 아제 바라아제', '서편제', '취화선', '천년학', '태백산맥' 등 임권택 감독의 많은 대표 작품들이 해남에 있는 동안 구상하신 것이라고 한다. 실제 촬영도 해남에서 많이 이루어졌다. 이 작품들은 해외 유명영화제에서 작품상, 감독상 등을 휩쓸면서 임권택 감독을 세계적인 영화감독 반열에 우뚝 세워 놓았다. 이처럼 해남은 남도문화의 보고일 뿐만 아니라 많은 예술가들에게 영감을 주는 창작의 원천이 되는 곳이다.

이렇게 당대의 예술가들을 모시고 유선관에 하루 묵고 난 다음엔 대흥사로 모시고 갔을 것이다. 2018년 세계문화유산에 등재된 천년고찰 대흥사는 고려 시대 이전에 지어진 유서 깊은 사찰이다. 서산대사가 '삼재가 들어오지 않는 곳, 만세토록 파괴됨이 없는 곳'이라 할 만큼 명당이다. 서산대사의 흔적이 남은 대흥사 곳곳을 훑어보는 일은 기쁨과 환상 그 자체이다. 두륜산이 아늑하게 품고 있는 경내는 평화롭고 아름답다. 초의선사가 조성했다는 아담한 연지를 지나면 전각과 탑들이 어우러져 있다. 국보와 보물로 지정된 문화재들도 가득하다.
대흥사를 둘러보고 나온 후엔 천일식당을 들러 맛깔스런 떡갈비 한 상을 대접할 것이다. 한우 암소의 갈빗살만 사용한다는 떡갈비 맛은 일품이다. 100년의 비법이 담긴 간장양념이 육즙과 어우러져 풍부한 맛을 낸다. 한 상째로 들어오는 반찬들 역시 훌륭하다. 가짓수도 많지만 반찬 하나하나에 정성이 가득하다. 이렇게 남도의 맛을 만끽하고 나면 꼭 들르는 곳이 있다.
화산면 해창리 초입에 자리한 해창주조장이다. 이곳에서 빚은 술이 바로 최근 몇 해 동안 많은 사람들에게 유명한 해창막걸리이다. 일반

천일식당 떡갈비 정식 ©천일식당

사람들에겐 신세계 정용진 부회장이 자신의 SNS에서 '인생막걸리'
라고 고백하면서 폭발적인 관심을 끌었지만, 애주가들에겐 이미 오
래전부터 그 가치를 인정받은 곳이다. 해창막걸리는 해풍을 맞으며
자란 유기농 맵쌀과 찹쌀로 오랜 숙성기간을 거쳐 빚어낸다. 자연숙
성을 찬찬히 하다 보니 숙성기간이 일반막걸리보다 4배나 길다고 한
다. 이렇게 빚은 해창막걸리는 막걸리 본연의 맛이 살아 있어 트림이
나오지 않고 숙취가 없다. 그야말로 막걸리의 진수를 맛볼 수 있는 것
이다.

평소에 술을 입에 대지도 않는 손숙, 박정자 선생께서 해창막걸리
는 두세 잔씩 단숨에 비울 정도이니 상상이 되지 않을 것이다. 그야말

연극배우 박정자 ⓒ박명성

모두들 이곳에 오면 대한민국 1등 막걸리
맛에 탄성과 감탄을 쏟아낸다. ⓒ해창주조장

로 신이 빚어내린 탁주가 아닌가 싶다. 나 역시 해창주조장에서 마신
막걸리의 첫맛은 지금도 잊을 수가 없다. 모두들 이곳에 오면 대한민
국 1등 막걸리 맛에 탄성과 감탄을 쏟아낸다. 여기에 맛을 더하는 것
은 역사다. 역사는 깊은 맛을 더한다. 싹싹하고 털털한 주인장의 안내
로 100년 정원과 96년이 넘는 적산가옥과 주조장의 해설을 듣노라면
가히 전설적인 막걸리의 탄생을 엿볼 수가 있다. 정원도 참 아름답다.
40여 종의 수목이 빽빽하게 들어차 있다. 뿐만 아니라 사계절 꽃도 아
름답게 핀다. 이제 목련이 피고 영산홍이 필 때가 되었다. 여름엔 배롱
나무꽃이, 가을엔 상사화가 필 것이다. 그러니 주취 酒臭 가 절로 난다.

　여기까지가 내가 생각했던 해남여행이었다. 아쉽게도 코로나19의

암흑의 터널을 지나오느라 지난 2년간 해남여행을 많은 사람들과 함께하지 못하였다. 하지만 다음 주에 작년에 미뤄왔던 문화예술계 어르신들과의 여행이 기다리고 있다. 이번에는 반드시 유선관에서 하루 묵고, 모처럼 해창주조장도 방문하기로 했다. 정원의 예쁜 봄꽃들의 향기에 취하고 해창막걸리에 살짝 취해 보면 아마 낙원이 따로 없구나 하는 생각이 절로 들지 않을까? 그 낙원 위에서 나와 예술가들이 빚어낼 또 다른 작품이 무척 기대된다. 막걸리보다 더 오래 숙성된 참맛과 향기가, 해남 땅을 밟고 오래오래 뻗어나갔으면 좋겠다.

박명성 _____ 1963년 전남 해남에서 태어났다. 1982년 극단 동인극장에 입단하면서 연극 '여자의 창'으로 배우로서 첫발을 내디뎠고, 이후 극단 신시 창단멤버로 연출가로 활동했다. 1999년 신시컴퍼니 예술감독으로 연극에서 쌓은 경험을 토대로 '맘마미아!', '시카고' 등 뮤지컬을 제작했다. 지은 책으로『드림 프로듀서』등이 있다.

· 박해현 ·

해남과 애린

전남 해남을 처음 가본 때가 언제인지 기억의 갈피를 헤집어 보니 시인 김지하가 먼저 떠오른다. 1993년 아마도 6월 어느 날이었을 듯하다. 나는 김지하 시인과 함께 해남 땅끝마을에 갔다. 내가 사는 반도의 끝자락에 와본 것은 처음이었다. 바닷바람이 차가웠다.

다 아시다시피 김 시인의 고향은 전남 목포지만, 해남은 1980년대 이후 김지하 문학과 사상의 샘터 역할을 했다. 그는 1980년대 중반 무렵을 해남에서 보낸 뒤 강원도 원주에 칩거하면서 해남 시절에 발아한 시학과 사상의 싹을 쑥쑥 키워 1980년대 후반부터 폭포수처럼 말

그 푸르름과 차가움의 공간을 가로지르는 한 줄기 햇빛을 따라 보이지 않는 그 무엇의
얼굴을 찾아가던 시인의 모습이 아슴푸레하게 머릿속에 떠올랐다. ⓒ해남군

과 글을 쏟아냈다. 그때 나온 서정시 연작이 '애린'이다. 당시 조선일
보 문화부 기자였던 나는 '애린'을 다룬 문학기행을 쓰기 위해 김 시인
을 모시고 해남 땅에 처음 얼굴을 내밀게 됐다.

김 시인은 땅끝마을에서 해풍을 맞다가 어떤 날 영혼을 뒤흔든 계시
처럼 맞아들인 '애린'의 이미지를 다음과 같이 그렸다.

'땅 끝에/혼자 서서 부르는/불러/내 속에서 차츰 크게 열리어/
저 바다만큼/저 하늘만큼 열리다/이내 작은 한 덩이 검은 돌에
빛나는/한 오리 햇빛/애린/나.'

김 시인과 땅끝에 갔을 때 그 시가 절로 떠올랐다. 해풍이 대숲을 울리고, 더는 발이 나아갈 땅이 없었다. 시퍼렇게 멍이 든 하늘과 흰 거품을 토해내는 바다뿐이었다. 두 손으로 귀를 막아도 바람이 허공의 뺨을 치는 소리가 들렸다. 그 푸르름과 차가움의 공간을 가로지르는 한 줄기 햇빛을 따라 보이지 않는 그 무엇의 얼굴을 찾아가던 시인의 모습이 아슴푸레하게 머릿속에 떠올랐다.

해남 시절에 김 시인의 마음은 '애린'이라는 어렴풋하면서도 투명한 존재에 매달렸다. '애린'이라는 이름으로 시인은 고해 苦海 를 헤쳐 나갈 수 있는 빛을 찾고 있었다. 그 자신이 옥중 시인으로서 몸소 한 시대의 고난을 대변한 터라, 그는 반목과 갈등의 세상을 극복하자고 외칠 자격이 충분히 있었다. 그는 사람과 사람이, 인간과 자연이 서로 껴안는 상생의 아름다움을 '애린'이라고 이름 지었다. '애린'은 어느 한 곳에 괴지 않음으로써, 이 세상의 만물에 골고루 깃들어 있고, 그로 인해 만물을 포용하고 있는 존재를 가리킨 것은 아닐까.

'애린'을 찾아가는 시인의 노래는 연인을 향한 그리움이거나, 생명을 향한 외경인가 하면, 타는 목마름으로 우리 모두 기다리고 있는 참 세상을 담고 있었다. 나와 함께 해풍을 맞던 시인은 "땅끝에 서 있을 때 갑자기 바다에서 거대한 부처가 솟아오르는 것을 보았다"면서 "우리가 귀의해야 할 대지모신 大地母神 의 흰빛 이미지가 내 입에서 '애린'이라는 이름을 나오게 했다"고 회상했다. 거대한 부처와 대지모신? 나는 연작시의 어느 시행에 나오는 '눈부신 빛무리 속의 아침 바다'처럼 환한 풍경이 시인의 가슴을 통과한 무지개처럼 세상 구경을 나왔다는 느낌이 들었다. 시인의 몸을 통해 신비로운 기운의 입자들이 분주하게 하늘과 대지 곳곳으로 흩어지는 것일까.

두루 알다시피 시집 '황토'를 비롯한 김지하의 초기 시에는 반도의 허공을 맴도는 원혼의 아우성과 울음소리 그리고 그 소리로 인해 컴컴한 시인의 내면이 낳은 초혼의 상상력이 한판의 굿을 벌이고 있었다. 그러나 '애린' 이후 김지하의 서정시는 내면의 어둠을 걷어내는 빛의 분산分散을 찬란하게 보여주고 있었다. '애린' 그것은 흰빛 자체였다. 그때 나는 시인에게 물었다. "애린을 한자로 표기하면 '愛隣'이 되지 않을까요." 시인은 "굳이 한자를 의식하지 않았지만 가까운 것에 대한 사랑이라는 뜻은 내 시의 의도와 일치한다"라고 답했다. 한때 저항 시인이자 민중의 광대로 불린 김지하는 해남 시절을 계기로 투쟁보다는 사람과 자연을 아우르는 사랑을 노래하는 생명 사상의 시인으로 거듭나기 시작한 셈이었다. 시인은 이런 말도 했다. "애린의 실제 인물이 누구냐고 묻는 사람이 많은데 참으로 우스운 일이다. 만해萬海 더러 '님'이 누구냐고, 어떤 여자냐고 묻는 바보짓처럼…."

김지하 시인이 해남 시절을 보낸 집도 가봤다. 한옥 저택의 사랑채에 해당했다. 마당에는 시인이 옮겨 심은 산란山蘭과 꽃잎을 다 떨군 동백나무와 석류나무가 있었다. 시인은 해남의 옛집을 찾아가는 게

꺼림칙하다고 했다. 오랜 수감 생활로 피폐한 상태였기 때문에 해남에 머물 때 몸이 자주 아팠다고 했다. 또한 시인은 그때 정말로 술독에 빠져 살기도 했다. 그는 "방 한 칸을 빈 소주병으로 채운 적도 있었다"라며 웃었다. 해남 시절 이후 시인은 술을 완전히 끊었다고 했다. "술자리에서 남들이 희희낙락하는 걸 지켜보는 관주觀酒만 해도 충분히 취한다"는 것이다.

해남에서 시인이 관조觀照의 대상으로 삼은 것은 바로 시인 자신이었다. 그는 자신을 들여다보고, 그 자신을 통해 그 자신을 넘어서는 그 무엇을 찾으려고 했다. 그는 시 '해남에서·3'을 통해 이렇게 노래했다.

'문밖에 눈은 내려라/마음속에 눈은 내려 쌓여라/문 열고 나가려 한다/내 마음 가득 흰 눈 쌓일 때/한 번도 딛은 적 없는/새 발자국 남기고.'

세상이 눈에 덮일 때 칩거 중인 시인은 내면에 눈이 쌓이기를 기다리고 기다리다 밀려나듯이 제 몸 밖으로 나와서야 문밖으로 나갈 수 있었나 보다. 그가 떠난 마음에 쌓인 폭설에는 새 발자국이 찍혔다고 했다. 시인은 어느덧 사라지고, 아직 아무도 그 새 발자국을 밟아보지 않았다니, 눈 내리는 날 한 편의 시를 막 탈고한 순간, 조금 전까지 세상에 없던 시가 탄생한 순백의 순간을 맞고는 이내 자기 자신을 넘

어서기 위해 새처럼 포르르 날아오른 시인의 심정을 노래한 것은 아
닐까.

시인은 해남에 머물면서 유난히 백방포구에 꽂혔던 모양이다. 그
포구에 대해서 할 말이 많았다. "먼 남쪽 땅끝 백방포는 고려 때부터
조선조 말까지 제주도로, 흑산도로, 추자도와 다도해의 저 숱한 섬들
로 귀양 가는 사람, 지목을 피해 이름 없는 섬으로 몸을 숨기는 사람,
중국으로 사신 가는 사람, 장사 가는 사람들이 아득한 뱃길을 떠나던
포구였다. 그리고 그들의 무사 귀환을 위하여 몇 년이고 몇 십 년이고
그 아낙들이 백방포에 백 개의 방을 짓고 매일 포구 뒷산 백방산 깎아
지른 나가미 落岩 위에 올라 흰옷에 눈물지으며 끊임없이 합장 기원했
던 곳이다. 그리고 때로는 설움에 겨워 바다로 몸을 던지던 곳이기도
하다."

시인은 시집 '검은 산 하얀 방'에서 백방을 '百房'이 아니라 '白房'이
라고 표기했다. 뼛속 깊이 사무친 정한情恨의 색이 눈부신 흰빛이라
고 봤기 때문이다.

'빛은 어디서 오나/흰빛은 어디서 오나/내가 이렇게 몸부림치
며/누워 있는 이 흰 방 흰 방으로부터/빛은.'

김지하는 해남에서 흰빛을 찾았을 뿐더러 '흰 그늘의 미학'도 구상
하기 시작했다. "남도의 끝 해남에는 어란於蘭이란 작은 포구가 있다.

69
•
박해현

나는 해남에 오래 머문 적이 없어서 해남은 여전히 미지의 공간이다. ©박병두

바다도 너무 깊어 언제나 검은빛이었고, 조난이 잦아서 포구 끝에 등대 하나가 서 있으니 눈부신 빛이다. 흰빛과 검은 바다."

흑과 백은 서로 뒤엉킨다. 유치환 시인이 바람에 나부끼는 깃발을 가리켜 '소리 없는 아우성'이라고 불렀듯이, 흰빛과 검은 바다는 '흰 그늘'이란 김지하 시인 특유의 모순어법을 낳았다. '흰 그늘'은 시인이 추구하는 미학의 원리를 상징한다. "빛을 품은 어둠, 뭔가 안에서 큰 외침을 가지고 있는 듯하면서도 자기가 애써 누르고 있는 침묵, 이것과 반대되는 것이 서로 얽혀 이런 것이 굉장히 높은 경지에 있다고 할 때 '흰 그늘'이라고 부르는 것이다."

1993년 첫 해남 방문 이후 나는 두 번 더 그곳에 갔다. 한 번은 해남이 낳은 황지우 시인이 대흥사에서 주최한 선시 禪詩 문학 포럼을 취재하러 갔고, 또 한 번은 정현종 시인이 팔순을 맞자 그 제자 문인들이 스승을 모시고 보길도로 여행을 갈 때 동참해서 해남에 들렀다. 하지만 나는 해남에 오래 머문 적이 없어서 해남은 여전히 미지의 공간이다. 지금껏 나의 해남 체험은 전부 문학을 매개로 이뤄진 것이다. 내 경우가 아니더라도 한국의 문인들에게 해남은 문학의 성지 聖地 와 같다. 나의 해남 문학 체험은 '애린'의 흰빛에서 출발했으니, 내 머릿속에서 해남은 언제나 흰빛으로 충만한 곳이다. 그 빛은 존재의 근원을 향한 영원한 향수 鄕愁 처럼 이따금 나를 일깨워줘서 삶을 되돌아보게 한다. 해남은 끝이 아니라 시작이다. 하지만 그 빛은 오래 머물지 않고 이내 아득한 곳으로 사라져 가는 선박처럼 애틋한 항적 航跡 을 내 마음의 바다에 길게 남긴다.

박해현 _____ 1990년부터 조선일보 문화부 기자로 일했다. 1999~2004년 조선일보 파리 특파원을 거쳐 문화부 기자로 일하다 2010~2013년 논설위원을 역임했다. 조선일보 문화부 문학전문기자로 일하다 얼마 전 퇴직했다. 지은 책으로 『한국 문화유전자 지도』가 있다.

해남海南이라는 시

해남은 내겐 수묵 빛이다. 비와 빛과 바람과 반응하며 고졸해진 절터의 기와 조각을 닮은 수묵의 농담이 여백의 깊이와 늘 함께한다. 그 여백은 내가 미처 가지 못한 미답의 영토로서, 희미한 먹선에 기대어 땅끝에 당도했던 스무 살의 겨울에 우두커니 멈추어 있기도 하다.

고등학교를 막 졸업하고 첫 여행 삼아 떠난 해남의 들녘이 하필 흑백 톤으로 갈무리된 것은 마침 눈이 내렸기 때문이리라. 부산에서 시작한 남도 길은 찬물에 쌀을 씻은 손처럼 써늘한 눈발이 날리면서 차

창에 기댄 이마의 열을 식혀주고 있었다. 점점이 날리는 창유리 너머의 점묘화풍을 통해 나는 성장기와 시대가 만든 정형의 질서를 벗어나고 있는 중이었다. 눈은 내재율의 호흡으로 내리고 내려 세상을 향해 첫발을 내딛는 여행자의 불안과 호기심이 뒤섞인 내면을 아득한 설원으로 펼쳐주었다.

어쩌면 해남 시외버스터미널에 내렸을 때 조우한 한 사내의 기이한 모습이야말로 수묵의 정체인지도 모른다. 잠깐 스친 사내의 면면을 서른 해가 지난 지금도 나는 비교적 또렷하게 기억하고 있다. 허름한 점퍼차림에 낡은 군복 바지의 늙수그레한 사내는 사실 어디서나 볼 수 있는 평범한 차림에 가까워서 딱히 시선을 붙들 만한 특이점을 갖고 있지 않았다. 그럼에도 뒤꿈치를 꿰맨 털고무신과 머리에 삐뚤하게 쓰고 있던 벙거지 모자 그리고 면도를 하지 않은 얼굴 윤곽선까지 떠오르는 것은 순전히 그가 쥐고 있던 강력한 도구의 이미지에 기인하는 바 크다. 요컨대 그는 어울리지 않게 붓을 쥐고 있었다. 대합실 맨 바닥에 깔아놓은 돗자리 위에 지필묵을 펼쳐놓고 마치 여기가 남도 예향의 일 번지임을 증명하듯 산수화를 그리고 있었다. 이채롭다고 하기엔 뭔가 희극적이면서도 비감한 장면이었다.

한눈에 보기에도 사내의 그림은 조악하여서 관심을 보이던 사람들도 곧 외면을 했다. 늘 겪는 일이라는 듯 그는 낙담하지 않고 주문을 하면 어떤 그림이든 즉석에서 즉흥으로 그려주겠다며 호객을 망설이지 않았다. 그때의 그 눈웃음을 나는 똑바로 볼 수가 없었다. 그림 한

장이 팔리면 허리를 바닥에 닿을 만큼 고개를 숙이며 답례 인사를 하는 것이 적이 민망스럽기도 했다. 남도 예향답게 길거리에서도 묵향을 맡는구나. 저런 문화적 퇴적층이 있어서 해남을 해남답게 하는 것이겠지. 그렇게 편하게 생각할 수도 있었을 것을. 사내의 모습이 외롭고 가난하고 쓸쓸한 예술가의 초상처럼 각인된 것은 아마도 문청의 길을 시작한 자의 자기연민과 무관치만은 않았을 것이다. 선뜻 터미널을 떠날 수 없었던 나는 저물녘이 가까워오자 지필묵을 주섬주섬 챙겨서 멀어져가는 사내의 등을 나의 등을 배웅하듯 하염없이 지켜보고 있었다. 저자에서 보낸 오늘 그의 노고가 어느 집의 향기로운 묵향이 될 수 있기를. 이 저물녘이 부디 조촐하면서도 따뜻한 식탁과 함께할 수 있기를……. 그 뒤 내가 그를 다시 만난 건 다음의 시에서다.

그대가 두 손으로 국수 사발을 들어 올릴 때

하루 일 끝마치고
황혼 속에 마주 앉은 일일 노동자
그대 앞에 막 나온 국수 한 사발
그 김 모락모락 말아 올릴 때

남도 해지는 마을
저녁연기 하늘에 드높이 올리듯

두 손으로 국수 사발 들어 올릴 때

무량하여라
청빈한 밥그릇의 고요함이여
단순한 순명의 너그러움이여
탁배기 한 잔에 어스름이 살을 풀고
목메인 달빛이 문 앞에 드넓다
-고정희, 『모든 사라지는 것들은 뒤에 여백을 남긴다』,
 창비, 1992

밀레의 '만종'이 연상되는 남녀의 저녁 풍경이 지극하다. '만종'에
걸린 황혼이 반 고흐의 '한 켤레의 구두'에 나오는 따뜻한 노란색으로
변주되었다고 믿는 나는 이 시 앞에서 하늘과 지상의 부르튼 노동을
보듬는 황혼의 종합을 본다. 노동을 소모하고 소비하기 바쁜 시대에
'단순한 순명의 너그러움'을 아는 신성하고 경건한 노동이 국수 오라
기의 흰빛과 저물녘의 어스름을 대비시키면서 수묵을 실현할 때 나는
수묵의 현실주의와 영성의 아름다운 합일을 본다. 결코 만찬이라고
할 수 없는 가난한 국수 한 그릇이 피워 올리는 김과 마을의 저녁연기
가 겹칠 때 노동자는 자신뿐만 아니라 하늘의 허기를 달래는 청빈의
실천자다. 여기서 하느님은 곧 노동하는 자이고, 예술가는 두 손으로
경배하듯 겸손하게 국수사발을 들어올리는 '청빈한 밥그릇의 고요함'

고천후조 ⓒ해남군

을 닮고자 하는 자이다. 나는 이 시의 노동자를 그 옛날 터미널의 사내
와 겹쳐 읽는 버릇이 있었다. 비록 나의 길이 비루한 저자의 길을 더듬
거리더라도 지상을 하늘로 들어올리는 '남도 해지는 마을'의 노동과
시, 수묵의 진경을 끝내 잊고 싶지 않았다.

　시와 시인의 고향인 해남을 떼어서 읽는 방식에 대하여 나는 불편함
을 느낀다. 문학작품이 작가의 생애사나 전기적인 고찰로부터 자유로

해남 땅끝에 가고 싶다

위야 한다는 성마른 주장은 문학작품을 오직 전기연구를 위한 토대로 여기는 시각만큼이나 단순하다. 그 사이의 섭동하는 영향관계를 통해 폭넓은 지평을 확보하는 쪽이 보다 넓은 문학공간에 대한 이해일 것이다. 물리학자 보어 Niels Bohr 와 하이젠베르크 Werner Heisenberg 가 덴마크의 크론베르크 성 Kronberg Castle 을 방문했을 때의 에피소드는 인문지리 공간을 탐색할 때 반드시 갖추어야 할 태도가 아닌가 한다. 그들은 공간에 정체성과 아우라 aura 를 부여하는 것이 무엇인지를 보여준다.

"··· 우리는 햄릿이 "사느냐 죽느냐"라고 말하는 소리를 듣습니다. 하지만 우리가 실제로 햄릿에 대해 아는 것이라곤 13세기 어느 기록에 그의 이름이 나타난다는 것뿐입니다. 그가 여기에 살았는지는 물론, 그가 정말로 실존했는지에 대해서도 아무도 증명할 수 없습니다. 그러나 사람들은 누구나 셰익스피어가 그에게 하게 했던 질문, 그를 통해 밝히고자 했던 인간의 깊이를 알고 있습니다. 그래서 그 햄릿 역시 지구상의 한 장소, 여기 크론베르크에서 발견되어야만 했습니다. 그리고 일단 우리가 그것을 알게 되면, 크론베르크는 우리에게 완전히 다른 성이 됩니다." 이-푸 투안, 『공간과 장소』, 구동회·신승희 옮김, 대윤, 2011, pp.16-17 재인용

있는 그대로만 믿고 증명 가능한 것만 실재한다고 믿는 과학자들에게 문학적 공간과의 만남은 크론베르크 성의 돌들과 고색창연한 녹색 지붕을 심미적 실존의 장소로 바꾸어준다. 그들이 실재했는지 알 수

없는 햄릿의 목소리를 들을 때 물리적 공간은 추상성을 벗고 구체적인 몸짓과 울림으로 새롭게 다가온다. 이것이 그들이 말하는 발견의 진면목이다.

나와 해남의 만남 또한 다르지 않을 것이다. 해남은 이동주, 박성룡을 비롯해 내 성장통의 8할을 장식한 고정희와 김남주, 황지우의 고향이기도 하면서 한국시가 가장 뜨거웠던 1980년대 리얼리스트들의 순례의 공간이며 또한 역사인문지리 여행의 열풍이 일기 시작한 1990년대 답사 현장의 첫 자리에 놓인다. 나는 그들의 문학과 고향을 되새김질하면서 해남이라는 장소를 발견하고자 했다. 이동주를 통해 해남의 유장하면서도 절제 있는 가락을 엿보고, 박성룡의 「풀잎」을 풀피리처럼 불고 다니며 순정한 생명의 숨결을 호흡하는가 하면, 고정희와 김남주와 황지우의 경이롭다고 할 수밖에 없는 눈부신 개성들을 통해 온몸으로 앓고 있는 시대의 통증을 읽고자 했다. "묵언에 든 동백을 찾아 기억에도 없는 무슨 인연인가에 이끌려 땅끝까지 내달려온 길 둘 데 없는 마음은 미황사 처마처럼 벌어지는 꽃송이와 함께 얼어붙은 대기라도 살짝 밀어젖혀보고 싶" 졸시, 「동백 사원」 중 다고 했던 내 시의 해남은 그때의 유산이 틀림없다.

이후로도 나는 해남의 풍경을 시에 담기 위해 무던히 애를 썼다. 내 몸으로 들어온 이 고장의 고유한 특산품들인 노을과 바람과 꽃을 필사하는 것으로 더디기만 한 습작 시절의 한 고비를 넘어서고자 했다. 그때 곁을 내어준 해남이 없었다면 나의 젊은 날은 조금은 더 쓸쓸해졌으리라. 하지만 해남은 문청의 고독을 씹고 있기에만은 너무도 풍요로운 장관들을 품고 있다. 가령, 나는 교통과 미디어로 평준화된 일상세계의 음식들과 분명한 차이가 있는 해남의 맛에 관하여 침묵하는데 고통을 느낀다. 혀가 감각할 수 있는 미각의 최정점을 보여주는 한식문화의 휘황찬란한 파노라마는 이미 널리 알려진 터, 최근 내 미식견문록의 맨 앞자리를 차지하고 있는 '여로식당'의 삼치회를 빼놓을 수 없다. 소설가 송기원, 미술평론가 고故 성완경, 시인 황지우와 함께 '여로식당'에서 어느 가을 밤 연발하던 감탄이 강원도 횡성까지 울려 퍼져 밤을 달려온 지인이 있었다는 것만으로 그 맛을 헤아릴 수 있다. 만약 아름다움이 자신을 잊음으로써 해방과 자유를 맛보게 하는 적극적 자기 방임의 상태에 가깝다면 바로 김과 밥알과 삼치회에 휘둥그레진 그런 순간이 아닐까. 그런 순간들은 시간의 순행적 질서와 나열을 넘어서 있다.

　수묵 톤의 번짐으로 시작된 스무 살의 첫 여행은 그래서 완료가 아닌 끝없는 진행을 향해 개방되어 있다. 퍼져 나가던 수묵이 그친 면을 가만히 들여다보면 조금씩 희미해져 가는 색과 여백이 교감하면서 서로를 끌어안고 있다는 것을 알게 되는데, 말하자면 한 장소와의 만남을 통해 이루어지는 번짐 또한 그와 같은 수행성을 담당한다. 한 장소의 섭렵이 완결될 수 없는 것은 그 장소를 경험하는 각도들의 재구성이 있기에 가능하다고 할 때 해남은 그 풍부한 가능성의 곳간이다.

손택수

고천암방조제 자전거길 ⓒ해남군

그리하여, 내게 해남은 고천암호다. 저물녘 가창오리 떼가 획, 등을 뒤집는 순간에 화락 피어나는 황금빛 수만의 카드섹션이다. 뚝방 너머 날갯짓 날갯짓으로 하는 일동 기립과 비상의 박수소리다. 고산유고목판본 빛깔의 갯벌과 공재 윤두서의 자화상 수염 올올을 닮은 감태지를 고구마와 같이 내어놓는 수더분한 눈빛의 어느 식당이다. 김도 파래도 매생이도 아닌, 양식이 닿지 못한 감태지의 시원을 시의 근원이라 부르고 싶은 유혹을 나는 쉬 떨쳐버리지 못한다. 그 어디에서나는 황지우의 「일 포스티노」를 읽었다. 동명의 영화를 보았다. 주인공 마르코가 네루다에게 보낸 편지를 읽고 또 읽었다. '선생님이 이 섬의 좋은 것은 다 가지고 떠난 줄 알았는데 저를 위해 남겨놓은 게 있었어요.' 시인이 남겨놓은 녹음기를 가지고 다니면서 섬의 파도 소리와 아기의 심장 박동 소리, 그물질하는 소리들을 녹음하던 마르코처럼 자전거를 타고 싶었다. 시인의 언어에 포박될 수 없는 미지들을 향해 절망하고 절망을 절경의 가능성으로 하여 열려 있고 싶었다. 마침내 우리의 일상을 여행지로 만드는, 아주 와서도 오고 있는 수묵으로 물들고 싶었다. 그리하여, 내게 해남은 여전히 자전거를 당나귀 삼아 읍내 저수지를 한 바퀴 돌고, 남창시장에 가서 장터에 나온 할미들의 이야기를 받아 적던 스무 살의 꿈꾸는 문청이다.

손택수 _____ 1998년 한국일보 신춘문예로 당선했다. 시집으로 『호랑이 발자국』, 『목련 전차』, 『나무의 수사학』, 『떠도는 먼지들이 빛난다』, 동시집으로 『한눈파는 아이』, 청소년시집으로 『나의 첫 소년』 등이 있다.

· 송 기 원 ·

나의 마지막 버킷 리스트,
백련재

어쩌다 여행 삼아 해남에 들르는 이들은 흔히 고산 윤선도 유적지를 찾는다. 그리고 거기에 있는 윤선도 유물전시관이며 녹우당, 고산사당, 어초은사당 그리고 울울한 비자나무숲을 둘러보는 것으로 일정을 마무리할지도 모른다.

눈 밝은 이는 도중에 웅장하면서도 기품 있는 한옥을 발견할지도 모른다. 가족공원이라는 이름으로 해남에 사는 세 가족 1백여 명이 참여하여 이루어진, 장미꽃을 비롯한 온갖 꽃들이 무슨 별천지인 듯한 정원을 지나치노라면, 꽃들 속에 파묻혀 있는 한옥을 쉽게 찾아낼 것이다. 다름 아닌 땅끝순례문학관이다.

그전에 어떤 이는 이미 가족정원 곳곳에 자리 잡고 있는 이동주, 박성룡, 김남주, 고정희 님 같은 작고 시인의 시비와 만나기도 할 것이다. 그렇게 문학관에 가까워지면 처마가 금방이라도 날아갈 듯 날렵한 정자 모양의 건물을 만날 수 있다.

그 날렵한 처마 아래 수련들이 다투어 피어나는 연못을 빙 두른 유리막이며, 거기에 있는 20여 시인들의 시도 만날 수 있을 것이다. 윤재걸, 김준태, 황지우, 윤금초, 노향림, 김경윤, 김경옥, 박진환, 이지엽, 용진호, 박문재……. 바로 지금도 시단에서 도도하게 활동하고 있는 해남 출신의 시인들이다.

문학관의 현관을 들어선 이들은 지금까지 전혀 몰랐던 사실에 경악할지도 모른다. 대도시가 아닌 군 단위의 해남에서 나타난 시인들이 물경 2백여 명이 넘는다. 그런 경이로운 사례는 해남 말고는 더 이상 전국의 어디에서도 찾아볼 수가 없다.

눈 밝은 이는 결국 그 모든 사례가 「어부사시사」며 「오우가」로 유명한 고산 윤선도 어른의 크고 깊은 음덕과 보살핌 때문인지도 모른다며 멀리 시대를 거슬러 오를지도 모른다. 그러나 거기서 끝이 아니다.

만일 문학관 바로 위에서 울울한 솔숲을 배경으로 숨어 있는 우아하고 아름다운 긴 한옥을 발견한다면 어쩔까. 그리하여 자신도 모르는 사이에 솟을대문을 지나 넓은 잔디밭이며, 그 잔디밭을 껴안고 있는, 얼핏 수를 헤아릴 수 없는 많은 방문들을 헤아린다면 어쩔까.

거기가 바로 시인, 소설가, 아동문학가는 물론 르포작가 등 전국의 모든 문학인들을 위하여 활짝 문을 열어놓은 '백련재 문학의 집'이다. 이를테면 국가적인 지원 없이 해남군에서 독자적으로 문학 레지던스를 운영하는 곳이다.

모든 문인들이 짧게는 한 달에서 길게는 반년이 넘게 그곳에 머무는 동안만이라도 먹고사는 일 따위의 어려움을 벗어던지고 애오라지 마음 편하게 글만 쓸 수 있도록 갖은 뒷받침을 다하는 곳이다. 백련재는 윤선도 어른의 뒤를 이어 제2의 「어부사시사」며 「오우가」를 남기는 세계적인 시인이 탄생할 수 있기를 바랄 것이 틀림없다.

그러나 또 거기서 끝이 아니다. 문인들이 머무는 긴 한옥 아래에는 역시 우람하고 아름다운 한옥 한 채가 더 들어서 있다. 그곳에는 바로 해남 군민들을 위한 문학교실이며 식당 등이 있다. 거기서는 직접 시인이며 작가가 되기를 원하는 문인지망생은 물론 청소년들이며 초등학생에 이르기까지 두루두루 문학의 기초부터 탄탄하게 익히게 하고 있다.

여기까지 본 눈 밝은 이라면, 이제는 해남이라는 군 단위의 작은 고장에서 물경 2백여 명의 시인이 나왔다는 사실이 그렇듯 놀랄 만한 일로 여겨지지 않을지도 모른다. 또한 윤선도 어르신의 음덕만이 아닌 문학에 대한 또 다른 열망이 타오르고 있는 것을 알아챌지도 모른다.

만약 해남군 일대 문인들의 입장에서 본다면 그런 일은 결코 놀랄 일이 아닌 것이다. 아니, 놀랄 일이 아니고 지극히 당연한 일일 것이다. 잠깐 들른 외지인이 아닌 바로 지금 해남에 뿌리를 내린 시인이며 작가들이라면 마땅히 그렇게 될 만한 일인 것이다.

왜냐하면 해남의 시인이며 작가들이 바로 그 모든 경이로운 일들을 스스로 만들어냈기 때문이다. 어디 높은 곳에 있는 권력기관의 누군가가 마치 하사라도 하듯이 내려준 것이 아니라 당사자인 그이들이 피땀 흘려 쌓아올린 결과물인 것이다. 그이들의 선두에는 우리 시대의 위대한 시인 두 분, 바로 문학관에서 기리고 있는 김남주와 고정희 시인이 우뚝 서 있다.

김남주, 고정희 두 분은 일찍이 작품으로서도 고귀한 시인이었을 뿐만 아니라 시대를 온몸에 껴안은 민주화운동과 여성운동 그리고 문화운동의 선봉이기도 했다. 그렇다. 두 분이 흘린 피땀이 윤선도 어르신이 남기신 음덕과 곁들여지면서 바야흐로 해남에 경이로운 사례를 만든 것이다.

만약에 여기까지 구경을 마친 눈 밝은 이라면 갑자기 군 단위의 작은 해남이 전국에서도 가장 높고 위대한 도시로 우러러보일지도 모른다. 그렇게 경이로운 해남에 대하여 몇 번이고 고개를 끄덕이며 스스로에게 인정시키고 있을 것이다.

여기에서 나는 백련재에 대한 지극히 개인적인 작은 이야기를 꺼내고 싶다. 무엇보다도 나는 백련재에 머물면서 살아생전에 풀어야 하는 업장의 마지막으로 여겼던 명상소설을 끝마칠 수 있었다. 그리고 '숨'이라는 제목의 장편소설로 출간하고 출간기념회까지 열 수가 있

송기원

본문백련재에 머물면서 살아생전에 풀어야 하는 업장의 마지막으로 여겼던
명상소설을 끝마칠 수 있었다. ⓒ해남군

었다.

나는 이 명상소설을 쓴다는 핑계로 집을 나와서 십 년 가까이를 여
기저기 헤매고 다녔다. 주로 깊은 산속의 절간에서부터 고시원, 어떤
때는 싸구려 여인숙까지 이 나라의 여러 곳을 헤매고 다녔다. 그러면
서도 나는 집에 돌아가지 않았다.

백련재에서 소설의 마지막에 끝이라는 말을 붙이면서 나는 스스로
에게 묻고 또 물었다. 만일에 백련재가 아닌 다른 곳에 있었다면 이 소
설을 끝낼 수가 있었을까? 그때마다 나는 고개를 저었다. 아니다. 아

해남 땅끝에 가고 싶다

니다. 아니다. 나에게 '숨'이라는 소설은 소설이 아닌 무슨 괴롭고 참혹한 고백록에 불과할 뿐이었다.

그런 나에게 백련재는 이미 일반적인 백련재와는 전혀 엉뚱한 의미가 되어 있었다. 누군가는 죽기 전에 마지막으로 하고 싶은 일 몇 가지를 적어놓은 작은 수첩을 가지고 다닌다고 한다.

내가 소설을 끝내었을 때, 나에게는 그 버킷 리스트마저 그 의미가 사라져버렸다. 아니, 그 의미가 사라져버린 것이 아니라 그 의미가 퇴색되어버린 것인지도 몰랐다.

대부분의 큰 사찰에는 선방 혹은 선원이라는 이름으로 스님들이 동안거나 하안거의 참선을 하기 위해 만든 커다란 방이 있다. 스님들은 그 방에서 좌선을 하고 앉아 화두를 중심으로 삼아 스스로에 대한 마음공부에 정진하고 있는 것이다.

선방 중에서는 무문관 無門關 으로 불리는 독방이 외딴 곳에 들어서 있는 곳도 있다. 무문관은 말 그대로 문이 없는 방이라는 뜻으로, 들어갈 때는 문이 있지만 밖으로 나오는 문은 3년간 방에서 나오지 못하게 밖에서 빗장을 걸어 잠가버린다. 이른바 3년을 기한 삼아서 자신에 대한 마음공부 중에서 자신에게 커다란 깨우침이 오지 않는 한, 문은 결코 열리지 않게 되어 있는 것이다.

내가 백담사에 있는 오현 스님을 찾아뵙고 바로 백담사에 있는 선방의 무문관에 들어가기로 약조를 한 것은 십 년을 훨씬 넘은 세월 전의 일이었다. 그리고 지금 오현 스님은 열반하여 다른 세상으로 떠나버

백련재에서 ⓒ해남군

리시고 이승에는 없다. 그리하여 나와 오현 스님과의 약조도 저절로
유야무야 되어버렸다.

오현 스님과의 약조를 지키지 못한 것은 순전히 개인적인 이유 때문
이었다. 이제 한 달만 지나서 우란분재가 시작되면 나는 오현 스님에
게 등을 떠밀리어 무문관에 들어가게 될 참이었다.

바로 그 무렵 갑자기 딸아이가 치료제가 없는 불치의 악성 백혈병
진단을 받은 것이었다. 어떤 약한 병균 하나에도 위태하게 목숨이 오
가는 딸아이는 당장에 병원에 입원을 하였는데, 그런 병실은 외부인
의 출입이 엄격하게 금지된 무균실이었다. 그리고 딸아이를 보살필

간병인은 나밖에는 없었다.

내가 딸아이의 병실에서 함께 지내게 되면서부터 무문관은 나의 버킷 리스트의 마지막 장에 오르게 되었다. 그런데 내가 '숨'이라는 소설을 끝내는 순간, 백련재가 전혀 엉뚱한 의미가 되어버린 것이었다.

기이하게도 나에게는 백련재가 무문관으로 그 의미가 바뀌어져 있었다. 백련재는 어디를 둘러보아도 무문관 같은 빗장 따위는 없을 뿐더러 해남의 5일장을 찾아 날마다 문밖으로 드나들어도 누구 하나 막아서거나 눈살 찌푸리는 이가 없다. 그렇듯이 먹고 자고 앉고 눕는 어떤 일에도 자유롭고 또 자유로운 곳이다.

그런 백련재를 나는 도대체 무슨 이유로 무문관으로 여기게 된 것일까. 살아생전의 내가 마지막 마음공부를 하기에는 세상에 다시없는 무문관으로 여기게 된 것일까.

더없이 훌륭한 사찰의 무문관이라고 할지라도 인위적으로 걸어 잠글 빗장이 없는 곳은 없다. 그렇게 외부적인 억제 없이 자기 스스로 만들어 스스로 자기 자신을 가두는 빗장만이 도드라진 무문관을 지닌 사찰은 더군다나 없다.

어쩌면 진정한 마음공부란 누군가가 인위적으로 만든 빗장이나 문이 없이 자신의 내면에서 만든 빗장을 깨닫는 공부인지도 모른다. 스스로 열고 스스로 닫으면서 있고도 없으며 없으면서도 있는 문, 그렇게 나가고 들어오고 열고 닫는 일에도 아무런 의미가 없는 문, 유위가 아닌 무위의 문, 무엇보다도 스스로의 밖이 아니라 스스로의 안에서 찾는 문.

　망발과 주책을 겸해서 감히 말한다면, 나는 혹시 마음속의 그런 무위의 무문관을 바로 백련재에서 찾은 것이 아닐까.

송기원 ＿＿＿＿ 1947년 전남 보성에서 태어나 중앙대학교 문예창작과를 졸업했고, 1974년 중앙일보 신춘문예에 단편소설 「경외성서(經外聖書)」, 동아일보 신춘문예에 시 「회복기의 노래」가 함께 당선되어 등단했다. 신동엽창작기금과 오영수문학상, 동인문학상 등을 받았다. 소설집 『월행(月行)』, 시집 『그대 언살이 터져 시가 빛날 때』 등이 있다.

· 신경숙 ·

그녀에게 가장 알맞았던 장소, 해남

해남에 대한 글을 써달라는 청을 받고 내가 한 말은 "나는 해남에 한 번밖에 가보질 않았는데 글을 쓸 수 있을까요"였다. 그랬다. 나는 아주 오래전에 딱 한 번 해남에 갔었다. 나보다 나이가 서넛 많았던 동료를 생각하며 일부러 찾아갔던 해남. 그곳에서 하루를 묵었고, 이른 아침의 길을 걷다가 밭에서 하지감자 캐는 사람들을 만났다. 그랬으니 5월이나 6월이었을 것이다. 도로 건너편에 바다를 두고 있는 감자밭은 평야처럼 드넓게 이어졌다. 부지런한 손들이 캐놓은 주먹만 한 감자들이 해남 흙 속에서 뒹굴거나 쌓이거나 상자에 담겨서 밭 여기저기에 내놓였다.

산이면 고구마 수확 현장 ⓒ해남군

해남이 태생지였던 그녀나 나나 등단은 했으나 거의 무명씨에 해당
되었던 시절이었지, 싶다. 함께했던 시간은 별로 안 되었지만 극심하
게 서로 고독하게 지내던 시절이라 어쩌든 가까이 있으려고 했던 기
억이 난다. 무명씨에서 조금 벗어나면서 우리는 각자 다른 생활이 생
겼다. 이메일도 핸드폰도 없던 시절이다. 글을 쓴다고 걸핏하면 한두
달씩 전화기를 꺼놓고 지내다 보면 자연스럽게 많은 관계는 멀어져
있곤 했다. 간신히 다시 잇다가 다시 끊기고 다시 잇다가 다시 끊기도
하다가……. 꽤 오래 소식이 끊긴 후에 전해 들은 건 그녀의 부음소식
이었다. 그녀가 신장 투석 중이었다는 것도, 그녀가 한 달에 한 번은

수감 중인 운동권 남자친구의 면회를 다녔다는 것도 그 후에 알았다. 그러니까 해남은 이제는 만날 수 없게 된 그녀를 추모하는 마음으로 찾아가 본 곳이었다.

나는 주로 해남에서 태어난 그녀가 들려주는 해남 사람들이나 해남의 바다 얘기에 빨려들곤 했다.

언젠가 한 번은 그녀가 티베트를 여행한 사람이 전하는 말이라면서 그곳 사람들은 자신이 죽을 때를 미리 안다더라고 했다. 여행자가 어느 마을을 들렀는데 그 마을의 노인들은 대부분 한 평생을 일하고 절약하고 소식으로 살아온 사람들인데, 수술 칼 한 번 몸에 대지 않고 건강하게 사는 사람들이 수두룩해서 아흔 살, 백 살 되는 사람이 흔하디흔했다고. 그 여행자가 그 마을에서 어떤 노인이 죽는 날을 봤다는데 새벽에 사다리를 타고 지붕에 올라가 비가 새는 지붕 귀퉁이를 고치고 내려와서 아침도 잘 먹고 상을 물린 후에 며느리가 바깥에 나가려고 대문을 나서니까 나직이 "야야" 하고 부르더니 "나는 이제 갈란다, 잘 놀다 오려므나" 했다고.

내가 얘기를 듣다가 그녀를 향해 뭐라고? 하는 표정을 지으니 그녀는 맑은 목소리로 며느리가 나갔다 와보니 "방 안에 그 노인이 고요히 누워 가셨더래"라고 했다. 그녀가 들려준 이런 얘기들이 자주 "쩡" 소리를 내며 마음을 부수고 들어왔다. 그녀는 "내가 자란 해남에서도 그런 비슷한 일이 있었어"라며 이야기를 이어갔다.

"내가 자란 마을서도 그런 일은 있었어야. 우리 동네 사작나무 옆집에서 있었던 일인데 그 집 아들이 내 외삼촌과 동갑내기였어. 새우가 잡힐 때면 말이다. 바다에 나가서는 건성건성 새우를 한 소쿠리 건져다가 우리 집 마당에 놓고 가곤 했어야. 아이구, 그 새우……. 따로 뭐 양념 헐 것도 없당게. 얼망이에다 붓고서 말강 물에 잘잘 씻어서는 탁탁탁 치면 술렁술렁 껍질이 벗겨져야. 수염 달린 것을 들고 초고추장 찍어 입에 넣으면 달디단 것이 아이구, 반짝하는 새에 한 얼망이는 다 없어져. 아이구, 그 새우 생살이 말이다. 입안에서 잘잘 녹아."

무슨 얘기를 하다 보면 자주 앞에 해남의 바다나 풍경이 등장해 본론은 뒤로 밀려나고 새우며 멍게 맛이 일품으로 그녀 입을 통해 표현되었다. 침이 고일 정도였다. 아마도 내가 정신을 차리고 새우 맛에서 빠져나와, 그러니까 "사작나무 옆집에서 무슨 일이 있었는데?" 하지 않았으면 얘기의 본론은 사라지고 없었을지도. 그렇게 시도 때도 없이 전달되는 그녀의 혀 밑에 저장된 숱한 해남 바다 맛을 밀치고 듣게 된 본론은 그녀가 자랐던 해남의 아름드리 사작나무 옆집에 살았던 할머니는 손자를 등에 업고 있었다고 했다. 한나절 내내 손자를 등에 업고 잘 지내던 할머니가 마당에서 멍게 손질을 하고 있던 며느리를 부르더니 등에 업고 있던 손자를 며느리에게 건네주고는 "나는 인자 가봐야겠다"면서 방으로 들어가더니 늘 그랬던 것처럼 낮은 베개를 찾아 베고 낮잠에 들 듯이 그렇게 세상을 떠났다는 얘기를 아무렇지도 않게 들려주었다.

그녀가 살았던 해남의 사작나무가 있던 마을은 어디일까?

그녀가 떠나온 해남을 생각할 때 잘잘 쏟아내던 바다에서 잡아온 살아 있는 것들에 대한 예찬은 그녀의 몸에 밴 것이라 흉내를 낼 수가 없다. 너무도 생생해서 나도 모르게 귀가 기울여지고 내 손으로 그것들을 만지고 있는 느낌이 들 정도였다. 성장기를 내륙의 벌판을 보며 자랐던 내게 해남 바다나 갯벌에 대한 생생한 체험이 담긴 구술은 언제나 나를 홀려서 넋을 빼놓고 들었다. 보탤 것도 뺄 것도 없이 그대로 옮겨놓으면 되었던 그녀의 해남 바다에 대한 말들. 바다라고는 초등학교 6학년 때 군산으로 수학여행을 가서 본 제련소 앞의 장항 앞바다가 처음 본 바다였던 내게는 참말 낯설고 생명이 팔딱이는 세계였다. 문득 살아 있는 낙지로 낙지죽을 끓여먹었다던 해남의 그 마을은 아직도 있는 것인지 궁금해진다.

"살아 있는 낙지로 죽을 끓인다고?" 놀라서 묻는 내게 해남의 그 마을 사람들은 죽은 낙지는 아예 쳐주지도 않는다고 했다. 죽을 끓일 때는 더욱더. 내가 "왜?" 물으니 죽은 낙지에서는 죽은 냄새가 난다고 했다. 죽은 냄새라니……. 그 냄새는 또 어떤 냄새인지. 산낙지든 죽은 낙지든 나의 어린 시절에는 한 번도 본 적이 없는 산낙지 죽에 대한 그녀의 예찬 속에는 해남에 대한 그리움이 가득 일렁거리곤 했다. 그곳의 생명력이. 그래서인가. 살아 있는 해삼, 살아 있는 멍게, 살아 있는 전복, 살아 있는 낙지를 보면 나도 모르게 해남이 떠오르고 곧 마

95

문득 살아 있는 낙지로 낙지죽을 끓여먹었다던 해남의 그 마을은
아직도 있는 것인지 궁금해진다. ⓒ해남군

음이 애잔해지며 그녀가 떠오르곤 했던 세월이 참 길게도 흘러갔다는
생각.

해남 갯벌에서 잡아온 살아 있는 낙지로 죽을 끓여서 먹었던 얘기
를 하면서 덧붙인 말은, 힘이 없거나 감기 같은 것에 걸려 입맛이 없을
때 살아 있는 낙지죽을 먹으면 힘도 불끈 솟아나고 입맛도 돌고 잔병
들이 물러난다고 했기 때문에 오래전 그때 이 세상에 없는 그녀를 생
각하며 찾아갔던 해남의 어느 식당에서 낙지죽을 주문했던 기억도 난

다. 낙지죽은 내 앞에 맛깔스럽게 놓였으나 나는 한 수저도 뜨지 못했다. 해남을 떠나 서울에서 사는 동안 가장 그리웠다던 살아 있는 낙지로 끓인 죽을 떠올리며 이 죽은 살아 있는 낙지로 끓인 것일까, 아닐까를 생각하다가 돌아왔다. 서울에는 살아 있는 낙지로 죽을 끓여 파는 곳이 없어서 그녀는 곧잘 살아 있는 낙지를 사러 수산물 시장에 나갔다고도 했었다. 낙지를 살아 있는 채로 집으로 가져오기 위해 아예 주전자를 챙겨갔다고도 했다. 거기에 살아 있는 낙지를 담아오면 주전자 꼭지로 공기가 드나들어서 낙지가 오랫동안 살아 있다고도.

해남에 대한 글을 써달라는 요청을 받았는데 해남이 태생지였던 그녀의 흔적만 가득인 글이 되었다. 내게 해남은 곧 그녀이니까. 오래전 외롭고 추운 마음을 서로 비비고 지냈던 사람을 향한 애도의 시간 속에 찾아갔던 해남. 땅끝마을로 알려진 아름다운 해남에 가서 내가 본 것 중 기억에 남는 것은 그 이른 아침의 감자밭에서 감자를 캐던 사람들이다. 도로를 사이에 둔 감자밭의 건너편은 바다였다고 쓰면서도 가물가물하다. 밭을 바라볼 수 있는 길가에 나무 의자가 놓여 있던 것으로 기억되는데 그것도 가물가물하다. 내가 그 의자에 앉아서 해풍을 맞으며 이른 아침에 감자를 캐던 사람들을 오래 바라봤다는 기억이 난다. 그녀가 살아 있었을 때 같이 와 봤으며 좋았을 텐데…… 하는 생각을 했을 것이다. 하긴 그녀가 살아 있었으면 그때의 느닷없는 해남행도 내 인생에서 없었을 것이다. 그녀가 없는 해남에 가서 눈으로는 이른 아침의 감자밭에서 감자를 캐는 사람들을 보면서 마음으로는

산신각 ⓒ김대원

99
·
신경숙

그녀가 전해 준 해남을 생각했다. 그녀가 무서운 아버지를 피해 달아났던 곳은 늘 해남 바다였다고 했었다. 바다에 대해 내게 그녀처럼 풍성하게 표현해 준 이는 지금껏 없었다.

해가 질 때의 해남 바다는 사람을 미치게 한다고도 했었다. 보리 팰 때면 그물에 수도 없이 보리 숭어가 잡혀서 숭어살을 싹싹 베어 입에 넣으면 혓바닥에 찰싹 달라붙었다고도 했었는데, 보리 숭어 때가 아니라도 해남 바다는 항상 너그럽고 푸져서 아무 때나 양동이를 들고 나가면 낙지 해삼 멍게를 셀 수 없을 만큼 쓸어 담아 왔다고도. 오독오독 씹는 맛을 어디다가 비하겠냐고 했었는데……. 그 바다를 두고 그녀는 왜 해남을 떠나와 일찍 세상을 떠버렸을까. 세월이 무심하게 흘러가 이제는 나의 기억 속에서도 희미해졌으나 그녀에게 가장 알맞은 장소는 해남이었다는 생각이 든다. 시간에 쓸리긴 했으나 그녀가 사라지지 않고 이렇게 나에게 남아서 이런 글을 쓰게 했으니 언젠가는 그녀에게 가장 알맞은 장소였던 해남에 내가 다시 찾아갈 날이 올 것도 같다.

신경숙 _____ 1963년 1월 전라북도 정읍에서 태어났다. 서울예술대학 문예창작과를 졸업한 뒤 1985년『문예중앙』신인문학상을 받으며 등단했다. 대한민국 문화예술상, 호암상 예술상 등을 수상했다. 소설『풍금이 있던 자리』,『외딴방』,『엄마를 부탁해』등이 있다.

명품인생으로 산다는 것은

시대는 우리를 바쁘게 한다. 이 시대는 우리를 번거롭게 한다. 그렇다. 이 시대는 우리를 방황하게 만든다. 이 세상은 너무나 할 것이 많은 것처럼 보인다. 또한 뭐든 해서 될 것처럼도 보인다.

하나를 딱 선택하기가 너무나 어려워 보인다. 광고, 홍보, 뭐 이런 것 때문일까? 어디를 봐도 "좋다"고, "이것이면 인생은 모두 다"라고 떠들고 있다. 날마다 우리는 과도하고 황홀한 홍보를 들으며 살고 있다. 문제는 사람의 의식이고 판단이다. 지금 이 시대는 인간의 올바른 판단력을 가장 필요로 하고 있다. 사람들은 그 하나의 선택으로 인생을 살아야 하니까…….

"재미"를 따진다. "재미있게 살아야 한다"고, "인생에 재미가 없으면 그것은 인생이 아니"라고 말이다. 과연 재미있는 생이란 뭘까? 우리는 너무 지나치게 재미를 강조하는 것 같다. 그러나 무심하게 덤덤하게 사는 일도 쉽지 않은 일이어서 그 정도만 살아도 재미있는 삶이 아닐까 생각하기도 한다. 음식도 맛있는 것을 따진다. 그러나 요즘은 많은 사람들이 건강을 먼저 셈한다. 재미와 맛을 제치고 건강을 선택하는 것이 그리고 미래를 생각하는 것이 지금 시대의 가장 뚜렷한 화두다.

우리들 나이쯤 되면 자식들을 모두 혼인시켜 보내놓고 부부가 안정적으로 사는 친구들이 많아졌다. 여기서 안정적이라는 말은 자식 다 혼인시키고 얼마큼 생활비를 걱정하지 않고 주변에 이렇다 할 걱정거리가 적은 사람들을 말하는 것이다. 내 친구들은 거의 그렇게 산다. 부부가 감동적으로 눈부시게 살지 않는다고 해도 집 안에서 마주치면 눈웃음 한 번 치지 않고 살고 있지만 그들은 아름답게 보인다. 그들은 말한다. 심심하다고……. 늙은 아내를 바라보는 일과 늙은 남편을 바라보는 일이 싱겁고 느낌조차 없다고……. 그래서 이게 뭔가, 어떤 짜릿한 것이 정말 없는 것인가. 그렇게 말하면서 담담하게 웃는 그들이 행복하게 보인다.

그 편안한 행복이 나는 행복으로 보인다. 젊은 날 오직 하나의 길을 걸어

왔기 때문이라고 생각한다. 나는 그들의 그 평범한 행복이 젊은 날 오직 하나의 길에서 몰입했기 때문이라고 생각한다. 무지하게 하나에 묶여 그것 아니면 죽을 것 같아서 외로운 투지로 과학이면 과학, 공부면 공부, 미술이면 미술을 파고들었기 때문이라고 생각한다. 그러나 그들은 인생은 짜릿한 게 아니라 오히려 덤덤하다고 말하면서 재미없다고 말한다. 재미? 그것은 너무 과분한 욕심이다. 그들이 말하는 재미는 그들이 젊은 날에 모두 까먹은 밤이다. 하얀 속살을 다 파먹은 밤 같은 것이라고 내가 말한다. 그리고 그들은 오직 하나를 위해 잠을 줄이고 육체적, 정신적 노동을 늘렸다.

젊은 날에는 고생만 했으니 무슨 재미가 있었느냐고 말하지만 결국 생의 재미는 누구에게나 고르게 나누어져 있다.

정신없이 키워 온 자식들도 괴로움과 함께 기쁨을 주었던 것이다.

젊은 날이라고 하늘이, 햇살이, 꽃이, 새가 없었겠는가. 그저 정신 놓고 사느라 그런 무상의 선물을 제대로 바라보지 못했던 것이다. 제대로 쳐다보지 못하고 살아온 그 엄청난 예술을 이제야말로 넉넉히 바라볼 수 있다는 점에서 노년은 결코 나쁘지 않은 것이다.

그러나 재미없다고만 말하고 심드렁하게 노년을 보내는 사람들을 본다. 마치 생에 대한 사랑을 다 끝낸 것처럼 여생을 보내는 친구들 사이에 보석같이 아름답게 사는 내 친구 부부가 있다.

이들 부부는 모두 퇴직을 하고 앞으로의 설계도를 만들면서 가장 중요하게 생각했던 것이, 돈 많이 안 들고 가장 즐거운 것을 많이 하자는

고천철새도래지 ⓒ해남군

것으로 두 사람의 마음을 모았다고 한다.

아침에 일찍 일어나 가까운 산에 가고, 자연의 변화를 보고, 식사는 두 사람이 돌아가면서 뭐든 해 먹고, 맛이 없어도 웃으며 먹고, 오후에는 돈 안 주고 구경할 수 있는 그림전시회를 일주일에 두 번은 꼭 가며, 젊은이들이 노는 대학로를 걷고, 때로는 버스나 기차를 타고 한국에서 가 보지 않은 도시를 구경한다고 한다.

그러나 그중에 내가 가장 놀라워 한 것은, 두 사람이 꼭 지키는 일주일에 한 권씩 책 읽는 것이다. 독서 목록을 정하고 읽으며 독후감도 써보고 서로 웃고, 부족하면 그런대로 다시 웃고 그렇게 사는 부부가 있다.

더욱 예뻐 보이는 것은 자식들에게 전화보다 편지를 더 많이 쓰는 것이다. 언제 우리가 자식들이나 친구들에게 고요히 마음을 다듬고 편지를 써본 적이 있는가. 퇴직 후에는 그런 시간이 있다고 그는 말한다.

뿐만 아니라 그중에서도 남들이 하기 어려운 고시를 서로 읽어주는데, 이달에 읽은 시가 이옥봉의 그 아름다운 절창의 노래였다.

근래의 안부는 어떠신지요
사창에 달 떠오면 하도 그리워
꿈 속 넋 만약에 자취 있다면
문 앞 돌길 모래로 변하였으리

1550년에서 1600년 사이의 생을 살다간 아름다운 이옥봉은 보고 싶은 애인의 창가를 너무나 많이 밟아서 돌이 모래가 되었을 것이라고 말하는 눈물 나는 절창을 노래한 것이다.

얼마나 님을 그리워했으면 돌이 모래가 되도록 님의 창가를 맴돌았을 것인가. 시대를 초월해 사랑은 다 같은 모양인지, 젊은 날 좋아하는 남자의 집을 다섯 번쯤 찾아가 오래 기다린 적이 있다. 그 시절 나는 다섯 번쯤으로 돌이 모래가 되었을 것이라고 과장법을 썼는데, 사랑은 이렇게 과장법을 사용하지 않고는 마음을 다 내어놓을 수가 없는 것이리라. 아쉽고 작아보여서……. 님의 창가에서 기다려 보는 일이 그 시절은 괴로운 것이었지만 아아, 그것이 얼마나 아름다운 것인지를 지금 알겠다.

나는 시를 서로 주고받고, 서재에 없는 시집은 서점에도 가서 사기도 하며 사는 내 친구 부부가 가장 명품인생을 사는 것처럼 보인다. 처음엔 어색하더니 고통이더니 지금은 재미있다고 말한다. 하나에 집중하며 노년을 풍요롭게 만들며 사는 것이 부럽다. 그래서 그 친구가 명품이라고 내가 말한다. 그 친구가 거리에서 산 핸드백이 명품으로 보이는 이유다. 그의 생각과 생활이 그를 명품으로 보이게 하는 것이다. 그들이라고 견뎌야 할 것이 없겠는가. 그러나 훌훌 털고 가끔은 하늘을 보며 다시 시작하는 것이리라. 늙은 부부가 그렇게 함께하는 것은 어느 예술품보다 훌륭하게 보이기도 한다. 뿐만 아니라 그들의 고향, 앞선 선조들까지 빛나게 보이게 하는 힘이 있어 보인다.

그 친구는 내게 새로운 힘을 부여했다.

나 혼자서 할 수 있는 명품을 찾게 하는 힘을…….

나는 여행의 탐구를 찾아냈다. 혼밥과 더불어 "혼행"을 택했다. 혼자 하는 여행이다. 나는 가장 먼저 "땅끝"이라는 지명에 매혹되었다. 심정적으로 땅끝에 닿고 싶었다. 그렇게 혼자 시동을 걸기에는 무한한 힘을 필요로 했다.

태양이 작열하는 여름이었다. 무작정 떠난 땅끝은 멀고 멀었다. 되돌아가고 싶은 마음이 수시로 일어났지만 한 번 먹은 마음을 되돌린

그야말로 미황사의 땅을 밟고 몇 초간 절 뒤의 바위능선을 바라보았다.
바위이면서 리듬이 느껴졌다. 그런 풍경은 처음이었다. ⓒ해남군

다는 것은 내가 나에게 지는 일이라고 생각하고 이를 악다물었다.

외롭다고 생각하지도 않았다. 무슨 인생의 숙제라도 풀 듯 나는 해남 땅끝이라는 곳에 도착했고, 나는 두렵고 무서웠다. 바닷가엔 사람들로 넘치고 주변 숙박소를 찾아보니 방 한 개를 구할 수가 없었다.

"큰일 났다."

나는 어찌할 바를 몰랐지만 그래도 내 공간을 가지고 있었던 것이다. 홀로 우동 한 그릇을 먹고 바닷가에 밤 2시까지 앉아 있다가 자동차 안에서 두어 시간을 잤다. 바다가 아름다웠는지 땅끝의 표정은 어

떠했는지 기억조차 없다. 지금도 기억에 남아 있는 것은 '무서움'뿐이다. 더 무서운 두려움을 찾아 땅끝에 나는 간 것이다.

아무것도 눈에 들어오지도 않았다. 그러나 눈에 들어온 미황사의 땅이라도 밟고 싶었다. 그야말로 미황사의 땅을 밟고 몇 초간 절 뒤의 바위능선을 바라보았다. 바위이면서 리듬이 느껴졌다. 그런 풍경은 처음이었다. 무엇이 나에게 말하고 있는 듯도 했다. 나는 새로운 힘을 얻었다. 나는 다시 시동을 걸었고 서울로 서울로 가고 있었다. 지금 생각하면 내가 만든 나의 특별한 자원이다. 그때 나의 선택은 옳았다. 무모한 나의 여행은 빤짝이는 나의 기억이고 해남은 고마운 나의 추억의 주인공이다. 바로 그 빛나는 기억은 나를 명품으로 승격시킨 아름다운 선택이었던 것이다.

신달자 _____ 1972년 《현대문학》에 「발」, 「처음 목소리」가 추천되어 등단했다. 정지용문학상, 석정문학상, 김달진문학상, 대산문학상 등을 수상했고, 현재 대한민국 예술원 회원이다. 시집 『북촌』, 『종이』 등, 산문집 『여자를 위한 인생 10강』, 『엄마와 딸』 등이 있다.

· 어수웅 ·

그해 여름, 해남 일기

한참 전의 일이다. 등장인물의 보호를 위해 고유명사와 시점은 특정하지 않기로 하자.

그해 여름, 아직 젊었던 나는 속세로부터 벗어나고 싶었다. 내가 쓰는 문화면 기사는 내 욕심에 미달했고, 애정운은 수명을 다했으며, 혼자 있고 싶었다. 신문사 문화부 기자의 알량한 인맥에 손을 뻗친 나는 해남 한 큰 절의 말사末寺를 소개받았다. 큰 절이 대흥사였는지 미황사였는지는 묻지 마시라. 단지 작은 절 암자에서 며칠을 보내고 싶었을 따름이다. 지금은 역시 수명을 다한 현대 엑센트를 몰고 해남으로 달리던 그날이 떠오른다. 피폐하고 불안정한 심신 때문이었을까. 될

대로 되라는 심정이었고, 국도 어느 곡선구간에서 나는 방심했다. 속도를 줄이지 않고 액셀을 밟았고, 갑자기 덤프트럭이 나타났으며, 급브레이크 이후 차는 단말마의 비명을 내며 오른쪽 바퀴 두 개가 슬쩍 들렸다. 차는 가드레일과 부딪히고서야 겨우 멈췄다. 그 정도로 상태가 안 좋았던 시절이었다.

암자의 주지 스님은 바쁜 분이었다. 내가 도착한 그날 저녁에도 타지에서 강연이 있다고 했다. 스님은 행자 한 분을 소개시켜주고 총총 떠나갔다. 아직 스님이라 불릴 수 없는, 머리를 깎지 않은 수행자. 둘만 남은 암자는 적막했다. 어스름 저녁, 행자가 다가왔다.

"처사님, 저녁 드십시다."

당연히 나물과 김치와 밥을 기대했던 밥상에는, 놀랍게도 제육볶음이 놓여 있었다. 놀란 표정을 지은 처사에게, 행자는 말했다.

"젊은 분이 푸성귀만 먹고 힘을 쓸 수 있겠습니까."

행자는 냉장고를 열었다. 냉장고 안에는 검은 비닐 봉투가 여럿 있었다. 그중 또 하나를 꺼내 매듭을 풀었다. 삼겹살이었다.

"스님, 절에 어떻게 이런 귀물이……."

"보살님들이 가끔 가져다주십니다."

감사한 마음으로 젓가락을 잡았을 때 행자는 다시 일어섰다. 냉장고를 왕복하더니, 2리터짜리 페트병 하나를 들고 왔다. 위풍당당, 보해소주였다.

내 고민을 털어놔도 모자란 시간이었는데,
이상하게도 듣는 동안 치유받는 느낌이었다. ⓒ해남군

행자는 자신의 인생을 주섬주섬 털어놨다. 내가 처음부터 중이 되
려 했던 건 아니라는 둥, 부모님 속을 많이 썩혀드렸다는 둥, 우리 주
지 스님은 좋으신 분인데 내가 너무 미달한다는 둥…… 한 토막 한 토
막을 털어놓을 때마다 페트병도 조금씩 비어갔다. 내 고민을 털어놔도
모자란 시간이었는데, 이상하게도 듣는 동안 치유받는 느낌이었다.

3박 4일 동안의 암자 생활이 지금도 생각난다. 매일 아침이면 산 정
상에 뛰어올랐고, 밤에는 가져갔던 책을 읽었다. 낮에는 아직 머리를
깎지 않은 젊은 행자와 해남 읍내에 아이스크림을 먹으러 나갔다. 사
람과 자연과 문학에게서 힘을 얻던, 해남의 여름이었다.

그 암자에서 밤을 함께 보낸 책이 있다. 도정일 산문집 『쓰잘데없이

사람과 자연과 문학에게서 힘을 얻던, 해남의 여름이었다. ⓒ박병두

고귀한 것들의 목록』이다. 기억에 남는 구절이 있다.

"고추를 팔면 팔수록 손해 보면서도 많이 팔았다고 즐거워하는 고
추장수 이야기, 아내가 낳은 아이들 중에 진짜 자기 아이는 몇인가 같
은 문제에는 도무지 신경 쓰지 않는 동네 바보, 하느님이 많으면 많을
수록 좋지 어째 꼭 하나여야 하느냐고 우기다가 목이 달아나는 얼간
이, 6시가 지나면 왜 반드시 7시가 와야 하느냐는 문제로 깊은 고민에
빠지는 푼수, 이런 바보들의 이야기로 한때 풍요로웠던 것이 문학의
세계다. 그 바보들은 다 어디로 갔는가?"

이러다가 주지 스님이 영원히 머리를 깎아주지 않을지도 모른다는
우려는 행자에게 전하지 않았다. 해남의 고추장수와 서울내기 동네바

보 이야기로 해남에서 보낸 밤은 즐거웠다.

서울의 얼간이가 물었다.

"입에 사탕 세 개가 들어 있다. 두 개를 더 넣으면 몇 개요?"

해남의 푼수가 대답했다.

"한 입 가득이요."

다섯 개가 아니라 한 입 가득이라고 답하는 세상에 문학이 있고 사람이 있다. 문학이 실용적이지 않아 읽지 않는다고 대답하는 사람들이 늘어가는 세상. 그러면서도 한편에서는 자신의 영혼이 오염되어 가고 있음을 두려워하는 세상. 그해 여름 해남의 기록을 여기 몇 줄로 남긴다.

어수웅 _____ 문화부 기자가 되고 싶어 1995년 《조선일보》에 입사했다. 문학, 출판, 영화, 여행 담당으로 주로 일했고, 현재 조선일보 문화부 부장이다. 지은 책으로 『파워 클래식』, 『탐독』 등이 있다.

· 오세영 ·

동백꽃 그늘 아래서

2000년 겨울, 나는 한 철을 전라남도 해남의 땅끝마을에 있는 달마산의 미황사에 머물고 있었다. 그림같이 아름다운 절이었다. 산 중턱에 자리한 도량은 온통 동백 숲속에 묻혀 있었고, 후면으로는 달마산의 신비스런 바위 병풍이, 전면으로는 고즈넉하고 툭 트인 들판과 바다 건너 한 점 섬, 진도가 아스라하게 보였다.

그해에는 유난히 눈이 많이 내렸다. 그래서 남도에서는 쉽게 보기 어렵다는 설경雪景 을 나는 달마산의 기암절벽을 배경으로 실컷 감상할 수 있었다. 말로만 듣던 그 눈 속의 화사한 선홍빛 동백꽃은 더할

나위 없이 아름다웠다. 아침저녁으로 이 꽃송이들을 들락거리며 탐하
는 동박새의 희롱이 농염했다. 문득 옛날에 떠나보낸 인연의 여자가
뇌리에 떠올랐다. 그 아름다운 날들이 다시 오지 않을 것이라 생각하
니 가슴이 아렸다. 청정심을 얻기 위해 찾아온 절인데 이 무슨 망발이
란 말인가. 나는 그럴 때마다 마음을 되잡으려 원고지를 붙들고 늘어
졌다. 그 원고지들만이 내 생의 궁극적 의지처나 되듯⋯⋯.

너 없으므로
나 있음이 아니어라.

너로 하여 이 세상 밝아오듯
너로 하여 이 세상 차오르듯

홀로 있음은 이미
있음이 아니어라.

이승의 강변 바람도 많고
풀꽃은 어우러져 피었더라만
흐르는 것 어이 바람과 꽃뿐이랴.

흘러 흘러 남는 것은 그리움,

아, 살아 있음의 이 막막함이여.

홀로 있음으로 이미

있음이 아니어라.

―「너, 없음으로」

20여 일을 보내고 드디어 상경해야 할 시간, 나는 이 절의 주지이신 현공 스님과 함께 아침 공양을 겸상하면서 내일은 떠나야겠다는 말씀을 드렸다. 스님은 그동안 공부를 하느라 얼마나 고생이 많으셨냐며 날 위로해 주시더니 절밥이 시원치 않아 그간 영양상태가 좋지 않았을 것이라면서 저녁 공양은 밖에 나가 같이 남도회나 먹자고 하셨다. 그때 나는 '스님이 웬 고기를 드시나' 하는 생각이 들기도 했지만 한편으로는 요즘 스님들은 외식도 자주 하시므로 그러려니 치부하였다.

그날 오후 약속 시간이 되었다. 절에서 사무장 겸 운전기사로 일하시는 처사가 내 방문을 노크했다. 스님이 보냈으니 같이 나가자고 한다. 나는 그를 따라 말없이 근처 사구미 해변의 한 아담한 생선회집을 찾았다. 스님이 미리 거기서 기다리고 계실 줄 알았던 것이다. 그러나 그 식당엔 스님이 보이시질 않았다. 그래서 나는 그 처사에게 스님은 어디 계시느냐고 물었다. 그제야 그는 스님은 오시지 않을 것이라며 스님 말씀이 오 교수에게 생선회를 사드리라고 자신에게 용채를 충분히 주셨으니 스님 기다리지 말고 우리끼리 회식이나 즐기자고 한다. 그래서 나는 그날 밤 남도의 청정한 바다에서 잡은 생선회를 실컷 먹

사구미 일몰 ⓒ해남군

을 수 있었다.

사문으로서 불교의 계율은 지키되 중생을 배려코자 하는 그 따뜻한 현공 스님의 인품이 고마웠다. 이 역시 불심 佛心 의 발로가 아니었을 까?

2009년 어느 이른 봄날이었다. 시조를 쓰는 윤금초 시인이 한번 만나자고 했다. 이야기를 들어본 즉 자신의 고향 해남에서는 매년 '고산 문학축전'이라는 행사가 열리는데 그 위원회 측에서 나를 위원장으로 영입하고 싶다 하니 바쁜 일이 있더라도 거절하지 말고 애향심을 발휘해서 꼭 허락해 달라는 부탁이었다. 그 애향심이란 내 처의 출생지가 본래 해남이고 나 역시 전라도 출신임을 가리키는 말이다.

　나로서는 그 몇 년 전, 이 행사에 참여한 적이 있었다. 제1회 고산문학상 심사위원으로 위촉되어 바로 그 윤금초 시인을 수상자로 뽑았던 것이다. 따라서 나는 이 문학행사의 성격에 대해서는 이미 어느 정도 알고 있기도 했다. 해남 군민들이 하나같이 뜻을 모아 이 고장 출신의 조선시대 대문호 윤고산^{윤선도}의 문학을 기리고 선양하는 축전, 바로 그것이다. 윤금초 시인 역시 그의 후손 중 한 분으로 알고 있다. 그래서 내가 행사의 구체적 내용을 물은 즉 그는 일 년에 한 번 10월에 열리는 축전에 문학상 시상식을 주관하면 될 뿐이고, 이외의 모든 실무는 해남 문화원이 맡아 할 것이므로 내가 딱히 힘쓸 일도 없다고 했다. 그래서 나는 흔쾌히 그 후 한 4년간 이 축전에서 '위원장'이라는 자격으로 봉사하게 된다.

　이 문학축전은 핵심은 '고산문학상'의 시상식이다. 그런데 그때까지 수상자의 자격은 오직 시조시인 한 분으로만 한정되어 있었다. 그래서인지 이 문학축전은 10여 년이 지났음에도 중앙 문단에서는 거의 주목을 끌지 못했다. 문단 인구로 보아 시조시인의 숫자가 자유시인들의 숫자에 턱없이 밀리기 때문이다. 따라서 이 문학축전이 활성화되기 위해서는 무엇보다 자유시인에게도 수상 자격을 주어야 할 것 같다는 생각이 들었다. 우선 나는 군수를 만나 축전의 지원 실태를 물어보았다. 그는 재정이 한정되어 더 이상의 보조가 어렵다고 했다. 그런 그를 나는 타지의 문학축전과 비교하며 끈질기게 설득한 결과 시상자를 한 명 더 늘린다는 조건을 붙여 축전의 상금을 증액시키는 데 성공하였다. 그래서 이후부터 '고산문학상'은 시조와 함께 자유시도 그 대상이 되어 시조시인과 자유시인 두 사람에게 상을 주는 관례를 확립하였다.

그뿐만 아니다. 그 무엇이든 축전이란 으레 홍보가 중요하지 않은가? 대중성이 부족한 문학축전이라면 더욱 그럴 것이다. 따라서 문학상의 경우 수상작품의 발표와 그 심사과정의 공개, 기타 수상자 소개와 같은 글들이 실릴 문학잡지를 활용할 필요가 있음은 두말할 필요가 없다. 그런데 그때까지만 해도 고산문학축전은 이를 도맡아 관리할 문학잡지를 가지고 있지 못했다. 그래서 나는 이 고장 출신의 시인 이지엽 경기대 교수를 섭외하여 그가 간행하는 《열린시학》지에서 이 일을 도맡아 하도록 일을 성사시켰다. 이후 고산문학축전이 이 문학지의 적극적 협조로 이전보다 더 활성화되었다는 것은 다 아는 바와 같다.

한편 나는 축전을 주관하는 문화원장에게 이런 제의도 했다.

"해남은 육지의 맨 끝에 자리한 지역이다. 그야말로 땅끝마을이다. 그러니 이 땅끝에 우체통을 하나 세우자. 우표를 팔아 관광객을 끌도록 하자. 이곳을 방문한 사람들에게 엽서를 쓰게 해서 전국 곳곳에 땅끝마을 포스트가 찍힌 편지를 보낸다. 이는 곧 색다른 낭만이 되지 않겠는가. 우정사업본부의 협조를 얻어 그 편지들을 연말에 심사해서

녹우당 ⓒ해남군

고산축전 때 가칭 '땅끝마을에서 보내온 편지'라는 상을 만들어 시상
하면 더 좋을 것이다. 해남을 전국에 알리는 한바탕 축제가 될 것이 분
명하기 때문이다."

　그러나 문화원장은 나의 이 같은 제의에 심드렁했다. 인력과 경비
가 없다는 변명이었지만 나는 그것을, 축전을 그저 무사 안일하게 치
르고 싶다는 뜻으로 읽었다. 그래서 나는 더 이상 이 문제를 채근하지
않았고 그 아이디어는 결국 유야무야 되어버리고 말았다.

　그러던 어느 날이었다. 이 행사를 준비 중이던 나는 고산 윤문의 종
손이신 윤형식 선생과 고산의 고택이자 종택인 녹우당綠雨堂에서 함
께 차를 나누게 되었다. 선생은 이것저것 고산에 관한 에피소드를 들
려주시더니 문득 고산 선생이 당쟁에 휩쓸려 유배 길에 올랐던 일화
를 이야기하셨다. 당시의 당쟁에서 당파적으로 남인에 속했던 고산

선생은 생전에 몇 번의 귀양살이를 하셨는데 모두 그 정적이라 할 서인, 특히 서인의 수장이었던 송강 정철 세력의 모함으로 그리되었다는 것이다. 연배로 보아 고산 선생은 정철 선생의 사후에 정치 활동을 하셨겠지만 그러면서 농담 삼아 말씀하시기를 그래서 수년 전까지만 해도 당신의 집, 안사람들은 기제사 음식을 만들 때 무를 썰면서 ―망나니가 칼로 죄인의 목을 칠 때 내는 소리처럼― '철철철' 하는 의성어를 동반한다고 한다. 즉, '정철'의 함자에서 '철'을 의성어로 차용하여 정철에 대한 미움을 그렇게 표현한다는 이야기이다.

그 말씀을 듣는 순간 나는 갑자기 야릇한 감회에 빠져들었다. 내가 누구인가. 바로 내 외할머니는 정철의 13대 손이며 외할아버지는 전라도 서인의 학맥을 만든 대학자 하서 河西 의 12대 손이 아닌가. 안팎으로 보아 나는 누구보다도 전라도 서인의 후손이 분명한 것이다. 그래서 내가 그 종손께 내 집안의 내력을 솔직히 실토했더니 선생은 "참 그것도 인연이로고. 정송강 정철 의 후손이 윤고산을 기리는 문학축전의 위원장이 되었으니 이야말로 요즘 국가적으로 논의되고 있는 국민대통합이 아니고 무엇이냐" 하시면서 껄껄 웃는다. 300여 년의 인연이 살아 숨 쉰 에피소드라 하겠다.

오세영 _____ 1942년 전남 영광에서 태어나 전남 장성과 광주, 전북 전주에서 성장했다. 1965~1968년 《현대문학》에 추천되어 등단했다. 서울대 국문학과 교수를 역임했고, 한국예술원 회원이다. 시집 『사랑의 저쪽』, 『바람의 그림자』, 평론집 『시론』, 『한국현대시분석적 읽기』 등이 있다.

해남 땅끝에 가고 싶다

고산사당 ⓒ김대원

123
·
오세영

· 유성호 ·

땅끝에서 피워 올린
한恨과 멋의 미학

시인 이동주의 생애와 상像

이동주 李東柱, 1920~1979 는 커다란 유명세를 거느리거나 한국문학사에서 쟁점의 대상으로 떠오른 적이 거의 없는 시인이다. 1920년 땅끝마을 해남군 현산면 읍호리에서 태어나 1950년『문예』에『혼야婚夜』등이 추천되면서 창작 활동을 시작하였으니 당시로서는 늦은 등단이기도 했다. 그는 1951년 18편의 시를 모아 첫 시집『혼야』를, 1955년에는 20편을 담아 제2시집『강강술래』를 목포에서 출간하였다. 25년 후 마지막 병상에서 지은 시를 묶은 시선집『산조散調』1979 를 냈지만 온전하게 시집 한 권 가지지 못한 시인이었다.『산조』서문에서 시인은 완벽한 시라면 한 편으로도 족하여 시들을 한자리에 놓는 것을 부끄럽고 번거로운 일이라고 하면서 정작 자신의 시집을 묶는 일에 소홀하였다. 유족이 간행한『산조여록散調餘錄 』1980 이 유고 시집으로 나왔지만, 그의 시세계 전체를 조감할 수 있는 자료로는 송영순 교수가 엮은『이동주 시전집』현대문학. 2010 이 으뜸이다. 세심한 고증으로 이동주 시의 결정본으로 평가받을 만한 성과라고 할 수 있을 것이다.

그의 문학적 원형은 유년 시절을 보낸 해남의 아름다운 자연에 있다. 그는 어려서 약골이었고 기울어가는 집안에서 눈물 많은 성정으로 자랐다. 자신의 슬픈 눈으로 남의 슬픔을 읽으면서 문학의 길에 접어들었다고 스스로 회고하기도 했다. 그는 우리 전통 서정의 세계를 감각적 이미지와 음악성으로 다룸으로써, 이러한 눈물과 슬픔에 결정結晶 의 형식을 줄곧 부여하였다. 그러다 보니 자연스럽게 형태가 단조로워지고 스스로 의미의 폭도 선명하게 좁아지게 되었다. 그의 시는 언어를 아껴서 알맞은 곳에 배치하는 능력을 통해 극대효과를 가져온 세계였던 셈이다. 또한 그는 음악성을 중시함으로써 시와 음악의 상호보완적 효과를 성취한 대표적인 시인이다. 나아가 고향 상실감, 귀향의 소망, 그럼에도 불구하고 치유되지 않는 한의 정서야말로 이동주 시를 피워내는 기둥이었다. 우리의 숨결을 담은 전통적 가락과 거기에서 새삼 돋아나는 여백의 미학이 이동주 시를 감싸고 있었던 것이다.

한과 멋의 미학

그의 등단작 「혼야」와 「새댁」을 두고 서정주는 심사평에서 그를 "조선적이라는 것에서는 백석과 유사하나 북방적인 것과 남방적인 것의 차이뿐만 아니라 따뜻함으로 바꾸어놓는 것, 시어의 직조와 운율에서도 완전히 다른 특색 있는 시인"이라고 평가하였다. 그만큼 그는 땅끝으로 귀속되는 남도의 전통적 가락을 현대시에 결속함으로써 음악성이 서정시의 본질임을 강조하는 양식적 자각을 일관되게 보여주었다. 그 안에는 토박이말, 방언 등 입말 전통의 언어적 맥락들도 풍요롭게 들어 있어 민족문학의 보고寶庫가 될 만하다 할 것이다.

눈으로 당기면 고즈너기 끌려와 혀끝에 떨어지는 이름
사르르 온몸에 휘감기는 비단이라.
내사 스스로 의의 장검을 찬 왕자
ㅡ「혼야」 중에서

눈물을 깨물어 옷고름에 접고
웃음일랑 살멋이 돌아서서 손등을 배앝는 것
ㅡ「새댁」 중에서

전통적 신방에서 맞는 「혼야」는 일견 다소곳하고 일견 황홀하다. 아름다운 신부와 장검을 찬 왕자로 그려진 신랑의 대조가 선연하기만

하다. 또한 전통적 새댁을 묘사하면서 시인은 언제나 뒤에서 남편과 자식을 위해 눈물을 웃음으로 승화해 왔던 어머니의 상像을 정성스럽게 부조浮彫 하고 있다. 이 모든 것은 이동주의 어머니에게서 빌려온 원형적 상이었다. 또한 『황혼』은 남편을 기다리는 마음을 담은 백제가요 『정읍사』의 맥을 잇는 작품으로서 우아미가 특별히 강조되고 있다.

대표작 『강강술래』는 다양한 감각의 구사와 함께 음악적 효과가 뛰어난 시편이다. 시각적인 춤을 여러 차원의 심상으로 바꾸어 표현함으로써 뜻과 소리의 균형이 돋보이는 작품이다. 율동적인 춤과 노래 그리고 한을 담아 묘사하는 한 폭의 그림처럼 다가오는 순간이 황홀하기만 하다. 더불어 서러운 진양조 가락에서 신명나는 휘모리 가락까지 녹여낸 음악성으로 이 작품은 빛을 뿌린다.

여울에 몰린 은어 떼.//삐비꽃 손들이 둘레를 짜면/달무리가 비잉, 빙 돈다//가아웅 가아웅 수우워얼 래에/목을 빼면 설음이 솟고……//백장미白薔薇 밭에/공작孔雀이 취했다//뛰자 뛰자 뛰어나보자/강강술래//뇌누리에 테프가 감긴다/열두 발 상모가 마구 돈다//달빛이 배이면 술보다 독한 것//기폭이 찢어진다/갈대가 스러진다//강강술래/강강술래

　－『강강술래』 전문

"가아웅 가아웅 수우워얼 래에", "강강술래", "강강술래/강강술

127

래" 등의 변형을 통해 시인은 춤이 진행되어가는 구체적 순간순간을 언어의 형식으로 옮겨주고 있다. 그는 언젠가 "나는 수다스럽고 장황한 것을 병적으로 혐오한다. 극단적으로 말하면 짧을수록 시적이고 긴 것은 산문에 가깝다. 시인은 첫째, 제한과 구속을 무한한 자유로 받아들일 능력의 배양과 수련이 그 첫걸음이다. 이것은 작법상 형식의 제한이지 인체와 정신의 구속이 아니다. 시는 무한한 것을 가장 작은 그릇에 담는 일이기 때문이다."『그 두려운 영원에서』, 1993. 라고 말했는데, 그만큼 그의 시는 압축된 시어를 통해 독특한 율조를 창조한 세계였다 할 것이다. 그 긴 여운을 따라 남도 특유의 서정성이 '역동의 고요'로 각인되고 있다.

　마른 잎 쓸어 모아 구들을 달구고/가얏고 솔바람에 제대로 울리자,//풍류야 붉은 다락/좀 먹기 전일랬다.//진양조, 이글이글 달이 솟아/중머리 중중머리 춤을 추는데,/휘몰이로 배꽃 같은 눈이 내리네.//당! 흥……/물레로 감은 어혈, 열두 줄이 푼들/강물에 띄운 정이 고개 숙일리야.
　ー「산조 1」 중에서

이 시편에는 이미지와 음악이 대칭적으로 구축됨으로써 풍류와 정情 이 연대감 있게 어우러진다. 그만큼 이 작품은 강강술래처럼 춤과 악기가 기둥이 되어 선명한 입체감을 보여준다. 그래서 산조는 단순

율동적인 춤과 노래 그리고 한을 담아 묘사하는 한 폭의 그림처럼
다가오는 순간이 황홀하기만 하다. ⓒ해남군

한 리듬이 아니라 한의 미학과 등가적으로 승화하게 된다. 여기서 이
동주의 시는 단순한 황홀경에서 벗어나 한을 풀어가는 과정으로 몸
을 바꾸어간다. 이 점, 단순한 심미적 풍류나 도취적 몰입과는 전혀 다
른, 그만의 균형감각을 보여주는 사례일 것이다.

시인 이동주의 기억과 기록

이동주의 아내는 최미나 소설가이고 딸은 이애정 시인이다. 따님에
의하면 1977년 여름방학이 끝나갈 무렵, 이동주 시인은 모녀를 이끌
고 열흘가량 대흥사에 머물렀다고 한다. 그곳에서 시인은 아내와 딸
에게 자신의 문학 세계를 말해 주기도 하고, 아내와 딸의 손을 잡고 사

심호 이동주 시비 ⓒ해남군

찰 구석구석을 보여주면서 초의선사와 추사의 인연이 깃든 대흥사에 대해 세세한 설명도 하였다고 한다. 평소에 그런 일이 좀체 없었던 아버지였다. 딸은 지금도 이 뜬금없는 여행을 아버지가 예감한 이별 준비였다고 믿고 있다. 이듬해 시인은 위암을 진단받는다. 여느 때처럼 문예지에 작품도 연재하고 했지만, 한 해 더 지나 예순이 되자마자 그는 홀연히 지상을 떠났다.

이동주 시인은 호남신문 문화부장과 서울연합신문 문화부차장을 역임했고, 한국문협 시분과위원장과 부이사장을 지냈다. 한국적 정서를 섬세한 음악으로 재현함으로써, 고산 윤선도 이후 해남문학의 문맥을 이은 정채로운 시인으로 그는 항구적으로 기억될 것이다. 1980

년 가을, 생전에 은둔지로 곧잘 택했던 고향 대흥사 입구에 「강강술래」가 비문으로 새겨진 '심호 이동주 시비'가 세워졌다. 그의 아호는 심호 心湖 인데, 그렇게 그는 맑고 고운 '마음 호수'처럼, 모든 것을 포용해 들이는 잔잔하고 한적하고 아름다운 명경 明鏡 같은 땅끝 시인이었다.

유성호 _____ 연세대 국문학과와 같은 과 대학원을 졸업했다. 1999년 서울신문 신춘문예에 문학평론으로 등단했다. 현재 한양대 국문학과 교수이자 인문대 학장이다. 김달진문학상, 대산문학상 등을 수상했다. 지은 책으로 『서정의 건축술』, 『다형 김현승 시 연구』 등이 있다.

· 유 자 효 ·

땅끝에서

절벽

망망대해

거센 바람

누구에겐 끝

누구에겐 시작

-졸시 「땅끝」

인간은 땅에서 산다. 땅을 벗어남은 죽음이다.

땅의 끝에 다다르면 공포를 느낀다. 유명幽冥 의 갈라짐을 느끼기 때문이다.

걸어 걸어 땅의 끝에 이르면 다 왔다고 생각한다. 그러고는 돌아서서 삶의 길로 회귀한다.

그런데 드물게 땅의 끝에서 다시 시작하는 사람들이 있다. 크리스토퍼 콜럼버스 같은 이가 그에 속한다. 그는 바다의 끝은 까마득한 단애斷崖 일 것이라고 짐작한 당대 사람들의 상식을 넘어 지구는 둥글다는 지동설을 확신했다. 그리하여 계속해서 항해하면 황금의 땅 인도에 다다를 수 있으리라고 생각했다. 그는 유럽과 인도 사이에 또 다른 대륙이 있으리라고는 알 수 없었기 때문에 아메리카를 발견한 사람이 되었다. 그는 죽을 때까지 그가 도달한 곳이 인도라고 믿었다 한다.

임진왜란 때 국왕과 신하들은 국경까지 쫓겨갔다. 나라의 끝까지 간 것이다. 겁에 질린 선조는 국경을 넘을 생각까지 했다고 한다. 절체절명의 순간, 압록강을 넘는 것은 나라를 포기하는 것이라는 신하들의 아우성에 왕은 의주에 주저앉았다. 의주는 한반도의 서북쪽 땅끝이 된다. 땅끝이 갖는 상징성은 이렇게 크다. 만일 그때 국왕이 강을 넘어 만주로 들어갔다면 그 순간부터 조정은 망명 정부가 되는 것이다. 정통성을 스스로 포기하게 되는 것이다. 조총이라는 신무기에 밀려 연전연패를 거듭하던 육군과는 달리 유독 해전에서 연전연승을 거두어 나라를 백척간두에서 구해낸 충무공 이순신 장군은 전쟁이 소강

상태에 빠지자 조정으로 끌려갔다. 왕명을 거역했다는 누명을 뒤집어쓰고 죽음 직전에까지 이르렀으나, 왜군의 재침과 수군의 궤멸로 목숨을 건졌으니 장군을 구한 것은 역설적이게도 왜였다.

수군이 재기불능 상태에 빠진 것을 알게 된 왕이 육군으로 합류하라고 명했으나 이때 올린 장계가 유명한 "신에게는 아직 열두 척의 배가 남아 있사옵니다 今臣戰船 尙有十二 "이다. 충무공에게는 끝이 바로 시작이었다.

충무공은 호남의 중요성을 알고 있었다. 그가 정읍현감으로 재임하고 있을 때부터 편지를 주고받았던 인척인 현덕승에게 1593년 7월경 보낸 서신에 이런 구절이 나온다.

"혼자서 가만히 돌이켜 생각해 보니 호남이야말로 나라를 지키는 울타리입니다 竊想湖南國家之保障 . 만약 호남이 없었다면 곧바로 나라는 없어졌을 것입니다 若無湖南是無國家 . 그래서 진을 한산도로 옮겼으며 이로써 해로를 가로막을 계획입니다 是以昨日進陣于閑山島以爲遮海路之計 ."

충무공의 이 말은 호남을 사수하지 않으면 나라가 왜에 넘어간다는 절박한 현실 인식에서 나온 말이었다. 즉 백척간두 百尺竿頭 에 진일보 進一步 였던 것이다.

유홍준 씨는 그의 명저 『나의 문화유산답사기』에서 이렇게 쓰고 있다.

'달마산 줄기가 한 굽이 치솟아 오른 사자봉 높은 산마루, 거기가 일

"신에게는 아직 열두 척의 배가 남아 있사옵니다(今臣戰船 尙有十二)."
충무공에게는 끝이 바로 시작이었다. ⓒ해남군

명 토말土末, '땅끝'이다. 북위 34도 17분 38초, 사자봉 봉수대 옆에
는 5층 건물 높이의 땅끝전망대가 세워져 있어 우리는 땅끝에 이는 모
진 바람을 막고 사위를 살필 수 있다. 진도, 완도, 노화도 큰 섬 사이로
파아란 남해 바다가 지는 햇살을 역광으로 받으며 아스라이 물결을
일으킬 때 우리는 정녕 땅끝에 선 것 같지 않다.

그러나 땅끝이 언제나 그렇게 아름다울 리는 없다. 어쩌다 해일이
일고 폭풍이 몰아친다면 휴거를 연상할지도 모를 일이다.'

전라도의 서남쪽 끝이 해남이라면 동남쪽 끝은 구례다. 전북 남원
에서 경남 하동으로 가는 국도를 따라 내려가다 구례 땅으로 들어서
면 왼쪽으로 운조루雲鳥樓 란 표지가 나온다. 이 표지를 따라 들어가면

토지면 오미리에 큰 기와집이 나타난다.

조선 영조 52년 1776년 , 삼수부사를 지낸 유이주 柳爾胄 가 세운 것으로 99칸의 대규모 저택이다. 대구 출신의 무장 유이주는 낙안군수로 재직할 때 이 집을 짓기 시작했는데 운조루란 택호는 '구름 속의 새처럼 숨어 사는 집'이란 뜻과 함께 '구름 위를 나는 새가 사는 빼어난 집'이란 뜻도 지니고 있다. 이 집의 이름은 도연명 陶淵明 이 지은 귀거래혜사 歸去來兮辭 에서 따온 것이다.

'무심한 구름은 골짜기에서 피어오르고 雲無心以出軸 날기에 지친 새는 돌아올 줄을 안다 鳥倦飛而知還 '에서 두 글자를 따왔다. 중요민속자료 제8호로 지정돼 있고 2016년에는 유물전시관이 준공 개관하였다.

운조루가 특히 빛나는 것은 나눔의 정신이다. 운조루 행랑채에는 쌀이 세 가마 들어가는 원통형 나무 뒤주가 있는데 아랫부분에 쌀을 꺼내는 마개가 있고 그 위에 타인능해 他人能解 라고 씌어 있다. '누구나 열 수 있다'란 뜻이다. 운조루 주인은 배고픈 사람은 누구든지 쌀을 가져갈 수 있도록 했던 것이다. 이렇게 베푼 쌀은 수확량의 20%가 됐다고 한다.

가뭄과 홍수가 번갈아 오던 시절, 구례 일대의 주민들은 운조루 덕분에 허기를 면할 수 있었다. 지리산 기슭에 위치한 이곳은 여순반란 사건과 6·25 동란 그리고 지리산 공비토벌의 무대였다. 그 난리 속에서도 운조루가 멀쩡했던 것은 오랜 적선과 구휼의 노블레스 오블리주 Nobless Oblige 정신 덕분이었다. 운조루는 그런 점에서 진정한 명

땅끝 전망대 케이블카 ⓒ해남군

당이다.

해남 땅끝에서 비롯된 생명의 힘은 지리산 기슭 구례 운조루에서 멎는다. 그것은 공생 共生 의 시대 정신이다. 한민족을 5천 년 넘게 이어오게 한 힘과 정신이 바로 이곳에 있고, 그래서 도선국사는 일찍이 이곳을 그런 정신이 피어날 삼한의 삼대 길지로 꼽았던 것이 아니었을까? 그러나 시대는 변했다.

이제 다시 해남으로 온다. 해남에 토문재라는 기와집이 들어섰다. 구례 운조루는 농경시대에 먹을 것이 부족했던 사람들에게 소중한 쌀

을 베푼 구휼의 상징이었다. 오늘날의 토문재는 문인들의 글방이 되
리라 한다. 전국의 문인들이 해남을 찾을 것이다. 그들은 이곳에서 창
작의 나래를 펼 것이다. 이는 정신적 구휼에 속한다. 경제적으로 세계
10대 강국에 오른 우리나라가 지향해야 할 것은 문화적 강국이다. 그
것도 공연예술 같은 분야보다도 시나 소설 같은 순수 문학 분야에서
의 강국이다. 이 의미 깊은 일의 일익을 인송문학촌 토문재가 감당해
내리라 믿는다.

　동쪽의 운조루, 서쪽의 토문재, 이는 전라도를 떠받치는 두 기둥일
뿐 아니라 사랑하는 우리 조국 대한민국을 떠받치는 정신의 두 기둥
이 될 것이다.

유자효 ＿＿＿ 1968년 신아일보에 시가, 불교신문에 시조가 당선되어 등단했
다. 시집『신라행』,『성자가 된 개』등이 있고, 시선집『세한도』, 시집해설서『잠들
지 못한 밤에 시를 읽었습니다』, 번역서『이사도라 나의 사랑 나의 예술』등이 있으
며, 현재 한국시인협회장이다.

· 이재무 ·

그리운 해남 산정, 어란포구

　　　　　　　　　　태생지가 아닌데도 고향처럼 살갑게 그리운 마을 해남이여, 그리고 옥빛 바다 서늘한 어란포구여, 당신은 이제 여생을 함께할 내 마음의 고향이자, 연인으로 남아 있습니다!

　해마다 몸과 마음에 켜켜이 생활의 먼지가 쌓여 더 이상 운신이 불편해질 때면 나는 버릇처럼 남도의 당신을 떠올립니다. 그러고는 한가한 날을 골라잡아 당신을 향해 긴박한 부름을 받은 이처럼 부리나케 내달려갑니다. 어머니의 자궁처럼 아늑하고 평화로운 당신의 품에 안길 생각을 하며 당신에게로 가는 동안 나는 생일상을 받은 아이처럼 마냥 내내 행복해집니다. 당신을 떠올리면 당신은 풍경보다는 냄새로 먼저 다가옵니다. 진한 갯벌 내를 풀풀 풍기며 강보에 싸인 아기처럼 나를 당신의 품 안에 안는 당신! 내가 당신을 처음 만난 것은 십 년 전입니다. 세상의 운명적인 사랑이 대개 그러하듯이 당신과 나의 만남도 어떤 계획이나 의도와는 상관없이 우연에 의해 이루어졌습니다. 그러나 곰곰 생각해 보니 중매쟁이가 전혀 없었던 것은 아니었군요. 그곳이 고향인 내 오랜 문우 김선태 시인의 강권에 가까운 권유 때문에 당신을 찾게 된 것이 당신과 그토록 오랜 인연의 시작이 되었으니까요. 우연으로 비롯되었으나 필연으로 결과 지은 당신과의 관계. 그리하여 당신에 대한 그리움은 연하고 질 煙霞痼疾, 혹은 천석고황이 되어 때때로 나를 괴롭힙니다.

당신은 조선 팔도에서 그 무엇에게도 지지 않는 빼어난 풍모를 지녔습니다. 거기에 지성을 겸비한 당신이십니다. 어찌 내가 한눈에 혹하지 않을 수 있었겠습니까. 당신을 흠모하는 이가 나 하나만이겠습니까. 당신을 만나고 온 이들은 모르긴 몰라도 당신에 대한 연모의 정으로 전전반측하며 밤잠을 설치기도 할 것입니다. 흔히들 당신을 일컬어 '남도 문화 유적 답사 1번지'라 하더군요. 왜 아니겠어요. 김남주 생가와 고산사당, 대흥사와 수천만 평의 갯벌이 있으니 그리 불리는 게 당연지사이지요.

당신을 만나온 지 햇수로 십 년이 된 나는 만나는 이들에게 기회가 닿으면 당신에 대해 입에 침이 마르도록 칭찬을 아끼지 않습니다. 몰래 숨겨두고 나 홀로 당신을 즐기고 싶은 마음이야 굴뚝같지만 그런 얌체 짓이 왠지 죄짓는 일만 같아서 그런 마음이 도질수록 외려 한쪽으로 기울어지는 마음의 경사가 싫어서 더욱더 당신 자랑에 열을 올린답니다. 그러나 한편으로 염려가 들기도 합니다. 당신에 대한 소문이 널리 퍼져서 당신을 찾는 사람들로 당신이 붐비게 되면 당신의 순연한 성정이 혹 모질게 변하는 것은 아닐까 하는 걱정이 들기 때문입니다.

목포에서 차를 타고 50분가량 달리면 잘 닦지 않은 유리창처럼 흐린 당신의 상반신 ^{바다} 과 양푼에 퍼온 지 오래된 시래기죽처럼 질퍽하게 풀어져 퍼져 있는 이것은 멀리서 보기 때문입니다. 가까이 가면 당신은 식은 죽이 아니라 펄펄 끓는 국으로 다가옵니다 당신의 허리 아래 ^{갯벌} 가 한눈에 들어옵니다.

나는 당신의 허리 아래가 어머니의 자궁, 혹은 태아적의 양수 같다는 생각이 들었습니다. 당신의 허리 아래는 내게 강렬한 성적 욕망을 부추깁니다. 당신 안에 잠겨서 한 사흘 죽음 같은 깊은 잠에 들고 싶습니다. 또는 들숨 날숨 크게 숨 쉬고 있는, 오래 끓인 곰국처럼 걸고 진한 당신의 구멍 속으로 세발낙지가 되어 파고들고 싶다는 본능적 충동에 시달리기도 합니다. 당신 앞에 서면 부는 바람에 이리저리 쓸리며 가랑잎같이 가랑가랑 울던 날들의, 제 깜냥으로 절실했던 청승과 신파가 다 가짜 같다는 생각이 드는 것을 어쩔 수가 없습니다. 누군가 내가 지고 가야 할 미래의 생을 빛깔과 냄새로 미리 말하라고 하면, 나는 망설이지 않고 한참을 달아올라 씩씩거리던 김으로 솥뚜껑을 몇 번이고 들어올리는, 한파에도 보글보글 들끓고 있는 당신의 허리 아래를 보여주겠습니다. 당신의 구멍마다 뜨겁게 몸을 담근 소라게처럼 여직 나는 비린 살냄새를 잊지 못하고 있기 때문입니다. 언젠가 몸에 묻은 생활의 뻘흙 말끔히 씻어낸 후에 마침내 내 생이 최종적으로 돌아갈 곳은 바로 당신의 구멍이기 때문입니다.

나는 또 당신의 허리 아래에서 실패한 사랑과 다가올 사랑을 떠올리기도 합니다. 언젠가 푹푹 빠지는 당신의 아랫도리 갯벌 를 맨발로 걷다가 숨어 있던 모난 돌에 찔려 피를 흘린 적이 있습니다. 그것은 마치 매번 당하면서도 자주 잊는 세상의 흔한 사랑의 관계 같기만 하였습니다. 그러나 시간이 지나면 맨발의 상처가 아물듯 사랑도 마음에 흉터를 남기고 아물게 마련입니다. 내 맨발에는 나만 아는 상처의 무늬가 몇 겹쳐 있습니다. 갯벌에 다친 맨발이 한동안 물컹하고 쫀득한 살의 유혹을 멀리하고 두려워하는 것처럼 마음 또한 사랑을 한동안 멀리하고 두려워하겠지요. 그러나 또 질척한 자궁 속에는 들숨 날숨의 무궁무진한 생명들이 얼마나 뜨겁게 숨 쉬고 있는 것인지요. 그것이 바로 당신의 힘인 것이지요. 그렇듯 내 다친 마음은 시간이 지나면 그날의 상처를 까맣게 잊고 다시 사랑을 찾아 나설 것입니다.

당신이 아프면 안 됩니다. 당신은 세상의 어머니이고 아내이기 때문입니다. 사내인 바다가 하루에 두 번 ^{밀물과 썰물} 당신을 안아주고 가면 당신은 언제나 새로운 생명들을 잉태하곤 하였지요. 그러나 당신의 이웃 아낙들은 자궁암이나 유방암이나 백혈병이나 관절염 등의 갖은 질병으로 지금 크게 앓아대고 있습니다. 그녀들은 아무리 뜨겁게 남정네들이 안아주어도 더 이상 생명들을 잉태하지 못하거나 어쩌다 힘겹게 잉태하여도 장애자들을 낳기 일쑤입니다.

내가 특별히 당신을 연모하는 까닭은 아직 당신이 충분히 젊고 싱싱하기 때문입니다. 당신의 관능은 눈이 부십니다. 당신은 생명들을 단 한 번도 거르지 않고 잉태해냅니다. 건강한 관능미가 나를 들뜨게 합니다. 당신 앞에서 나는 건장한 사내이고 싶습니다. 바다가 그러하듯이 나도 당신을 뜨겁게 품고 생명을 뿌리고 싶습니다. 세발낙지가 되어 당신을 파고들고 싶다가도 나는 또 뜬금없이 거친 바다가 되어 당신을 덮치고 싶은 것입니다.

세 해 전이었던가요. 당신을 만나러 간 봄에 당신의 머리맡에서 나는 뜻밖의 부드러운 풍경을 만났습니다. 그 인상적인 풍경과의 해후는 특별히 감동적이었습니다. 입춘의 그날에 만난 것은 '보리밭'이었습니다. 바다 쪽에서 불어오는 바람에 고개를 숙였다 일어서는 보리들이 얼마나 핏줄처럼 반가웠던지 괜스레 눈물이 솟는 것을 가까스로 참았습니다. 나는 그날의 보리밭 속에서 내 어릴 적 종다리와 황토 빛

바다 쪽에서 불어오는 바람에 고개를 숙였다 일어서는 보리들이
얼마나 핏줄처럼 반가웠던지 괜스레 눈물이 솟는 것을 가까스로 참았습니다. ⓒ해남군

해남 땅끝에 가고 싶다

누런 얼굴들을 떠올렸습니다. 더러는 죽고 더러는 경향각처로 흩어진, 자주 눈에 밟히곤 하는 얼굴들 말입니다. 서울의 밥집에서나 더러 만나던 보리, 시집에서만 더러 읽던 보리, 오뉴월 부릴 땡깡을 파랗게 키우고 있던 보리, 시인 한하운의 서러운 보리, 시인 서정주의 관능의 보리, 시인 함형수의 추억의 보리를 그날 보았던 것입니다. 보리 추수를 해본 사람은 알 것입니다. 보리는 베어져서도 성깔을 죽이지 않고 추수하는 소매 속으로 들어가 까칠하게 살갗을 아프게 긁어댑니다. 시골 농부의 무던한 심성 속에 숨어 있는 자존의 성깔을 닮은 것이지요. 보리밭은 당신이 나를 위해 일부러 불러들인 선물인 줄 알았습니다. 풍경은 사람의 마음을 얼마나 부드럽게 쓰다듬는지요. 풍경의 손길에 조용히 몸을 맡기면 마음이 고구마 순처럼 한결 순해지는 것을 느낍니다.

당신과 하루해 전 노닥거리다 배가 출출해지면 한사코 내 허리춤을 감겨오는 뜨거운 당신의 포옹을 슬그머니 풀고 가는 곳이 산정 어란 포구입니다. 당신의 허리 아래를 따라 남쪽으로 차편을 이용해 20여 분을 달리면 거기, 갓 시집온 새댁처럼 수줍게 얼굴을 내밀어오는 포구가 눈에 들어옵니다. 이 집 저 집 기웃거리다 구석에 옹색하게 물러앉은 횟집을 찾아들어가 횟감을 시켜놓고 넘치는 소주잔에 노을과 바다를 타서 마시면 합격 통지서를 받고 집으로 돌아가는 입시생처럼 세상이 다 내 편 같기만 하고 까닭 없이 마음이 들떠서 바람을 만난 배

의 돛처럼 한껏 부풀어 오릅니다.

포구에 올 때마다 나는 못된 생각에 젖어 봅니다. 아마도 취기 때문일 것입니다. 그러나 이 못된 생각이 내 생전에 현실화될 가능성은 전혀 없습니다. 그러기에 이 못된 생각은 더욱 애틋하고 간절합니다. 다름이 아니라 몰래 숨겨놓은 애인을 데불고 나는 소문조차 아득한 이포구에 와서 한 석 달 소꿉장난 같은 살림이나 살다 갔으면 하는 것입니다. 한나절만 돌아도 동네 안팎 구구절절 훤한, 누이의 손거울 같은 마을 마량에 와서 빈둥빈둥 세월의 봉놋방에나 누워 발가락 장단에 철지난 유행가나 부르며 사투리가 구수한, 갯벌 같은 여자와 옆구리에 간지럼이나 실컷 태웠으면 하는 생각에 젖는 것입니다. 사람들의 눈총이야 내 알바 아니고 조석으로 부두에 나가 낚싯대는 시늉으로나 던져두고 옥빛 바다에 시든 배추 같은 삶을 절이고 절이다가 그것도 그만 신물이 나면 통통배 얻어 타고 휭, 하니 먼 바다나 돌고 왔으면 하는 것입니다. 그렇게 감쪽같이 비밀주머니 하나를 꿰차고 와서 시치미 뚝 떼고 앉아 남은 뜻도 모르는 웃음 실실 흘리며 알량한 여생을 거덜냈으면 하는 것입니다.

이런저런 사념에 젖다 보면 어느새 어둠의 홑이불이 바다를 덮어옵니다. 그러면 갑자기 갈 길이 바빠집니다. 나는 먼 곳에서 손을 흔들며 당신에게 작별을 고합니다. 그러나 당신은 크게 슬퍼하지 않습니다. 우리의 이별은 한시적일 뿐이라는 걸 그간의 경험으로 서로 잘 알기 때문입니다. 한 달포나 아무리 늦어도 철이 바뀌기 전에 내가 당신을 다시 찾을 걸 당신은 진작 알기 때문입니다.

이 편지가 당신에게 도착할 즈음 어쩌면 나는 하행선 열차에 더운 몸을 싣고 있을 줄 모릅니다. 그날에 당신을 만나 그간 밀린 이야기를 또 실컷 나누기로 하지요. 내 사랑 그러면 그때까지 안녕!

이재무 _____ 1958년 충남 부여에서 태어났다. 1983년 『실천문학』과 『문학과 사회』 등을 통해 작품 활동을 시작했다. 소월시문학상, 풀꽃문학상, 송수권문학상 등을 수상했고, 현재 (주)천년의시작 출판사 대표이다. 시집으로 『즐거운 소란』 등이 있다.

· 임철우 ·

스무 살, 내가 사랑했던 두륜산

　　나는 해남을 사랑한다. 맨 처음 기억은 중학생 때였다. 내 고향은 완도군에 속한 작은 섬이다. 두륜산 정상에 올라 남쪽을 바라보면 눈앞으로 드넓은 바다와 수많은 섬들이 올망졸망 떠 있는데, 그중 가장 왼쪽으로 멀리 아스라이 보이는 섬이 내 고향이다. 우리 가족은 내가 열 살 때 그곳을 떠나 광주로 이사했지만, 외가를 비롯해 친척들이 거기 남아 있는 까닭에 나는 방학이면 간간이 고향 섬을 찾곤 했었다.

　　어느 해 여름, 완도읍에서 '금성여객' 버스를 타고 남창을 지나 북평면 좌일에 도착했을 때였다. 마침 장날이었는지 버스는 장터에서 한

두륜산 ⓒ해남군

참을 머물렀는데, 바로 눈앞에 우뚝 버티고 선 산봉우리가 불쑥 시야에 들어왔다. 험준한 바위 절벽을 머리에 이고 우뚝 솟아오른 그 산의 웅장하고 신비한 자태에 나는 첫눈에 매혹되고 말았다. 훗날 그것이 남쪽에서 올려다본 두륜봉, 가련봉, 노승봉의 풍경이었음을 알게 되었지만, 그날의 강렬한 인상 덕분에 해남은 내 기억 속에 유난히 아름답고 신비한 이미지로 남아 있었다.

본격적인 인연은 대학생이던 20대부터였다. 군에서 제대하고 복학하기 전까지 반년 정도 공백이 생겼다. 집에서 한동안 빈둥대던 나는 어느 날 충동적으로 배낭과 책 보따리를 챙겨 들고 집을 나섰다. 목적지는 해남 대흥사 아래 자리한 산골 마을 장춘리였다. 그 마을의 개울가에 위치한 어느 낡고 작은 초가집을 나는 잊지 않고 있었다.

읍내에서 버스를 갈아타고 저녁 무렵에야 종점인 마을에 도착했다. 집주인 할머니는 내 얼굴을 기억하지 못했다. 몇 해 전 대학 신입생 시절, 친구들과 두륜산 산행을 왔다가 우연히 하룻밤을 묵고 떠났을 뿐이니 당연한 일이었다. 말 그대로 초가삼간인 그 오막살이집은 스무 평도 채 안 되는 크기에 쓸 만한 방이라곤 딱 두 칸뿐이었다. 할머니는 빈방이 없다고 말했다. 자신이 쓰는 방 외에 한 개 남은 방은 마을 초등학교 교사가 하숙하고 있었다. 더없이 낙심해서 돌아서려는데, 할머니는 정 그렇다면 뒤쪽 골방이라도 괜찮겠냐고 물었다.

오래 비워둔 헛간 같은 그 골방에서 나는 그해 1978년 가을부터 이듬해 초봄까지 반년 동안을 할 일 없이 빈둥대며 지냈다. 그 골방을 나는 '세상에서 가장 작은 방'이라고 불렀다. 창문은 아예 없고, 방바닥에 드러누워 두 팔을 벌리면 양 손끝과 발바닥이 정확히 벽에 닿았다. 그러나 그곳에서의 몇 달은 내 생애에서 잊지 못할 추억들을 내게 선물해 주었다.

해남군 삼산면 장춘리長春里. 대체 그 이름을 누가 지었을까. 봄이 가장 먼저 찾아와 가장 오래 머무는 마을. 그곳에서 보낸 첫 번째 가을과 겨울 그리고 초봄을 떠올리노라면, 나는 맑고 투명한 햇살로 가득 찬 숲길에 혼자 서 있는 양 금세 눈앞이 환해져 오곤 한다.

지금은 흔적조차 없어졌지만, 그때까지만 해도 절 경내로 들어서는 피안교와 장춘교 사이의 숲길 양쪽엔 관광객을 맞는 상가가 예전부터 들어서 있었다. 대개가 기념품점, 음식점, 여관 등이었는데, 그 소규모 가게들은 모두 이미 오래전에 그곳에서부터 훨씬 아래쪽 마을인 구림리로 옮겨갔다. 관광지 정비사업에 따라 국립공원 입구에 새롭게 관광단지가 조성되었기 때문이다. 그리하여 현재 장춘리엔 오래된 일반주택 십여 채 정도만 남아 있을 뿐이다.

그 초가집은 동네 다른 집들과 마찬가지로 사찰 소유지에 자리해 있었다. 오래전 벌목꾼들이 산판에 동원되어 일하던 시기에 임시숙소로 지어진 거라고 했다. 정말로 손바닥만 한 툇마루, 드나들 때마다 등을 한껏 굽혀야 하는 문, 방 안에서도 고개를 쳐들 수 없을 만큼 낮은 천장, 금방이라도 한쪽으로 넘어갈 듯 기우뚱한 흙벽, 아궁이에 불을 때 난방과 취사를 하는 부엌……. 요즘 같으면 민속박물관에서나 볼 법한 모습이었지만, 오히려 그래서 나는 더욱 정겹고 좋았다.

그때를 떠올리면 가장 먼저 개울물 소리가 귓전을 쟁쟁 맴돈다. 원래 야행성 체질인 나는 늘 밤늦게 잠자리에 들곤 했는데, 거기서는 신통하게도 아침 일찍부터 눈이 떠졌다. 맑고 청량한 물소리 때문이었다. 하필 개울가에 바짝 붙어 자리한 집이라 온종일 물소리가 귓전을 떠나지 않았는데, 난 또 그것이 더없이 마음에 들었다. 조용한 오후나 한밤중에 방 안에 드러누워 있노라면, 불현듯 온몸이 물 위에 떠서 하염없이 흘러내려 가는 것만 같았다. 그랬다. 두륜산 골짜기는 온통 소리의 천국이었다. 물소리, 새소리, 바람소리, 풀벌레소리, 그리고 개구리와 다람쥐와 청솔모 따위 숲속의 작은 짐승들이 내는 온갖 소리들.

나의 하루 일과는 늘 비슷했다. 아침에 일어나면 집 앞 개울로 나가 세수를 하고, 툇마루에 내놓은 큼지막한 알루미늄 주전자를 챙겨 들고 약수를 받으러 갔다. 개울 건너 높다란 절벽 아래 돌 틈에선 사철 맑은 약수가 퐁퐁 솟구쳐 나왔다. 아침 식사는 초등학교 교사인 중년의 홍 선생과 함께했다. 두부를 넣은 된장찌개와 김치, 거기에 철마다 다른 나물 따위가 전부인 소박한 상차림이었지만, 솜씨 좋은 할머니의 손맛 덕분에 늘 만족스러웠다.

낮에는 어김없이 혼자서 산으로 향했다. 두륜산 계곡은 깊고 높고 넓고 풍요롭기가 그야말로 무궁무진한 보물이었다. 사람들은 다들 알려진 길을 따라 산을 오르지만, 숲과 계곡마다 무수히 많은 샛길과 오솔길이 숨어 있음을 아는 이는 많지 않다. 바로 어제 걸었던 똑같은 길도 오늘은 전혀 다른 빛과 색깔과 모습임을, 숲속의 모든 생명은 하루하루 아니 순간순간마다 전혀 새로운 얼굴과 느낌과 숨결로 살아 있음을 나는 그때 두륜산의 한없이 깊고 넓은 품속에서 배웠다.

내가 즐겨 찾았던 산길 중 하나는 진불암 가는 오솔길이다. 물론 지금처럼 콘크리트로 포장된 차도가 생기기 훨씬 이전의 얘기다. 그 오솔길은 대흥사 경내 표충사 우측 담장을 끼고 시작되는데, 좁고 호젓한 길이 내내 개울을 따라가며 진불암까지 이어진다. 오른쪽엔 더없

바로 어제 걸었던 똑같은 길도 오늘은 전혀 다른 빛과 색깔과 모습임을.
숲속의 모든 생명은 하루하루 아니 순간순간마다 전혀 새로운 얼굴과 느낌과 숨결로
살아 있음을 나는 그때 두륜산의 한없이 깊고 넓은 품속에서 배웠다. ⓒ해남군

이 맑고 투명한 냇물이 풍경소리처럼 따라오고, 길은 동백나무 군락
과 온갖 수종의 난대수림을 끼고 오르락내리락 앙증맞게 뻗어 나가는
것이다. 이윽고 깔딱고개처럼 가파른 비탈에 다다르면 저만치 언덕
위에 진불암 기와지붕이 보인다. 가쁜 숨을 내쉬며 절 마당에 올라서
자마자 바가지에 찬 샘물을 받아 마시고 나면 날아갈 듯 정신이 가뿐
해진다.

그러나 뭐니뭐니해도 내가 가장 좋아했던 것은 만일암 옛터와 천년
수였다. 그곳을 찾아가는 길에 일단 북미륵암에 들러 마애여래좌상을
알현한 다음, 내처 잠시 걸어 오르노라면 천년수의 웅장한 자태가 변
함없이 기다리고 있다. 천년 세월의 풍파를 당당히 버텨내고 눈앞에

늠름하게 버티고 선 그 거룩한 생명 앞에 설 때마다 나는 매번 숨이 가빠오곤 했다. 그는 얼마나 많은 저만의 이야기를 가슴에 품고 있는 것인가. 행여 내게 은밀히 속삭여주기라도 하는 양, 그의 거대한 몸체에 기대어 내 귀를 가만히 대보기도 했었다.

천년수 앞에 서면 바로 눈앞이 만일암 옛터이다. 절집의 자취는 사라지고 그 빈터를 홀로 외로이 지키고 서 있는 오층석탑, 그리고 폐허한 귀퉁이에 아직도 남아 있는 작은 우물 하나. 그 쓸쓸한 절터 가장자리에 쭈그리고 앉아서 나는 종종 하염없이 시간을 보내다 내려오곤 했었다.

이십대와 삼십대 청년 시절, 나는 참 부지런하게도 해남을 찾았다. 1980년 5·18 이후 휴학기간 그리고 대학 졸업 후 전업작가로 살았던 기간에도 장춘리로 내려와 두어 달씩 지내곤 했다. 이 무렵에 쓴 소설만 해도 제법 여러 편이 될 것이다. 그 사이 그 개울가 오막살이집은 초가지붕에서 슬레이트 지붕으로 바뀌었고, 벌써 오래전에 할머니는 병으로 세상을 떠나셨다. 이제 집채는 흔적 없이 사라지고, 빈터엔 돌담장과 잡초만 황량하게 남아 있을 뿐.

그 쓸쓸한 풍경을 대하기가 싫어서 꽤 오랫동안 의식적으로 발길을 끊었던 적도 있었다. 그러다 대학교수가 되고 나서는 아예 해마다 학생들을 이끌고 해남을 다시 찾기 시작했다. 내가 손수 만들고 담당한 과목으로 '문학예술기행'이라는 수업이 있었는데, 나는 총 4박 5일의

대흥사 대웅전 ⓒ해남군

일정 중에서 첫 2박 3일은 매번 해남 두륜산에서 보내기로 정해 놓았
던 것이다. 거기에 윤선도 생가와 녹우당 탐방까지 덧붙이고 보니, 고
산의 문학과 더불어 남도의 산과 계곡, 사찰과 마을까지를 덤으로 두
루두루 돌아볼 수 있는 안성맞춤의 기행 코스가 되었다.

　이번 겨울에도 나는 두륜산을 찾았다. 대학 시절부터 장춘리에서
알게 된 친구 K화백도 만나볼 겸해서 모처럼 제주항에서 배를 타고
완도를 거쳐 해남으로 향했다. 자신의 생가이자 작업실인 그의 집에
서 며칠 동안 염치불구 신세를 지기로 했다.

　그런데 아침에 눈을 떠보니 세상이 온통 하얗게 변해 있었다. 밤사
이 내린 큰 눈이었다. 아아, 이런 축복이 또 있겠는가! 아침밥을 먹고

K화백과 함께 두륜산을 오르기 시작했다. 그 사이에도 눈은 내내 쏟아졌다. 하얗게 뒤덮인 눈꽃의 세상에서 우리는 아이처럼 행복해했다. 발목까지 차오른 눈을 헤치며 진불암을 거쳐 만일암으로, 그리고 다시 천년수의 우람한 가슴에 번갈아 안겨본 다음, 우리는 눈밭에 수없이 엉덩방아를 찧어가며 간신히 대흥사 경내로 들어섰다.

마지막으로 천불전에 들르기로 했다. 경내에서도 내가 가장 좋아하는 법당이었다. 천불전은 그날따라 인적 없이 고요하기만 했다. 법당 안에서 부처님께 삼배를 바친 뒤 우리는 반가부좌를 틀고 앉아 두 눈을 감았다. 평화. 법당 밖에선 눈이 하염없이 내리고, 법당 안엔 가없는 평화가 눈송이처럼 가득히 내리고 있었다. 순간 나는 그렇게 두 눈을 감은 채 그 하염없는 평화 속에서 영원히 머물고 싶었다.

임철우 _____ 1981년 서울신문 신춘문예에 소설 부문에 당선했다. 이상문학상, 대산문학상 등을 수상했고, 소설집『아버지의 땅』,『그리운 남쪽』,『달빛 밟기』, 장편소설『그 섬에 가고 싶다』,『등대』,『봄날』,『백년여관』,『이별하는 골짜기』등이 있다.

해남 땅끝에 가고 싶다

· 조용호 ·

해남이라는 '정토淨土'에서 보낸 날들

청년시절 나에게 해남은 먼 곳의 해방구 혹은 정토의 이미지로 다가왔다. 엄혹한 시절 그곳에서 소설을 쓰고 있다는 황석영에 대한 소식이 들려왔고, 김지하의 황톳길도 해남의 이미지로 내 감성에는 배어 있었다. 고정희, 김남주 시인도 그곳의 후광을 거느린 것은 물론이다. 전투경찰이 내내 캠퍼 상주하고 최 연기 가실 날 없는 나날에, 해남은 한 번도 가보지 못했 따스한 영토, 망명가들이 떠나가 있는 설화적 공간처럼 다가오기도 했다.

사람들이 감시당하고 끌려가고 고문당하던 어두운 청년기를 지나서는 호구를 해결하느라 창망하게 시간을 흘려보냈다. 오랫동안 가슴속에 품고 있던 소설가의 꿈을 이룬 건 삼십대 후반이었다. 지금 돌아보면 그리 늦었다고만 볼 수도 없지만, 당시로서는 꽤 늦은 등단이었다. 소설가 박완서 선생이 마흔에 '여성동아' 장편공모에 당선돼 문단에 나오면서 '늦깎이 작가'의 탄생이라고 대대적으로 문단에 회자되던 1970년대에 비하면, 환갑을 넘긴 나이에 종종 신춘문예 당선자가 나오는 작금에는 그리 새삼스러울 것 없는 나이였다. 오랜 꿈을 이루었지만 생업을 포기할 수 없는 형편이어서, 단편을 청탁받으면 주말에 회사 앞 여관에 투숙해 밤낮을 가리지 않고 쓰기도 했다.

그 무렵 짧은 휴가를 얻어 지친 몸과 마음을 스스로 위무할 겸 벗의 소개로 땅끝 달마산 해남 미황사에서 소설 쓸 기회를 얻었다. 해남이면 망명지 혹은 해방구의 이미지에서 육신과 정신을 정화시키는 '정토'의 느낌으로 바뀌는 결정적 계기가 되었다. 이곳에서 미황사를 배경으로 단편 「비파나무 그늘 아래」를 탈고했고, 문학상 문턱에도 이름을 올렸으니 땅끝 정토와는 간단한 인연이 아니었던 셈이다.

미황사는 해남군 송지면 달마산 중턱에 있다. 지금은 남도 제일의 템플스테이 명소로 각광받고 있지만 당시만 해도 대웅전에다 세심당洗心堂 과 요사채, 초라한 공양간 한 집을 거느린 단출한 절이었다. 이 절집 대웅전에서 바다를 내려다보면 다도해의 섬들은 짐승의 새끼들처럼 서로 머리를 맞대고 두런거리는 모양새다. 해무 사이로 슬쩍 모습을 드러낼 때도 그런대로 신비롭긴 하지만, 맑은 날 석양녘이나 아침에 해가 뜰 때 남만南蠻의 이 새끼 짐승들은 황홀하다. 지금도 잘 있는지 모르겠지만 그 시절 공양간 마루 앞에 제법 큰 비파나무 한 그루가 서 있었다. 비파나무 그늘 아래에서 기록한 풍광은 이렇게 흘러 간다.

'저녁 공양을 마치고 세심당에 돌아와도 주위는 여전히 환하다. 여름 해가 길기는 긴 모양이다. 갑자기 황금빛이 방 안에 가득 들어찬다. 고개를 들어 창밖을 보니 막 붉어지기 시작하는 노을빛이 하늘에 가득하다. 이제 겨우 구름에서 벗어난 석양이 얼굴을 드러내기 시작한다. 주황에서 주홍으로, 다시 핏빛으로 변해 가는 해는 저녁 예불을 시작하는 대웅전 목탁 소리가 텅텅, 울릴 때마다 조금씩 바다 쪽으로 떨어진다. 목탁 소리의 진동에 몸을 떨며 오늘 하루의 생을 차츰 포기해 가는 듯한 모습이다. 양순한 어린 새끼들처럼 누워 있는 다도해의 낮은 섬들은 하늘에서 떨어지는 핏덩이를 받기 위해 숨을 죽이고 온 가슴을 열고 있다. 그들도 그 숨죽인 흥분 때문에 온몸이 벌겋게 달아오르기는 마찬가지다. 세심당 아래쪽 청록의 활엽수림도 일제히 황금빛으로 물들었다. 풀숲의 벌레들이 목탁 소리와 엇박으로 장단을 맞추며 노래를 부른다. 해가 하루의 수명을 다하자 무대 위의 조명이 꺼지듯 땅끝의 활엽수들은 어두운 청록으로 돌아간다. 조명은 꺼졌지만 그 여운은 은은하게 미황사를 감싸고 쉬 사라지지 않는다. 풀벌레와 새들은 무대가 어두워져도 계속되는 목탁 소리에 장단을 맞추어 정밀

159

조용호

미황사 설경 ⓒ해남군

하게 울어댄다.'

　바람이 불면 밤새 열어놓은 덧창이 벼락 치는 소리를 내며 창틀에
부딪치는 소리에 잠에서 깨어나곤 했다. 비도 오지 않는데 숲속 나무
들이 일제히 흔들리며 저마다 소리를 내기 시작하자 밤의 적막은 완
전히 깨져 버렸다. 폭풍우 치는 날 바다의 파도 소리와는 사뭇 달랐다.
바람 부는 수해樹海의 파도 소리는 곡성처럼 길고 깊은 장단을 지녔
다. 나무들이 저마다 산발한 채 바람이 부는 방향에 따라 일제히 몸을
기울이며 아우성을 쳤다.

이후로도 여러 번 이런저런 사연으로 미황사를 찾았고 절집 뒤편의 남해를 내려다보며 기암으로 솟아 있는 달마산에 오르기도 했다. 달마산 바윗길 정상에서 다리를 쉬고 있을 때, 미황사의 유래에 대해 들려준 이는 지금은 그곳을 떠난 금강 스님이었을 것이다.

"지금으로부터 일천삼백여 년 전 신라 경덕왕 때 달마산 아래 사자포에 배 한 척이 홀연히 나타났더랍니다. 그런데 그 배는 사람들이 다가가면 멀어지고 돌아서면 가까이오기를 여러 날 계속했습니다. 그 배를 결국 가까이 오게 한 사람은 의조화상이었습니다. 그분이 사미승과 향도들을 데리고 목욕재계한 후 기도를 하니 배가 드디어 육지에 닿았는데 배 안에는 금으로 된 뱃사공과 금함, 육십 나한, 탱화 들이 가득 차 있었답니다. 특이한 것은 배 안에 있던 검은 바위였는데, 배에서 바위를 내릴 때 실수로 바닥에 떨어뜨리자 바위가 쫙 갈라지면서 송아지 한 마리가 뛰쳐나와 순식간에 큰 소가 되었다는군요."

이날 의조화상의 꿈에 금빛 가사를 걸친 사람이 나타나서 자신은 우전국 지금의 중국 신장위구루자치구의 호탄 지역에 있던 고대국가 사람인데 이곳 산세가 1만 불을 모시기에 좋아 보여 인연토 因緣土 로 삼기로 했으니 경전과 불상을 소에 싣고 가다가 소가 누워서 일어나지 않는 곳에 절을 세우라고 했다는 것이다. 다음 날 의조화상은 꿈속에서 들은 대로 소 등허리에 불경을 싣고 그 뒤를 따랐다. 달마산 중턱에 이르러 소가 한 번 넘어졌다가 일어나 한참을 가다 크게 울면서 다시 넘어지더니 일어나지 못했다. 그리하여 처음 소가 누운 자리에는 통교사를, 마지막으로 누워 다시는 일어나지 못한 자리에 바로 미황사를 세웠다는 전설이다.

통교사는 부도원 곁에 있다. 입적한 고승의 부도들이 밭을 이루고 있는 달마봉 아래 숲속은 아늑하다 못해 신비로운 정적이 감도는, 숨어 있는 명당자리였다. 당시 주춧돌만 남아 있던 자리에 기둥을 세우고 서까래를 얹는 공사가 진행 중이었지만, 불사가 여의치 않은 듯 삽이나 수레 따위 장비들만 주변에 널려 있고 폐가처럼 버려져 있었다. 이곳에서 소가 처음으로 휴식을 취했고, 미황사 자리에 이르러 바다를 바라보면서 크게 세 번 울고 죽었다는 것이다.

"그런데 왜 미황사라고 명명했는지 아십니까? 소가 마지막으로 쓰러져 울 때, 달마산 전체에 메아리치던 그 울음소리가 지극히 크고 아름다워 미美 자를 취했고, 꿈속의 금인金人이 발하던 황홀한 빛을 상징하여 황黃 자를 취했다고 합니다."

미황사라는 이름은 전설보다는 다도해의 아름다운 황금빛 낙조 때문에 지어진 이름이었을지 모른다. 황금빛에서 핏빛으로 물들어 가는, 미황사 대웅전에서 바라보이는 다도해의 해질녘 풍경은 속세의 모든 고통들을 진무할 만큼 장엄한 장면이었다. 불경을 등에 진 소가 쓰러지면서 냈다는 크고 아름다운 울음소리는 무엇을 의미하는 걸까. 아름다운 울음소리란, 사실 모순 아닌가. 고통스럽고 서러워서 내는 게 항용 울음소리일진대, 그 소리가 아름다우려면 어떤 경지에 도달해야 하는 걸까.

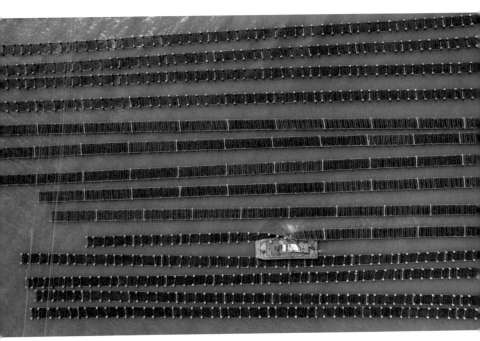
살아가야 할 자들의 생업을 부표로 띄워놓은 청태밭이 희미하게 보였다. ⓒ해남군

후일 다시 미황사에 내려가 하룻밤을 보낸 뒤 이곳 바닷가 솔섬을 배경으로 데뷔작을 썼던 황지우 시인의 문학공간을 탐사하기 위해 아침 일찍 바닷가 길을 달려나갔다. 인근 포구 '어란'으로 가는 아침 길은 더디었다. 가다 서기를 자주 반복해야 할 만큼 어란 해변은 아름다웠다. 이른 봄 연초록 마늘밭과 듬성듬성 서 있는 밭가의 나무들을 배경으로 바닷가 처처에서 본 그림이었다. 멀리 섬들이 봉분처럼 떠 있고, 근경 近景 에는 허리를 구부린 노파 세 명이 초록의 마늘밭을 부유

했다. 바다와 늙은 여인들 사이로 무덤들이, 뻘밭의 갈대를 울타리 삼아 해변에 누워 있었다. 머지않아 죽을 이들과 이미 죽은 자들의 집 너머로, 섬과 섬 사이에, 살아가야 할 자들의 생업을 부표로 띄워놓은 청태밭이 희미하게 보였다. 죽음과 노동과 생업이 아침 해무 속에 부옇게 빛났다.

정작 어란은 포구의 이름이 연상케 하는 서정적인 이미지와는 다른 핍진한 삶의 현장이었다. 해우밭에서 거두어 온 김가루를 가득 채운 배들이 보였다. 흡사 석탄이라도 실은 것처럼, 조만간 가공공장으로 옮겨질 검은 가루가 화물칸에 그득했다. 새벽부터 고단했던 노동을 마무리하며 뱃전에서 빈속을 해장국으로 달래는 부부의 모습이 정겨웠다. 새삼스럽지만 해남이라는 '정토'는 고요한 마음의 공간만이 아닌, 일하는 사람들이 만든 삶의 공간이었다.

조용호 _____ 세계일보를 거쳐 UPI뉴스에서 문학전문기자로 활동하고 있다. 1998년 '세계의 문학'으로 등단했다. 소설집으로 『베니스로 가는 마지막 열차』, 『왈릴리 고양이나무』, 『떠다니네』, 장편소설로 『기타여 네가 말해다오』, 산문집으로 『꽃에게 길을 묻다』, 『여기가 끝이라면』 등이 있다.

해남의 윤선도와 보길도의 추억

　　　　　　　　　　해남은 멀고도 가까운 곳이다. 항
상 내 귓가에 남도의 파도 소리를 전해 주기 때문이다. 그 소리는 잔
잔하면서도 짭조름하게 들려온다. 푸르름이 가득한 그 풍광의 아름
다움은 그 어느 곳에도 비할 수 없다는 생각을 오래전부터 해 오고
있지만 하나의 통일된 이미지로 다가오는 것이 아니라 기억의 하나
하나가 강한 편린들을 빛내고 있다. 다산초당이나 땅끝마을은 뛰어
난 명소이지만 해남은 무엇보다 고산 윤선도의 고향이다. 2009년
10월 필자가 고산 윤선도 문학상을 받았을 때 해남은 그 어느 때보
다도 가까운 숨결을 불어넣어 주었다. 윤선도의 생가로 알려진 녹우

녹우당 비자나무숲 ⓒ해남군

당 뒤의 비자나무숲은 그 어느 남도의 숲길보다 고즈넉한 곳이었다.
윤선도의 시가 있었기 때문일 것이다. 해남의 대흥사 또한 빠트릴
수 없는 명소일 것이다.

  그러나 해남에서 멀지 않은 곳에 있는 윤선도가 은거하면서 썼던
「어부사시사」의 고향 보길도는 다른 의미에서 특별한 이미지로 남아
있다. 처음 그곳에 가 보게 된 것은 당시 광주대학에 재직 중이던 신
덕용 시인의 초청에 의한 것이었다. 벌써 20여 년 전의 일이다. 윤선
도의 유적지를 둘러본 것은 필수적인 일이었고 호기심 어린 눈동자로
주변을 살펴보았다. 이곳이 윤선도에게는 낙원과 같은 곳이라 할 수

도 있겠지만 그의 정치적 생애를 돌이켜보면 아마도 정적들로부터 도피의 장소이기도 하였을 것이다. 유배 생활로 이어지는 과정에서 오는 정치적 좌절이 윤선도로 하여금 유유자적한 은둔의 시기를 살게 만들었고, 이로 인해 조선시대를 대표하는 그의 명작들이 탄생하는 배경이 되기도 했다는 것은 역사적 아이러니였을지도 모른다. 그러나 나에게 특별한 인상을 남긴 것은 거의 폐허에 가까운 유적지 입구를 들어서는 곳에 감도는 비밀스러운 정적이었다. 옛 사람들의 발길은 오래전 끊어져버렸고 여행객으로 잠깐 들른 우리들의 분주한 발걸음 소리만 옛길을 울리고 있었다. 고금의 세월이 이 정적을 깨우는 발걸음 소리로 인해 한순간에 스쳐갔다.

한 가지 더 이야기해 둔다면 지금도 생생한 예송리 바닷가에서 꿈결처럼 흘려들었던 물소리다. 새로 지은 여인숙에서 여장을 풀고 신 교수가 특별히 준비한 새우구이를 푸짐하게 먹고 난 다음 술기운이 남아 있는 우리 일행은 검은 자갈돌이 가득한 바닷가에 나가 초여름 밤하늘을 바라보고 별들에게 말하는 것처럼 이런저런 이야기를 나누었다. 자갈돌 사이로 하얀 거품을 남기며 흘러내리는 물소리는 잊을 수 없는 추억을 되살려주는 것 같았다. 이후에도 여행지에서 이렇게 평화로운 밤을 보낸 기억은 거의 없는 것 같다. 그날 밤의 물소리는 마치 자갈돌이 그들이 둥근 자갈이 되기까지의 오래 사연을 우리에게 들려주고 싶어 하는 것 같았고 바다에서 불어오는 바람에 담긴 엷은 갯냄새는 그런 세월에 끝없이 생명력을 불어넣고 그 기운의 일부를 우리에게도 전해 주고 있었다. 마치 밤바다와 갯돌과 파도소리가 만들어내는 잔잔한 교향악이 들리는 곳에서 시간이 정지된 지복의 순간을 느꼈던 것 같다.

이후 보길도는 다시 나에게서 멀어졌지만 대학 동기이기도 한 신문방송학과 김민환 교수가 보길도에 집필실을 마련하고 거기서 소설을 쓰기로 했다는 것으로 인해 보길도는 새롭게 다가왔다. 대학교수 정년 후 소설이나 시를 쓴다는 퇴직자가 주변에 많았던 까닭에 처음에는 그저 그런 이야기로만 들었다. 그러나 2년쯤 지난 후 그가 『담징』 2013이라는 장편 초고를 탈고했으니 한번 읽고 소감을 말해 달라는 부탁을 했다. 당연히 나는 소설 전공이 아니라고 사양하려고 했지만 그의 진지한 표정과 겸허한 자세로 인해 초고의 일독을 피하기는 어려웠다. 초고를 읽으면서 먼저 그의 오랜 준비와 자료 섭렵에 놀라지 않을 수 없었다. 그가 소설을 쓴다는 이야기는 그냥 지나가는 것이 아니라 정말 오랫동안 진지하게 준비하여 생의 마지막을 여기에 바치고자 하는 집념이 깊게 배어 있었다. 보길도에서 본격적으로 소설을 쓰는 작가 한 사람이 탄생할 거 같다는 예감이 들었다. 그가 『담징』을 쓰던 시기를 전후하여 한일관계는 극도로 악화된 시기여서 역사적 의미도 있을 것 같다고 생각하고 일종의 가벼운 독후감을 그에게 메일로 답해 주었다. 그의 소설은 이후 놀랍게 진화되어 세상에 나오게 되었다. 그의 집념과 노력도 물론이겠지만 그에게 잠재되어 있던 작가적

역량에 대해 독자로서 새로운 공감을 표명하지 않을 수 없었다.

그의 작품에 끌려서인지 우리 일행들과 가볍게 해남에 가게 되었는데 보길도에 있다는 그의 작업실도 한번 보고 싶다는 마음이 들었다. 미리 연락하지 않고 갑작스런 방문이었지만 그는 친절하게 우리 일행을 안내하고 윤선도 유적지를 안내해 주었다. 동천석실을 올라가서 남쪽으로 유적지를 굽어보면서 이곳이 마치 부용꽃이 피어 있는 것과 같은 풍광이라 말하면서 해남을 떠나 제주도로 향하던 윤선도가 이 풍광의 아름다움을 발견하고 이곳에 머물러 노년을 지내기로 결심했다고 전해 주었다. 그렇다면 윤선도는 부용꽃 속의 극락세상을 살았다는 이야기가 될 것이다. 동천석실을 내려오는 길에서 힘들게 오르던 때와 달리 낙엽 밟는 소리가 귓가에 사박사박 들려왔다. 그는 또 필자에게 제주도 귀양길에 오른 송시열이 바윗돌에 새기고 갔다는 한시를 한번 보고 가라는 것이었다. 윤선도와 정적이었던 송시열이 바위에 시 한 수를 새기고 갔다는 것은 또 하나의 역사적 아이러니라는 점에서 호기심이 생기지 않을 수 없었다. 시간을 내어 동쪽 바닷가에 있는 '글씬 바위'를 찾아갔다. 바위를 더듬어 찾아간 곳에 과연 송시열의 시가 새겨진 글씨가 있었고 거기에는 풍상의 세월을 견디고 살아온 인간의 마음이 깊이 담겨 있었다.

八十三歲翁
여든셋 나이든 늙은 몸이

169
●
최동호

蒼波萬里中

푸른 파도 만 리 길을 가노라

一言胡大罪

한마디 말이 어찌 그리 큰 죄가 되어

三點赤云窮

세 번이나 쫓겨난 신세가 궁하구나

北極空瞻月

북녘 하늘 해를 바라보며 끝없이 넓은

南溟但信風

남쪽으로 가는 길 바람만 믿을 뿐

貂裘舊萬思在

담비 갖옷 내리신 옛 은혜 서려 있어

感激泣孤哀

감격하여 외로이 눈물 흘리네

역문은 기존의 번역을 토대로 첨삭한 것임

시의 결말은 임금에 대한 충정을 호소하는 것으로 마무리되고 있으
나 송시열 또한 내심 풍랑으로 이곳에 머물게 된 것 또한 우연이 아니
라고 생각했을 것이다. 윤선도 사망 후 18년이 지나 그 자신이 제주로
귀양 가는 처지가 되어 풍랑으로 표류하다 이곳에 머물게 되었으니
일말의 감회가 없을 수 없었을 것이다. 1659년 예송논쟁으로 남인 윤

녹우당의 은행나무 ⓒ해남군

선도를 삼수로 귀양 가게 만든 노론 영수 송시열이 역사의 수레바퀴
가 굴러 숙종의 세자 책봉을 반대하는 상소를 올려 돌아오기 힘든 제
주도 귀양길을 가는 처지가 된 엇갈린 운명의 한 장면을 우리는 여기
서 만난다. 한동안 검은 바위에 까만 글씨가 적힌 커다란 바위를 어루
만져 보았다. 바위는 아무 말을 하지 않고 있지만 풍상의 세월을 거기
아로새기면서 현재의 우리에게 무언가를 증언하고 있을 것이라 느껴
졌기 때문이다. 정치권력의 무상함과 인간 삶의 허망함이 소용돌이치

는 곳이 보길도이기도 하다는 생각을 지울 수 없었다.

다시 윤선도의 고향 해남으로 돌아와 세종 시절 식재되었다는 해남 군청의 거대한 느티나무를 떠올리며 윤선도 유적지 녹우당의 500년 은행나무를 생각한다. 남도의 푸른 이파리에서 소낙비가 떨어지는 날 녹우가 쏟아져 내린다는 녹우당 뒤편 오솔길에서 만나는 비자나무 숲길은 이런 곡절이 중첩되는 풍상의 세월을 증언하면서 우리가 건디고 살아야 할 미래의 길을 다시 돌이켜보라고 지금도 말하고 있는 게 아닐까.

최동호 _____ 1948년 경기도 수원에서 태어나 경남대와 경희대, 고려대 교수로 활동했다. 1979년 중앙일보 신춘문예와 현대문학 추천을 통해 등단했다. 현대불교문학상, 고산윤선도문학상 현대시 대상, 박두진문학상, 소천문학상, 대산문학상 등을 수상했다. 시집으로『황사바람』,『아침책상』, 시론집으로『불확정 시대의 문학』등이 있다.

제2부

해남
명소에
가고 싶다

· 김선태 ·

한반도의 끝이자 시작, '땅끝'

전라남도 해남군 송지면 송호리에 자리한 땅끝土末은 한반도의 최남단이다. 최북단인 함경북도 온성군 남양면 풍서리와 남북으로 길게 대척을 이룬다. 육당 최남선의 『조선상식문답』에 따르면, 해남 땅끝에서 서울까지 천 리, 서울에서 함경북도 온성까지를 2천 리로 잡아 우리나라를 '3천 리 금수강산'으로 불렀다고 한다. 조선시대 초부터 갈두산에 봉수대를 설치하여 서남해로부터 쳐들어오는 왜구의 침입을 가장 먼저 알려주던 곳이었다는 기록이 『세종실록지리지』 등에 나오고, 이순신이 도망가는 왜적을 추격하여 이곳 앞바다에서 접전을 벌였다는 『난중일

땅끝 표지석 ⓒ해남군

기』의 기록이 있는 걸 보면 땅끝의 역사는 유구하다.

땅끝이라는 지명이 풍기는 말맛은 미묘하다. 얼른 듣기에는 '세상
의 끝'이라는 의미로 받아들이기 쉽다. 그래서 절망적인 상황에 빠진
사람들을 강렬하게 유인하는 힘이 있다. 구차한 삶을 내려놓기에 최
적일 것 같은 자살 충동을 발동시킨다. 그러나 막상 그러한 충동을 실
천에 옮기려고 찾아가면 정반대의 의미로 다가온다. 끝은 시작의 반
대말이 아니라 같은 말이라는 사실이 그것이다. 뒤집어 생각하면 땅
끝은 한반도의 종점이 아니라 출발점이기도 하기 때문이다. 그리하여
섣부른 자살 충동으로 찾아간 사람들이 절망이 아닌 새로운 희망을
얻어 돌아오는 곳이 땅끝이다. '세상의 시작'이라는 전혀 다른 의미 말

이다.

　필자도 바로 이 말맛에 이끌려 땅끝을 찾아간 적이 있다. 1980년대 중반 간신히 대학을 마쳤으나, 세상과의 싸움에서 패배하고 사랑에도 실패하여 앞으로 살아갈 아무런 희망도 의지도 없었다. 그런데 낮술에 취해 비틀거리던 어느 날 불현듯 떠오른 땅끝이라는 지명에 이끌려 무작정 버스를 잡아탔다. 아마 구차하고 신산한 젊음을 그만 내려놓고 싶었던 모양이다. 세상의 끝이라고 여긴 그곳에 가면 자살하기 좋은 공간이 있는 줄로만 알았다. 그러나 막상 도착해 보니 자그맣고 평화로운 어촌이 펼쳐져 있고, 어부들이 땀을 뻘뻘 흘리며 일을 하고 있었다. 술을 사들고 사자봉 꼭대기에 올라가 뛰어내릴 만한 절벽을 찾았으나 마땅한 곳은 없었다. 그저 바다 위에 떠 있는 섬들만 죄 없이 아름다웠을 뿐이다.

　그러던 중 해가 저물어 마지막 버스마저 놓쳐버렸다. 하는 수 없이 해변의 주막거리에서 술을 마시고 민박집에 누워 귓속을 들락거리는 파도 소리를 들었다. 마치 함부로 섣부른 생각을 한 필자를 꾸짖는 것처럼 들렸다. 술집 주인의 충고도 아프게 다가왔다. 결국 밤을 꼬박 새운 채 섣부른 자살 충동을 후회한 필자는 다시 한 번 열심히 살아보겠다는 결론에 이르렀다. 다음 날 첫차를 타고 집으로 돌아오면서 재생의 의지를 충전한 필자는 땅끝이라는 지명이 주는 진정한 의미는 끝이 아니라 새로운 시작임을 깨닫게 되었다. 다음은 당시에 쓴 필자의 시 「땅끝에서의 일박」이다.

1.

　삶이 거추장스럽게 껴입은 옷과 같을 때/내 스무 몇 살의 온갖 절망 데리고 땅끝에 와서/병든 가슴처럼 참담하게 떨리는 바다를 본다/활처럼 휘어 구부정한 마을 입구를 돌아/사자봉 꼭대기를 헉헉 기어 올라서면/막막하여라, 파도만 어둡게 부서지고 있을 뿐/군데군데 떠 있는 섬 같은 희망도/오늘은 안개에 가려 보이질 않구나/넘어지고 다치며 불편하게 끌고 온 젊음/어디에서 세상의 아름다움을 볼 수 있을까/어디에서 깨끗한 사랑을 만날 수 있을까.

2.

　막차를 놓쳐버린 적막한 어촌의 밤/주막거리 옆집에 누워 밤 파도 소릴 듣는다/왜 살아야 하냐고/비루하고 누추한 삶을 얼마나 더 살아야만 하냐고/파도는 밤새 방파제를 치며 울부짖었지만/그러나 보아라,/여기 스무 몇 가구의 집들이 어깨를 포개고/그래도 고즈넉이 잠들지 않았느냐/저기 바닷가 절벽의 바위들도 캄캄한 어둠 속/무릎 세우고 의연히 서 있질 않느냐.

3.

　편지를 쓰리라/등지고 떠나온 사람들에게 편지를 쓰리라/막차는 떠났어도 돌아가야 할 내일을 남겨놓은/땅끝에서의 일박/

해남 땅끝에 가고 싶다

밤이 깊을수록 더욱 거칠어지는 파도 소릴 들으며/아직도 사랑한
다고/아직도 나는 살고 싶노라고/새벽토록 길고 긴 편지를 쓰리
라/하여, 어느덧 내 잠든 꿈속으로 침입한 바다/그 만경창파 속살
을 헤치고 마침내/나는 푸른 섬 하나로 눈부시게 떠오르리라.

그런데, 필자보다 훨씬 먼저 비슷한 생각을 품고 땅끝을 찾아온 사
람이 있다는 사실을 나중에야 알았다. 김지하 시인이다. 1960년 4·19
혁명 직후 스물한 살의 피 끓은 청춘이었던 그도 '땅끝'이라는 지명에
현혹되어 무작정 땅끝행 버스에 몸을 실었다고 한다. 혁명의 꿈도 물
거품이 되어버렸고, 목숨처럼 사랑했던 연인도 떠나고, 붉은 각혈만
쏟아내는 부실한 몸으론 더는 살아갈 자신이 없었던지 땅끝에서 누추
한 젊음을 끝내고 싶었던 모양이다. 그에게 땅끝은 마음의 끝이었으
며, 세계의 끝이었으며, 방황의 끝이었으며, 삶의 끝이었다. 그러나
서툰 자살 기도는 실패로 끝이 났고, 결국 마음을 고쳐먹고 돌아갈 것
을 결심한다. 그로부터 25년이 지난 1985년 그는 아예 짐을 싸 들고
내려와 해남읍 남동리 한옥에서 땅끝살이를 시작한다. 그리하여 그가
20대 때 끝을 보고자 했던 땅끝 사자봉에 다시 서서 그때의 기억을 반
추하며 쓴 시가 "땅끝에 서서/더는 갈 곳 없는 땅끝에 서서/돌아갈 수
없는 막바지"로 시작되는 「애린·50」이다. '애린'이란 제목도 저 진도
의 '다시래기'처럼 죽고 새롭게 태어나는 존재를 뜻한다. 우연인지는
몰라도 두 편의 시가 약속이나 한 듯 창작 시기와 내용이 비슷한 걸 보

179

면 신기하기까지 하다.

갈두산 사자봉 전망대에 올라가 바라보는 다도해의 경관은 절경이다. 백일도, 흑일도, 보길도, 노화도, 넙도 등 크고 작은 섬들이 검은 오리새끼들처럼 떠서 잠방거린다. 맑은 날이면 멀리 추자도와 제주도 한라산까지 보인다. 저녁 무렵이면 인근 바다를 붉게 물들이며 떨어지는 일몰은 서럽도록 아름답고도 장엄하다. 한 해의 끝인 연말이면 이곳에서 해넘이 축제가 열린다. 새해 벽두에는 선착장 부근의 분재처럼 아름다운 맹섬에서 해맞이 축제가 열린다. 시작과 끝을 담은 이 축제가 열릴 때마다 전국에서 몰려든 인파로 땅끝 일대는 아연 북적거린다. 인근에는 소나무 숲과 고운 모래가 일품인 송호해수욕장이 펼쳐져 있고, 수려한 달마산 자락에는 미황사가 자리하고 있다. 과연 풍광으로 말하면 어디에 내놓아도 손색이 없다.

그래서인지 몰라도 땅끝마을은 언제부터인지 유명 관광지로 탈바꿈되었다. 필자가 처음 다녀간 1980년대 중반까지만 해도 자궁처럼 옴폭한 바닷가에 꼬막 껍데기 같은 스무 몇 가구의 집들이 있던 포구는 매립된 지 오래이고, 그 위에 수많은 음식점이며 숙박업소, 위락시설이 즐비하게 들어서 있다. 하루에 두 차례 정도 버스가 드나들던 비포장길은 말끔하게 포장되어 수십 대의 관광버스가 분주히 드나든다. 1986년부터는 완도군에 속하는 보길도, 노화도, 넙도와의 뱃길이 개통되어 연계 관광이 가능해짐에 따라 땅끝의 관광지화가 가속화되었

갈두산 사자봉 전망대에 올라가 바라보는 다도해의 경관은 절경이다. ⓒ해남군

다. 1990년대 이후에는 한국의 전통문화 찾기와 국토 순례를 통해 더 많이 알려졌다. 매년 국토 순례를 위해 찾는 관광객만도 8천여 명에 이른다. 사자봉 전망대가 새로 거창하게 세워진 것을 비롯하여 자연사박물관, 땅끝희망공원 등 관광시설도 들어섰다.

이러한 지명의 상징성을 활용한 관광화 사업은 어쩌면 불가피한 것인지도 모른다. 더욱이 이러한 움직임이 타의에 의해서가 아니라 마을 공동체의 자발적이고 적극적인 노력에 의해서 시작된 만큼 무턱대고 비판만 할 일도 아니다. 그러나 관광화 사업이 마을주민들에게 얼마간의 경제적 이익을 안겨준 것이 사실이지만, 땅값 상승뿐만 아니라 혈연·지연 중심의 마을 공동체가 각종 관광개발과 이해관계에 얽혀 내부적으로 분화되는 등 폐단도 적지 않다고 한다. '손 타다'라는 부정적인 뜻을 품은 우리말이 있다. 모든 것은 지나치게 손을 타게 되면 그 순수한 원형이 망가진다. 어느 정도의 개발은 불가피하다 할지라도 지나치면 자칫 그 뿌리까지 뽑힐 수 있다. 한반도의 끝이요 시작인 땅끝이 그 본연의 이미지와 뜻을 잘 지켜갈 수 있도록 우리 모두의 지혜가 필요한 시점이다.

김선태 _____ 1993년 광주일보 신춘문예 시 부문에 당선했다. 송수권 시문학상, 시작문학상 등을 수상했고, 현재 목포대 국문과 교수이다. 시집 『간이역』, 『작은 엽서』, 『동백숲에 길을 묻다』, 『살구꽃이 돌아왔다』, 『그늘의 깊이』 등이 있다.

· 김윤배 ·

가보고 싶은 해남 미황사

해남은 가보고 싶은 땅이다. 특히 미황사는 언젠가 꼭 찾아가리라 생각하는 절이다. 미황사 부도전에 이르러 부도에 새겨진 문양을 보고 싶다. 미황사 부도전에는 다음과 같은 전설이 전해져 내려온다.

신라 경덕왕 8년 749년 에 돌로 만든 배가 사자포구에 닿았다. 그곳에는 금인 金人 이 노를 잡고, 배 안에는 화엄경, 법화경, 비로자나 문수보살, 탱화 등이 있었다. 향도들이 모여 봉안할 장소를 의논할 때 갑자기 검은 소 한 마리가 나타났다. 금인이 말하기를 "나는 본래 우전국의 왕으로 경상 經像, 불경과 불상 을 모실 곳을 찾다 이 산에 일만 불 佛

미황사 ⓒ해남군

이 있어 여기에 배를 세웠다. 소에 경을 싣고 나가 소가 누워 일어나지 않는 곳에 봉안하라." 우전국은 현장법사의 『대당서역기』에도 나오는 곳으로 지금의 중국 신장위구루자치구의 호탄 지역에 있던 고대국가이다.

　부도는 탑이며 탑은 부처의 무덤이니, 고승의 사리를 보관하는 부도를 짓는 것은 부처를 모시는 일이기도 할 것이다. 부도의 문양 하나하나를 살펴보고 그 부도에 어느 고승의 사리가 들었는지도 알아보고 싶다. 미황사 부도전에는 21기의 부도와 5기의 탑이 있다. 부도에는 게, 거북이, 물고기, 새, 두꺼비, 연꽃, 도깨비 얼굴 등이 부조되어 있다. 승탑의 주인공은 조선후기 서산대사의 제자 소요대사의 법맥을 이은 고승들이다. 부도에는 벽하당, 송암당, 영월당, 죽암당, 설봉당

등의 선사들의 명호가 새겨져 있다. 부도들을 보고 있노라면 수백 년
을 뛰어넘어 살아 있는 선사들을 만나게 되는 느낌이 들 것이다. 미황
사 부도전은 살아 있는 사람이 죽은 선사들을 만나는 게 아니라 입적
하신 선사들이 지금 여기에 살아 있는 중생들을 만나는 자리인 것이
분명하다.

　이제는 달마산이다. 달마산은 그냥 지나칠 수 없는 산이다. 달마산
은 한반도의 산줄기가 바다로 뛰어들기 직전의 산이다. 해발 489미터
의 산이지만 달마라는 이름은 산스크리트어인 다르마에서 온 이름이
다. 다르마는 진리라는 뜻이다. 그러니까 달마산은 진리의 산이다. 그
산에 들어선 미황사는 진리의 본전이 되는 것이겠다.
　여기서 땅끝 사자포구까지는 11킬로미터가 좀 넘는다. 동백이 많
아 겨울 길도 좋고 상록수가 많아 봄 길도 좋다. 혼자 걸어도 좋고 친
구나 연인과 걸어도 좋은 길이다. 그 길도 걷고 싶다. 나는 그 길을 혼
자 걷겠다. 여행 중 생각이 많아 동행이 있으면 여간 불편하지 않다.
혼자 걸으며 길옆의 나무와 대화하고 풀들과 인사하고 꽃들과 눈짓
나누는 길이기를 바란다.
　그러나 뭐니 뭐니 해도 미황사다. 미황사를 빼놓고 해남을 말할 수
는 없는 것이다. 미황사라는 절 이름은 설화에서 유래한다고 들었다.
아름다울 미美 자는 소의 울음소리가 아름답다는 것을 뜻하고, 누를
황黃 자는 금인金人의 색을 뜻한다고 알려져 있다.

185
·
김윤배

미황사 도솔암 ⓒ해남군

　미황사는 20년 전 만해도 황폐한 절터였다. 동백나무와 잡목이 무성한 곳에 대웅보전만 덩그러니 놓여 있었다. 그러나 미황사는 정유재란으로 불타기 전에는 열두 암자를 거느린 큰 절이었다. 도반들은 숲속으로 난 길을 걸어 암자에서 암자로 다니며 수행을 했을 것이다.

　미황사에 가면 도솔암을 보아야 할 것이다. 미황사에서 도솔암 가는 길이 여간 운치 있는 길이 아닌 것이다. 도솔암 가는 길은 가파른 길이다. 원래 달마산의 기개가 명산에 못지않은 것을 알 수 있다. 바위

해남 땅끝에 가고 싶다

봉우리들이 날카로워서 더욱 그렇게 보일 것이다. 암자는 대개 가파른 곳에 짓는다. 오르내리는 길이 수행일 것이다. 도솔암은 더 심해 높은 벼랑 틈에다 지었다. 높이 솟아오른 바위틈에 세웠으니 위태로워 보이는 암자는 마치 하늘 끝에 붙어 있는 다락방 같은 느낌을 줄 것이다. 해남의 바다와 섬들이 옹기종기 보일 것이다. 땅끝이 보일 것이고 진도와 완도가 보일 것이다. 원래 암자는 호젓해야 수행에 도움이 되는 것이다. 수행자들이 즐겨 찾는 암자일 것이다. 시간이 되면 해남의 땅끝과 미황사와 부도전을 꼭 보러 갈 것이다.

김윤배 _____ 1986년 『세계의 문학』을 통해 작품 활동을 시작했다. 경기도문학상 등을 수상했고, 시집 『겨울 숲에서』, 『떠돌이의 노래』, 『강 깊은 당신 편지』, 『굴욕은 아름답다』, 『따뜻한 말 속에 욕망이 숨어 있다』 등이 있다.

해남 땅끝에 가고 싶다

미황사에 가면 도솔암을 보아야 할 것이다.
미황사에서 도솔암 가는 길이 여간 운치 있는 길이 아닌 것이다. ⓒ김대원

189
•
김윤배

· 나기철 ·

해남에는 땅끝순례문학관이 있다

　　　　　　　제주에서는 해남이 땅의 끝이 아니라 땅의 시작이다. 제주항에서 훼리호를 타면 세 시간도 안 되어 완도에 닿고, 그 바로 옆이 해남이다. 제주에서는 예로부터 해남 사람들이 많이 와 사는데, 땅의 끝에서 물 건너서 새로운 땅을 찾아왔던 게다.

　제주에서는 맑은 날이면 거짓말처럼 해남 두륜산이 보일 때가 있다. 제주 사람들에게 해남은 물 너머 땅이 시작되는 곳이다.

　섬에서 육지를 생각하면 늘 설렌다. 더구나 땅의 시작인 해남에 간다는 건 다른 어느 곳보다 더 그러하다. 나는 육지로 가는 비행기를 타

땅끝순례문학관 ⓒ해남군

고 광주에서 내려 이젠 버스로 두 시간을 내려가야 한다.

해남 터미널에 내려 택시로 땅끝순례문학관에 가자 하니 잘 모른다 하여, 윤선도 유적지를 말하자 바로 출발한다. 십 분도 안 돼 윤선도 유적지 입구에 도착하여 기와집이 크고 우뚝한 백련재 문학의 집 왼쪽 땅끝순례문학관 마당으로 들어선다. 여기로 오는 길은 '녹우당 길'이다. 초록 비 내리는 집으로 가는 길! 그 이름만으로도 이미 마음이 씻긴다. 제2회 해남시인 전국시낭송대회가 시작되기 바로 직전이다.

이번에는 고정희 시인을 기념하니, 그의 시도 한 편 낭송해야 한다. 그런데 심사위원석을 보니 제일 왼쪽에 김구슬 시인, 다음에 오세영 시인, 김선태 시인, 다음에 빈 나의 자리, 그 다음에 윤금아 시낭송가가 앉아 있다. 김구슬 시인이 위원장이다. 오세영 원로시인이 당연히 위원장으로 제일 왼쪽에 자리해야 할 것 같은데 의아했다. 나중에 박병두 작가에게 물어보니, 원래 본인이 하기로 했었지만 대회의 격을 높이기 위해 자기 대신 오세영 시인께 위촉을 드렸는데, 이미 위원장이 정해져 있어 한사코 사양하셨다고 한다.

땅끝순례문학관은 2017년에 개관을 했지만 체계가 잡힌 건 2019년 학예연구사가 부임한 뒤부터이다. 국문학을 전공한 이유리 학예사는 적극적인 성품으로 문학 자원이 많은 해남에서 이곳의 역할이 크다고 말한다.

빠르게 움직이는 직원들, 그리 넓지 않은 실내를 꽉 메운 관객들, 실내에는 온통 시가 날아다닌다. 낭송하는 내내 시들은 애벌레가 나비가 되듯 활자에서 다시 태어나 시 나비가 된다. 원래 소리였던 시가 다시 제자리로 돌아오는 순간들이다. 소리가 된 시들은 귀를 울려 다시 생생히 살아난다. 소리는 순간순간 사라져가지만 여운은 길게 남는다. 잘 다듬어지고 육화된, 낭송하는 이의 음성을 통해 시는 햇볕을 주기도 하고 비를 내리기도 한다.

대회 후 문학관을 둘러본다. 해남 출신 문인들을 소개하는 전시실로 들어서니 해남 문학의 비조인 금남 최부, 호남 시학의 스승 석천 임억령, 삼당시인인 옥봉 백광훈, 조선후기 최고의 시인 고산 윤선도 등 조선시대의 문인들과 현대의 이동주, 박성룡, 김남주, 고정희 시인을 각각 소개하고 있다. 이동주 시인이 해남 출신인 건 알고 있었지만 박성룡 시인이 여기 출신인 건 몰랐다. 그의 시들에서 남도 내음이 많이 안 났기 때문일까.

'무모한 생활에선 이미 잊힌 지 오랜 들꽃들이 많다.//더욱이 이렇게 숱한 풀벌레 울어대는 서녁 벌에/한 알의 원숙한 과물과도 같은 붉은 낙일落日을 형벌처럼 등에 하고/홀로 바람 외진 들길을 걸어 보면/이젠 자꾸만 모진 돌 틈에 비벼 피는 풀꽃들의/생각밖엔 없다.//멀리멀리 흘러가는 구름 포기/그 구름 포기 하나 떠오름이 없다.' 하략, 박성룡, 「교외郊外」

이동주 시인은 단연 '강강술래'의 시인이다.

'여울에 몰린 은어 떼.//삐비꽃 손들이 둘레를 짜면/달무리가 비잉 빙 돈다.//가아옹 가아옹 수우워얼래에/목을 빼면 설움이 솟고……//백장미 밭에/공작이 취했다.//뛰자 뛰자 뛰어나 보자/강강술래.//뇌누리에 테이프가 감긴다./열두 발 상모가 마구 돈다.//달빛이 배이면 술보다 독한 것//기폭이 찢어진다./갈대가 스러진다.//강강술래/강강술래' 이동주, 「강강술래」

언젠가 고정희 시인의 생가에 들렀던 적이 있다. 섬의 순례객들이 들판 가운데 있는 그의 옛집 방에 들어가니 시인이 쓰던 방에 가득한 책들이 그녀가 보던 그대로인 듯 있었다. 내 방에 가득한 책들이 나중

해남은 윤금초, 김준태, 노향림, 황지우, 이지엽 등 걸출한 시인들을 배출해냈다. ⓒ해남군

에 내가 사라지면 어찌 될까 하는 생각이 든다. 김남주 시인의 옛집도 갔었는데 그의 집 작은 뒷방에서 그가 견뎌냈을 고적한 시간들을 생각했었다.

이들 외에도 해남은 윤금초, 김준태, 노향림, 황지우, 이지엽 등 걸출한 시인들을 배출해냈다. 황지우 시인 초청 행사를 갖기도 하고, 그가 소장품 500여 점을 기증하기도 했다.

땅끝순례문학관에서 조금 가면 백련재 문학의 집이 있다. 작가와 작가 지망생들에게 집필 공간을 마련해 주는 곳이다. 지난여름 '인송 문학촌 토문재'의 상량식에 갔다가 다음 날 터미널까지 데려다 준 한

낭송가와 함께 잠시 들렀던 적이 있다. 여러 채의 한옥이 운치를 더해주고 있었다. 사람 하나 보이지 않고 처마의 그림자만 은은하여 다들 집필 중인 듯하였다.

이곳은 방이 원룸식이고 싱크대, 화장실도 갖추어져 생활하는 데 불편함은 크지 않을 것 같았다. 식사는 본인 몫이다. 소설모임, 시창 작교실, 시조문학교실 등이 열린다. 송기원 작가가 머물면서 작가 지망생들에게 지도도 해주고 있다 한다.

대회가 끝나고 광주 집으로 가는 길에, 문학의 집 상주작가 이원화 소설가가 차로 광주까지 데려다주었다. 그녀는 3년째 여기 머물고 있는데, 2005년 광주일보 신춘문예에 당선한 뒤 소설집을 세 권 냈고, 작가로서 큰 욕심 없이 글을 쓸 수 있어 행복하다고 했다.

해남에는 땅끝순례문학관이 있다.

길손이여, 해남에 가거든 거길 들르시라.

거긴 늘 시가 나비되어 날아다니고, 우리나라 각별한 시인들의 초상이 남도의 힘과 정서로 모여 있고, 또 출산을 앞둔 작가들이 태어날 작품들을 벼리고 벼리는 곳. 그곳에 가면 문학의 기운이 시나브로 스며들어 삶의 새 힘을 얻으리니!

나기철 _____ 1987년 『시문학』으로 등단했다. 제주대학교 국문학과를 졸업하고 신성여자고등학교 국어교사로 재직하다 명예퇴직했으며, 시집 『섬들의 오랜 꿈』, 『남양여인숙』, 『올레 끝』, 『지금도 낭낭히』 등이 있다.

· 문태준 ·

다선일미茶禪一味와 초의선사

　　해남은 여러 차례 찾아간 곳이었다. 그리고 찾아갈 때마다 내가 매번 들르는 곳은 대흥사였다. 대흥사는 대둔사라고도 칭해졌다. 대둔 大芚 은 싹이 크게 움튼다는 뜻이니, 절의 사세가 번창하고 불교의 가르침이 많은 대중들을 감화시킨다는 의미가 담겨 있지 않을까 싶다.

　　불교방송 PD로 일하면서 대흥사 조실 祖室 천운 스님을 뵈었던 일은 아직도 기억에 생생하다. 조실은 그 절에서 최고의 어른을 일컫는다. 대흥사 주지를 지내셨던 천운 스님은 향림사를 창건하셨는데, 내가 스님을 찾아뵙고 '무명을 밝히고'라는 라디오 프로그램의 신년 특

대흥사 ©해남군

별 대담을 한 곳은 향림사였던 것으로 기억된다. 천운 스님은 부모가 없는 아이 150여 명을 길러내셨고, 스님들의 교육비뿐만 아니라 절에서 일하는 종무원들의 자녀 교육비를 지원하셔서 호남 불자들로부터 많은 존경을 받았던 큰스님이셨다. 스님의 음성은 우렁찼고, 표정은 빛처럼 밝았으며, 상대방의 마음을 한없이 편하게 해주셨다. 법문은 시원시원했다. 악한 일을 하지 말고 선행을 하라는 가르침을 강조하셨다. 예불과 참선을 매일매일 빠뜨리지 않고 하셨고, 수행자의 기풍을 평생 잃지 않으셨다. 나는 천운 스님을 스승으로 깍듯하게 모시던 시자 스님들의 모습도 잊지 못하고 있다. 아무튼 해남 대흥사를 생각하면 천운 스님이 먼저 떠오른다.

대흥사는 또 널리 알려진 차의 성지이다. 나는 졸시 '햇차를 끓이다 가서시序詩'를 통해 대흥사와 차에 대해 쓴 적이 있다.

'멀리 해남 대흥사 한 스님이 등기로 부쳐온 햇차 한 봉지/물을 달여 햇차를 끓이다 생각한다/누가 나에게 이런 간곡한 사연을 들으라는 것인가/마르고 뒤틀린 찻잎들이 차나무의 햇잎들로 막 피어나는 것이었다/소곤거리면서 젖고 푸른 눈썹들을 보여주는 것이었다'

나는 대흥사 여연 스님 그리고 법인 스님과 깊은 인연이 있다. 그래서 스님들께서 보내주신 차를 끓여 새벽에 마시면서 시를 짓던 때의 소회를 이 졸시를 통해 썼다. 두 스님은 차의 명소인 일지암에 주석하셨다. 일지암은 대흥사의 산내 암자이다.

일지암은 대흥사로부터 그리 멀지 않은 곳에 있다.

'연하烟霞가 난몰難沒하는 옛 인연의 터에/중 살림할 만큼 몇 칸 집을 지었네/못을 파서 달이 비치게 하고/간짓대 이어 백운천白雲泉을 얻었으며/다시 좋은 향과 약을 캐나니/때로 원기圓機로

써 묘련妙蓮을 펴며/눈앞을 가린 꽃가지를 잘라버리니/좋은 산이 석양 노을에 저리도 많은 것을'

이 시는 초의草衣 선사가 일지암을 짓고 나서 쓴 시라고 한다. 우리나라 다성茶聖으로 추앙을 받는 초의선사는 입적할 때까지 일지암에 머물렀다. 초의선사는 '동다송東茶頌'과 '다신전茶神傳' 등을 펴냈다.

'대숲에 이는 바람, 솔가지 흔드는 파도 소리/모두 함께 소슬하고 서늘하고/맑고 찬 기운 뼛속 깊이 파고드니/심간心肝을 깨우는 듯하네/오직 허락하노니/흰 구름 밝은 달이여/두 손님 맞이하노니/수행자의 찻자리에/이보다 수승하겠는가'

이 시구는 '동다송'의 일부이다. 대숲과 소나무 가지에 바람이 지나간다. 파도 소리 같은 것이 일어난다. 으스스하고 쓸쓸한 심사가 있지만, 청량한 기운은 몸과 마음을 맑게 한다. 스님이 차 마시는 자리에는 흰 구름과 밝은 달이 함께하고 있다. 이러할진대 이보다 더 좋은 찻자리가 있겠느냐고 스님은 묻는다. 초의선사는 "예로부터 성현들이/차를 사랑한 까닭은/차의 성품이 군자와 같아/삿됨이 없기 때문이라"고 썼으니 차를 대하고 마시는 일을 곧 심의心意를 닦는 일로 여기신 까닭일 테다. 다선일미茶禪一味, 차와 선 수행이 한가지 맛이라고 여기신 까닭일 테다.

초의선사와 추사 김정희와의 친교는 널리 알려져 있다. 추사 김정희가 제주도에 유배살이를 할 때에 병이 났는데, 추사는 초의선사에게 보낸 편지에서 "입과 코의 고통은 여러 해가 지나도 그대로이고, 또 눈마저 눈곱이 낍니다. 사대육진이 마에 휘둘리지 않음이 없으니 한탄할 뿐입니다"라고 고통을 호소했다. 발병이 잦았을 때에 추사가 위안을 얻은 것은 초의선사가 보내준 차였다. 그래서 추사는 초의선사에게 차를 보내줄 것을 요청하는, 걸명乞茗 하는 서신을 보내기도 했다. 추사는 "차의 인연을 차마 끊을 수 없고, 깰 수도 없어서 다시 차를 재촉하는 것이니 편지는 보내지 않아도 됩니다. 다만 두 해 동안 쌓인 빚을 함께 보내고, 다시 지체하거나 빗나가지 않게 하는 것이 좋을 것입니다. 그러지 않으면 마조의 할과 덕산의 봉을 오히려 받을 것입니다"라고 써서 초의선사에게 걸명을 한 것이었는데, 이 문장에는 간곡함과 절실함이 묻어난다. 초의선사는 추사의 해배를 기원하면서 대흥사 대광명전을 세운 것으로도 알려져 있다.

'마른 고목 되살아나 젊어지듯/신비한 효험 빨라/팔순 노인 얼굴/복숭아꽃처럼 붉다네/우리 집 유천 샘물 있어/수벽탕 백수탕을/맛있게 끓인다네/어찌 가지고 돌아가/목멱산 앞 해옹께/갖다드릴 수 있을까'

이 시구도 '동다송'의 일부이다. 초의선사는 일지암의 유천乳泉, 즉 바위 속에서 솟아나서 마치 모유처럼 효험이 뛰어난 물로 차를 달여 마셨다고 한다. 그리하여 마른 고목이 다시 살아나고 노인의 안색이 복숭아꽃 빛깔로 바뀌게 될 정도로 그 영험이 있었던 모양이다. 수벽 탕은 돌 재질의 탕기로 물을 끓여낸 것이고, 백수탕은 찻물을 끓이고 또 끓여 그것으로 차를 우려낸 것인데, 이 둘 다 이롭다고 썼다. '동다 송'에 실린 다음의 시는 차를 가까이해서 생기는 이익을 '맑은 경지'라고 적고 있다.

'옥화玉花 같은 차 한 잔 기울이니/겨드랑이 바람 이는 듯하네/몸이 가벼우니 이미 차향이 스며들어/맑은 경지 올랐다네/밝은 달 촛불 삼고/아울러 벗도 되나니/흰 구름으로 자리 펴고/병풍을 두르리라'

차를 달여 마시면서 마음 수행을 함께하는 일의 이로움은 비록 우리나라 시가에만 등장하지는 않는다. 중국의 소식은 '시원에서 차를 달이며'라는 시를 썼는데 그 내용은 이러하다.

'게 눈이 지나고 고기 눈이 생기다가/쏴아 하고 솔바람 소리 들리려 하네/맷돌에서 작은 구슬들이 잇달아 떨어지는데/찻사발에는 빙글빙글 가벼운 눈이 휘날리는구나/……/벽돌 풍로와 돌 탕관 늘 곁에 두고서/배를 채우는데 세 사발의 차 그만두고라도/원하기는 차 한 사발 마시고 낮잠 한숨 자는 것이라오'

201

초의선사가 사용한 옹기 다관 ⓒ국립광주박물관

이 시는 소식이 차의 고장인 항주의 시원에 머무를 때에 쓴 것으로 알려져 있다. 앞부분은 물을 끓일 때에 생겨나는 기포의 변화를 게의 눈과 물고기의 눈 그리고 구슬에 빗댄 것이고, 뒷부분은 차를 통해 한가함과 평온과 허심을 얻게 된다는 뜻이 담겨 있다. 소식은 "예로부터 좋은 차는 가인佳人과 같다오"라고 쓴 적도 있다. 아무튼 우리나라에서만 차에 대한 찬미와 찬탄을 시로 쓴 것이 아니라 중국의 많은 시인들도 영차시詠茶詩를 썼던 것이다.

해남에는 명소가 이루 다 말할 수 없을 정도로 많다. 그리고 좋은 음식도 하나둘이 아니다. 그러나 나는 대흥사를 들르고 대흥사에서 덖은 차를 마실 때에 더 각별한 느낌을 받게 된다. 마음이 고요해지고 안정을 얻는다. 그래서 해남을 가거든 꼭 대흥사와 일지암을 찾아가라고 추천한다. 수행의 기풍이 바로 서 있고, 내방하는 사람들의 마음을 저절로 부드럽고 또 여유롭게 하는 공간이 이곳이기 때문이다.

문태준 _____ 1994년 『문예중앙』 신인문학상에 시 「처서(處暑)」 외 9편이 당선되어 등단했다. 시집으로 『수런거리는 뒤란』, 『맨발』, 『가재미』, 『그늘의 발달』, 『먼 곳』, 『우리들의 마지막 얼굴』, 『내가 사모하는 일에 무슨 끝이 있나요』, 『아침은 생각한다』 등이 있다.

일지암의 봄

　　　　　　　코로나 팬데믹 시대에 조심하고
참고 견디면서 2년여, 이제는 참고 견디는 것도 한계에 다다른 것
인가. 계절이 여러 번 바뀌더니 봄이 오고 있는데 문득 차에 시동을
걸었다. 어디로 갈까 잠시 망설이다가 따뜻한 남쪽으로 방향을 잡
았다. 몇 시간인가 달렸다. 전남 해남 대흥사 주차장이다. 삼십여
년 만에 온 것 같다. 많이 변했다. 상가가 깨끗이 정비되었다. 일주
문을 들어서자 절 모습도 예대로가 아니다. 없던 전각도 많이 들어
섰고 지금도 공사가 진행되는 집도 있다. 이 지역의 에너지가 이곳
으로 많이 모이는 듯, 불력佛力의 파동을 느낄 수 있었다. 아무쪼록

부처님의 자비로 이 난세를 잘 극복해 낼 수 있기를 빌 뿐이다.

특히 눈에 띄는 새 구조물은 초의대선사상이다. 염주를 쥐고 좌정해 있는 모습이 고즈넉하다. 지금 저 어른의 머리와 가슴속에 무슨 생각들이 움직이며 드나드는 것일까. 삐죽삐죽 잎을 내려고 몸 비틀고 있는 숱한 나무들이 선사 쪽으로 몸을 기울이고 있다. 나무뿐인가. 두륜산 덩이가 훈김을 뿜으며 이리로 모여들고 있다.

선사의 무릎 앞에는 여전히 차 그릇이 놓여 있다. 나는 좀 전에 마른 목을 축이려고 동차실東茶室에 들러 우전차를 마셨다. 따뜻하고 부드럽고 향기로운 액체가 식도를 타고 내려가면서 내장을 씻어내는 듯 상쾌한 기분을 느꼈다. 이 기분은 온몸에 전달되었다.

초의선사는 우리나라 차문화를 중흥시킨 분이다. 우리나라는 신라시대부터 차문화가 널리 보급되었는데 조선시대에 들어와 차즘 쇠퇴하여 임진왜란 전후에는 불가에서 겨우 명맥을 유지해 오던 것을 초의선사에 의해 다시 중흥기를 맞이하게 된 것이다.

초의선사는 말할 것도 없이 이 나라의 뛰어난 선승禪僧이면서 시詩·서書·화畵는 물론 다도茶道에도 탁월한 경지에 이른 분이다.

초의선사의 속명은 장의순張意恂, 전남 무안에서 태어났다. 19세에 월출산에서 초견성初見性을 하고 22세에 처음 시를 지으면서 본격적으로 시에 정진했다고 한다. 그래서 그런지 그분의 시 솜씨는 대단하다.

초의대선사상 ©해남군

일숙인간환궤장 一宿人間寰憒場　　인간 속에서 하룻밤을 자는데

몽회명월인한당 夢廻明月印寒塘　　잠 깨어 보니 달빛은 연못에
　　　　　　　　　　　　　　　뚜렷하네.

우과첨류성유적 雨過檐溜聲猶滴　　비 지나간 처마 끝엔 빗방울
　　　　　　　　　　　　　　　떨어지는 것 같고

풍입정송운자량 風入庭松韻自凉　　뜨락을 스치는 솔바람은 운치
　　　　　　　　　　　　　　　가 서늘하구나.

출곡기간류수주 出谷幾看流水住　　골짝을 벗어나 흐르는 물은 몇
　　　　　　　　　　　　　　　번이나 쉬어갈까.

청산응소백운망 靑山應笑白雲忙　청산은 응당 백운이 바쁜 것을

　　　　　　　　　　　　　비웃는 듯하네.

인수재원거상근 人雖在遠居相近　그대 비록 멀리 있지만 거처는

　　　　　　　　　　　　　또 가깝나니

좌랭여문순령향 座冷如聞荀令香　차가운 데 앉아서도 순령향을 맡

　　　　　　　　　　　　　는 것 같구나.

－「방만소불우류숙창암야우 訪晩蘇不遇留宿蒼巖夜雨」

　초의가 비 내리는 밤 전주 명필名筆 이삼만의 집에 들러 유숙하면서
지은 시라고 한다. 잠의 시간과 생시生時의 시간을 넘나드는 초월성,
달빛, 빗방울, 솔바람을 섬세하게 바라보는 뛰어난 직관력 등 그의 시
적 감각이 매우 세련되었음을 알 수 있다. 또 '몇 번이나 쉬어 가는 물'
과 부질없이 바쁘지만 허사일 뿐인 '백운'은 우리네 인생을 상징하지
않는가.

　초의대선사상에 묵념을 하고 일지암을 향해 발을 옮긴다. 1킬로미
터의 오르막길. 그러나 훤히 닦아놓아 오르기 편했다. 햇빛과 바람이
끌고 밀어주었다. 피기 시작하는 산꽃들은 잎보다 먼저 봄을 맞고 있
었다. 간간이 동백꽃이 보인다. 꽃봉오리를 아껴 놓았다가 이리 볕 좋
고 공기 좋은 날 펴 보이려 한 듯 꽃도 좋은 환경에서 피니 그 자태 한
층 아름답다. 헐떡거리는 숨을 고르며 고개를 드니 저 위에 일지암이

보인다. 조촐하면서도 단정한 정자 모양의 초가집이다.

일지암은 초의가 39세 ^{1824년} 때 지어 40여 년 동안 머무른 곳이다. 지금도 게송을 읊조리는 차분한 그분의 음성이 들리는 듯하다. 초의에게 의미 있는 일들은 여기에서 거의 이루어졌다. 다서 茶書 의 전범인 『동다송 東茶頌 』, 『다신전 茶神傳 』 등이 이곳에서 지어졌거나 정리되었다. 그 외에도 『일지암시고 一枝庵詩藁 』, 『일지암문집 一枝庵文集 』, 『문자반야집 文字般若集 』, 『초의시고 艸衣詩藁 』, 『초의수초 草衣手鈔 』, 『진묵조사유적고 震默祖師遺蹟攷 』, 『대둔사지 大芚寺誌 』, 『군방보 郡芳譜 』 등이 여기서 쓰여졌다. 이러한 서책들은 초의의 마음공부와 경험과 수도를 통해 얻어진 것들로 그의 인품과 사상, 종교의 수월한 경지를 알 수 있는 것들이다.

세속을 버려도 그리움은 남고 번뇌를 지워도 시어는 생겨나는가. 차 한 모금 머금으면 구름 위에 벗이 보이고 두 모금 마시면 바람결에 부처 음성 실려 온다.

고래현성구애다 古來賢聖俱愛茶　　예로부터 성현은 모두 차를 좋아했거니

다여군자성무사 茶如君子性無邪　　차는 군자처럼 사특하지 않기 때문

(중략)

알가진체궁묘원 閼伽眞體窮妙源	차의 참 경지 오묘한 근원에 이르니
묘원무착파라밀 妙源無着波羅蜜	묘한 근원 그것이 바로 무착바라밀

－『일지암시고·사 一枝庵詩藁·四』

성현의 품성과 같은 차, 맑고 순결하여 사특함이 없는 선의 경지를 맛과 향으로 느끼는 차의 묘미를 일러 다선일여茶禪一如라 했다. 초의를 다선茶仙이라 한 까닭일 것이다. 일지암 그 작은 방에 육신을 의지한 채 그의 정신은 넓은 자연과 광활한 우주 혹은 아직 만들어지지 않은 저 내세의 거리를 소요하였으리라.

일지암 텃밭에 차나무가 자라고 있다. 이제 저 나무들은 누구를 위해 잎을 내고 있는 것인가. 우전 잎을 따 덖으면서 자연경自然経 의 책장을 넘기는 선사의 모습이 떠오른다. 세상은 거대한 책이라 했거니 그 무자서 無字書 를 보고 또 보고, 하여 눈 감아도 생각나고 침묵해도 외워지는 경지에 드셨으리라.

일상금성훤 日上禽聲喧	해 뜨니 새소리 떠들썩하고
점각홍하산 漸覺紅霞散	점점 붉은 안개 흩어짐 알겠네.
행완군방영 行玩群芳榮	온갖 꽃이 만발함을 완상하고
구흔춘의만 俱欣春意滿	봄 뜻이 가득함을 함께 기뻐하노라.

일지암 ⓒ해남군

눈약애비비 嫩藥藹菲菲	어린 약초 무성히 흐드러지고
명화유찬찬 名花蕤纂纂	이름난 꽃은 향기롭게 모여 있네.
심감물아정 深感物我情	깊이 물아일체의 정에 감동되어
멱구보자완 覓句步自緩	싯구 찾는 걸음 절로 느긋하네.
－「금화今和」기·1其·一	

자연 친화를 넘어 자연과 내가 하나가 되는 경지, 원융무애 圓融無碍
하여 모든 경계에 구애받지 않고 물 物 과 아 我 가 가득히 하나가 되어
녹아 버리는 이상의 경지에서 소요하고 있는 선사의 정신세계를 엿볼

수 있다. 실로 자타불이 自他不二 승속불이 僧俗不二 의 구현 속에 들어 있는 시승 詩僧 의 면모가 어른거린다.

초의는 사람도 좋아했다. 물론 참 좋은 사람들 말이다. 그가 깊이 교유한 사람은 정약용, 김정희, 홍현주, 홍석주, 허련, 신위, 윤치영, 이삼만, 김명희, 정학연, 정학유 등 학문으로 문장으로 사상으로 그 시대를 빛나게 한 사람들이다.

24세 연상인 정약용은 그의 스승이다. 불승인 그가 유가적 소양을 키우며 유학자들과 교분을 쌓게 된 것은 정약용과의 교유에 힘입은 바가 크다. 초의 24세에 시를 지어 바침으로써 초의의 시업은 시작되었다고 한다. 신헌이 지은 「초의대종사탑비명」에 '초의가 정약용으로부터 유가서를 배우고 시도 詩道 에 눈을 뜬 이후 교리에 정통하고 선경에 깊이 들어 운유 雲遊 의 깊고 오묘한 경지에 들었다'고 했으므로 두 사람의 인연이 얼마나 뜻 깊고 아름다운가를 알 수 있다.

추사 김정희는 초의와 동갑이다. 그 둘은 42년 동안이나 교유했다고 한다. 두 사람 사이에는 물론 선 禪 · 다 茶 · 시 詩 에 대한 수많은 담론이 오갔을 것이다. 서로가 서로의 정신과 의식을 이끌고 키워가는 데 많은 영적인 힘이 작용했으리라. 김정희를 찾아 제주도까지 다녀온 그 걸음의 발자국 소리는 지금도 어느 허공에선가 흘러 다닐 것이다. 또 추사가 초의에게 보낸 38통의 서신과 6수의 시편들은 두 사람의 각별한 인간관계를 증언하고 있다. 특히 초의를 위한 추사의 휘호 '명선 茗禪 '은 오늘날까지 남아 많은 이들에게 감동을 주고 있다.

시詩·서書·화畵·다茶를 초의 사절四絶이라 한다. 초의는 불화의 기법인 초묵법焦墨法, 먹을 진하게 쓰는 기법의 대가로 선림예단禪林藝壇의 아름다운 얘깃거리를 낳았다. 그리고 진도에서 대흥사로 찾아온 소치 허련許鍊에게 그림을 가르쳤다. 허련은 이때 불화를 배우고 선종 초 묵법의 영향을 받아 그의 그림을 완성할 수 있었다. 두 사람은 가르치 고 배우는 일뿐만 아니라 깊은 인간애로 엮여 돈독한 정을 쌓아갔다. 진도에서 곤고하게 사는 허련은 편지를 통해 하소연도 하고 위로도 받아가며 지냈다고 한다.

초의는 승려이면서 어느 한 편에만 기울어 집착하지 않고 불佛·유 儒·선仙·시詩·서書·화畵와 심지어는 범패·원예·단방약·장 담그 는 법에 이르기까지 두루 통섭하는 삶을 살았다.

일지암을 내려온다. 그 사이 새잎들이 요만큼 더 올라온 것만 같다. 봄이 더 다가온 것이다. 아, 내 생각도 조만큼 컸을까. 어리석기 한이 없는 내 초라함에 고개를 숙인다. 해가 저기로 넘어간다. 다시 한 번 초의대선사상 앞에 가서 머뭇거리다가 절문을 나선다.

문효치 _____ 1943년 전북 군산에서 태어났다. 1966년 한국일보 및 서울신문 신 춘문예로 등단했다. 김삿갓문학상, 정지용문학상, 한국시협상 등을 수상했다. 시 집『계백의 칼』,『어이할까』,『바위 가라사대』등이 있다.

· 송소영 ·

땅끝, 황토나라테마촌

초여름이 시작되는 6월 중순, 한 옥을 건축 중인 지인의 상량식에 참여하기 위해 한국의 최남단이라는 해남 땅끝을 방문했다.

삼십여 년 전, 보길도 들어가는 막배를 타기 위해 주변을 채 살펴보지도 못하고 남편과 정신없이 떠났던 이곳을 '언젠가 다시 답사하러 오리라' 했었는데, 무정한 세월을 쉼 없이 흘려보내고 이제 나이 육십 줄에 들어서야 겨우 이곳을 찾다니…….

그 옛날의 아쉬움도 풀 겸, 행사가 끝나고 나서 좀 쉬어가기로 했다.

대한민국 둘레길인 '서해랑길이 시작되고 남파랑길이 끝나는 땅끝에서 의미 있는 2박을 하자' 마음먹고, 서해랑길 1코스의 중간 지점에 위치한 '땅끝황토나라테마촌'을 찾았다. 해남군에서 운영하는 '땅끝황토나라테마촌'은 황토를 테마로 하여 자연친화적으로 만들어진 복합 문화공간으로 30㎡ 규모의 온돌방 객실 16실은 모두 바다를 바라보는 전망을 지녔고 세 종류의 캠핑장, 천연잔디로 된 다목적 운동장과 세미나실을 갖추고 있으며 인터넷 예약제로 운영되고 있다.

바다가 훤히 내다보이는 이층 객실에 짐을 풀고, 객실에는 취사시설이 없으므로 해가 지기 전에 주변을 둘러보고 저녁식사를 하기 위해 서둘러 밖으로 나왔다. 수생식물이 있는 수변공원과 음악분수대가 있는 광장을 가로질러 오 분쯤 걸어가니 캠핑장이 나왔다. 캠핑 공간은 바다가 펼쳐진 캠핑장에서 석양을 즐기며 여유 있게 캠핑을 할 수 있는 오토캠핑존, 소나무 숲에서 바다를 보며 낭만적인 캠핑을 할 수 있는 숲속캠핑존, 작은 어촌부두가 보이는 곳에서 여유롭고 특별한 시간을 보낼 수 있는 캐러반존으로 구역이 나뉘어져 있었다. 토요일 오후라 그런지 캠핑장에는 텐트들이 꽉 들어차 있었고, 여기저기 뛰어다니며 재잘거리는 아이들 소리와 고기를 굽기 위해 숯을 피우는 연기들로 소란스러운 즐거움들이 온통 수런수런했다.

오토캠핑장을 왼쪽에 끼고 숲속캠핑사이트를 지나 언덕으로 오르니 시야가 확 트이며 오른쪽으로 짙푸른 바다가 보이고 마치 그림처럼, 저 멀리로 전복양식장 사이사이 배들이 점점이 떠 있었다. 잡초가 우거진 길을 헤치며 조심스럽게 앞쪽으로 좀 더 나아가니 건너편에 야산이 보이고 빽빽하게 들어선 잡목들 사이로 흙길의 산책로가 숲속으로 호젓하게 나 있었다. 걷기를 좋아하는 나는 망설일 것도 없이 숲길로 들어섰다. 홀로 걷는 오솔길의 한적함을 즐기다 하늘에 낮게 걸린 해가 붉게 타오르며, 나무숲 사이로 찬란한 얼굴을 봉곳이 내미는 것을 보고 있자니 달콤한 쓸쓸함으로 온몸이 나른해지며 따듯한 차 한 잔이 생각났다. 하지만 언제 또 만날 수 있을지 모를 이 길을 천천히 걸으며 숲과 바다와 노을의 향기를 마음껏 음미하기로 했다.

작년 가을에 떨어진 떡갈나무, 사스레피, 곰솔, 졸참나무, 소사나무의 잎들이 흙길 위에 가득했다. 발자국 아래에서 마른 잎들이 서로 부딪치느라 서걱이는 소리 속에 때 아닌 낙엽 냄새에 취하며 나무들 사이로 빼꼼히 열려 있는 바다에 눈길을 두며 한적한 길을 십 분쯤 걸어가니, 초록색 벽에 하얀 글씨로 '꼼지락 캠핑'이라고 써 있는 구조물이 보이며 눈앞으로 저녁 햇살을 받아 반짝거리는 짙푸른 바다가 나타났다. 이곳은 예전에 해안초소로 사용되던 건물로 나무와 칡넝쿨로 엄폐돼 해안경계를 했던 곳이다. 산책하다가 갑자기 소나기를 만나거나 했을 때 쉬어가기 딱 좋을 것 같았다.

'꼼지락 캠핑'이란 해남군청 관광실에서 운영하는 땅끝황토나라 공모사업의 주말 프로그램으로, 숲 해설사와 함께 생태탐방로를 산책하며 나무목걸이 만들기, 얼굴 만들기 등을 하는 생태탐방, 숲속캠핑존에서 밧줄놀이, 균형놀이 등을 하는 숲노리, 천연재료인 황토를 활용

215

땅끝황토나라테마촌 ⓒ해남군

한 손수건 염색 및 토우 만들기를 하는 황토체험, 대죽리 어촌체험마
을에서 갯벌체험, 조개잡이체험을 하는 바다노리를 각 2시간씩 하는
체험활동이다. 희망하는 누구나 참가할 수 있으며 약간의 참가비용이
있다.

구조물을 오른쪽으로 돌아 조금 더 가니, 대나무 숲으로 둘러싸인
포근하고 작은 오솔길이 나왔다. 갑자기 이 낯선 땅끝의 숲길에서 늘
변함없는 젊은 시절의 연인이라도 만난 듯 가슴으로 정겨움이 밀려왔
다. 그곳에 그냥 주저앉아 한동안, 나를 스쳐간 지난 시절의 내밀한 추
억을 되새기고 싶었지만 일어섰다. 아쉬움을 뒤에 두고 팔 분쯤 걸어
가니 잡목 숲이 사라지고 왼쪽에는 캐고 보니 실하지 않아 버려두었

는지 볼품없는 양파 몇 개가 뒹굴고 있는 삼백 평 정도의 넓은 황토밭, 오른쪽에는 바다, 앞으로는 민가가 보였다. 발목까지 올라오는 잡초 무더기를 헤치며 낡은 기와집 옆의 샛길을 돌아 언덕을 내려가니, 갑자기 시야가 툭 터지며 푸른 바다가 펼쳐져 있는 널찍한 백사장과 함께 멋진 해송들이 어우러진, 고운 모래와 잔잔한 물결이 호수 같다 하여 이름 붙여진 아름다운 송호해변이 나타났다. 수령이 다양한 640여 그루의 해송이 울창한 숲을 이루고 있어 자연경관이 아름답기로 소문 난 송호해수욕장이었다. 해남읍에서 남쪽으로 41㎞ 지점에 있는 해남의 가장 대표적인 해수욕장으로 한반도 최남단에 위치해 있으며, 백사장의 길이 1.5㎞, 폭 200m 규모로 평균 수온은 20°C로 따뜻하며 수심이 1~2m로 깊지 않고 해저의 경사가 완만하여 사람들이 많이 찾는다고 한다.

서해랑길 화살표 표지판을 보며 십 분쯤, 폭신폭신 밟히는 부드러운 모래밭을 천천히 걷다가 하얀 줄눈이 그어진 여러 모양의 비둘기색 판석 데크 위로 올라섰다. 솔숲 아래로 길게 이어지는 데크 길에는, 받침대를 의지하며 기역 자로 눕혀진 수형부터가 여느 소나무들과 다른 2백 년가량 된 고목이 여러 그루 있어, 이 해송 숲이 전라남도 기념물 제142호로 지정된 것이 당연한 것임을 말해 주고 있었다. 고목들의 남다른 모습에 소리 없이 탄성을 지르다 얼굴에 와 닿는 따듯한 기운에 고개를 들었다. 아! 어느새 해는 바다 아래로 얼굴을 감추고 저녁 하늘과 맞닿은 바다는 온통 붉게 물들어 있었다. 언제나처럼 오늘

217

송호해수욕장 ⓒ해남군

도 노을은, 내게 형용할 수 없는 그리움으로 점철되어 애틋한 목마름
으로 가슴을 적시게 했다.

정신없이 이곳을 떠났던 삼십여 년 전의 두 남녀는 어디에 있을까?
밀려오는 회한에 가슴은 뉘우침으로 저려왔지만 데크 길이 끝나며 표
지판이 찻길을 향하고 있어, 뒤엉킨 실타래 같은 머릿속을 털어내며
해변 산책을 끝내고 뒤돌아 걷기 시작했다.

찻길 건너 첫 번째로 보이는 '곰의집'이라는 카페 겸 식당에서 '해
초비빔밥'을 먹고, 초여름의 짙어진 어스름 속으로 하나둘 가로등이
밝혀지는 길을 삼십여 분 걸어 '땅끝황토나라테마촌'에 도착했다. 객

실에 들어와 집에서는 느껴보지 못했던 따끈따끈한 온돌방에 불을 끄고 누우니, 노곤했던 몸이 사르르 풀리며 오랜만에 생각 없이 깊은 잠에 빠졌다.

창밖에서 들리는 새의 지저귐에 잠을 깨 커튼을 젖히니, 이른 아침의 바다는 객실 베란다 앞에 있는 송호항을 만조로 가득 채우고 햇살을 받아 윤슬로 반짝이고 있었다. 서둘러 일어나 양치를 하고 간단히 얼굴을 씻은 뒤 재킷을 걸치고 밖으로 나왔다. 어디선가 덩굴장미의 향이 바람을 따라 날아와 코끝을 스쳤다. 광장 쪽으로 가지 않고 향기를 따라 서쪽 현관문을 열고 일 층으로 내려와 왼쪽으로 도니, 담 밖으로 나가는 십오 층 정도의 내리막으로 돼 있는 돌계단이 보였다. 행여 발을 헛디뎌 넘어질까 봐 조심스레 한 발자국씩 디디며 바닥으로 내려서자 소금기 짙은 땅끝의 시원한 바람이 미처 잠에서 덜 깬 얼굴에 특유의 진한 장미 향기와 함께 부딪쳐 왔다. 덩굴장미 휘늘어진 담장을 찾아 두리번거리며 걸음을 떼려는 찰나 주머니 속에서 전화벨이 울렸다. '간단히 아침 식사를 하고 보길도에 가자'는 지인의 전화였다.

보길도 윤선도 유적지를 찾아 하루를 보내고 '땅끝황토나라테마촌'에 다다르니 어느새 아까운 시간은 흘러 오후 일곱 시였다. 이대로 땅끝 답사를 끝낼 수는 없어 다시 돌계단을 내려와 걷기 시작했다. 송호항 갯벌을 탐사하며 송종리 방파제로 가고 싶었지만 간조는 끝나고 다시 만조가 시작되고 있어 하는 수 없이 찻길을 통해서 가는 수밖에 없었다. 전복 판매를 하며 식당을 겸하는 듯해 보이는 '땅끝 송호마을 전복체험장'과 '제주가든', '칠성수산'을 지나며 십여 분쯤 걸으니 왼쪽으로 '송종마을회관'과 함께 방파제로 향하는 길이 보였다. 좌회전을 하여 마을길로 들어서는 순간 서쪽 하늘로 붉디붉은 둥근 해가, 넘실대는 바다 위에서 무심히 지고 있었다. 낯선 이를 향해 끊임없이 컹컹 짖고 있는 마을의 개들도 개의치 않고 그 자리에 서버린 나는, 그저 한없이 그 광경을 넋 놓고 바라보았다. 그러나 언제나 그렇듯 채 삼 분도 지나지 않아, '님'은 바다 속으로 뚝 떨어졌다.

하늘 가득 진홍빛으로 불타는 노을을 배경으로 방파제는 바다를 향해 뻗어 있었고, 온통 누렇고 붉은 빛깔로 물든 바다는 어느 한구석도 비워 두지 않은 채 장관이었다.

송소영 _____ 2009년 『문학·선』 신인상으로 등단했다. 젊은 시인상 등을 수상하였으며, 시집 『사랑의 존재』 등이 있다.

해남 보길도「어부사시사」

해남은 먼 곳이다. 해남은 내가 우러러 마지않는 고산 윤선도 선생의 유적들이 있는 곳이고, 한국문학사상 빼어난 작품인 『어부사시사』가 쓰여진 곳이며, 노년의 시인이 진심을 다해 이뤄놓은 인공정원 보길도 부용동 유적지가 있는 곳이다. 나는 지금까지 6차례 해남에 갔었고 주로 고산의 흔적이 남아 있을 만한 곳들을 찾아다녔다. 1978년, 버스를 바꿔 타면서 강진 영랑생가에 갔었고, 다산초당, 백련사 등을 찾아다녔다. 해남 녹우당을, 대흥사를 찾아다니며 시인 삶의 체취를 체감하려 했었다. 1982년, 새로 산 스텔라 승용차를 운전해 먼 길을 달려가

보길도 세연정 ⓒ해남군

기도 했었다. 언젠가는 오세영 시인 내외와 우리 부부가 동행해, 보
길도 여기저기를 찾아다니기도 했었다. 2010년엔 해남군이 윤고
산의 업적을 기려 제정한 '고산문학상'의 시부문 수상자가 되어 해
남에 가기도 했었다. 작년 박병두 시인을 따라 보길도에 가서 보니
이제는 땅끝마을도 개발이 진행되어 있었다. 보길도까지 다리가
놓여 찻길이 이어져 있었다.

해남은 풍광이 아름다운 곳이다. 해남 녹우당 앞에 서게 되었을 때
가슴속을 밀물처럼 떠받치며 다가온 신비한 힘을 잊을 수 없다. 녹우

당을 둘러싼 산세며 널찍한 들판이 내 온몸을 밀어내는 것 같은 힘을 **느꼈었다.** 나는 그 힘을 예술창조 욕구라고 생각한다. 고산 윤선도 선생처럼 탁월한 시인을 키워낸 그런 힘 말이다. 미황사 앞에 섰을 때도, 보길도 세연정 앞에 섰을 때도 무언가 가슴에 밀려드는 강한 감동의 파장을 만날 수 있었다. 『어부사시사』는 조선시대의 **빼어난** 시인 윤선도가 '어부'라는 시적 화자를 통해 해남 바다의 4계절을 노래한 명편 시이다. 윤고산 선생이 쓴 『어부사시사』는 한글 표기로 쓴 작품으로 이미지 묘사는 단연 독보적이다. 리듬의 반복도 그렇고, 노 젓는 소리의 의성 표기 '지국총 지국총'도 작품의 사실감을 높여준다. 단언컨대 『어부사시사』 같은 명시가 400여 년 전 써졌다는 것은 한국시문학사의 축복이다.

고산 윤선도 1587~1671 는 간난의 시대를 살고 간 시인이다. 벼슬길에 나아가 그가 품은 신념을 두루 펴고자 하였지만 그가 품은 웅지는 번번이 좌절되었고, 수도 없이 탄핵 상소를 받아 귀양길에 오르곤 하였다. 조선시대 선비들은 '치국 治國 평천하 平天下'의 대의를 펼치는 것을 지상과제로 삼고 나름대로의 수신 修身 을 거치며 정진하였지만 그들의 소망을 펼쳐볼 입신의 자리는 턱없이 부족한 것이었다. 제각기 다른 학벌이 서고, 문벌이 만들어지면서 사회는 혼란이 심해지고 있었다. 더구나, 고산이 대의를 세우고자 했던 시기는 특히 조선 역사상 가장 극심한 국난을 겪던 시대였다.

1592년 임진왜란, 1636년 병자호란이 그랬고, 병자호란의 참화를 겪은 직후인 1659년과 1674년 두 차례에 거쳐 예송논쟁을 벌였다니 기가 막힐 일이었다. 왕의 죽음을 당하여 상복 喪服 을 몇 년 동안 입느냐의 문제가 논란의 핵심이었다 한다. 노론의 거두 우암 송시열에 맞선 남인의 대표가 고산 윤선도였고, 강직한 선비 품성의 고산은 이전투구 속에서 거듭되는 좌절을 감내해야 했었다. 두 차례에 걸친 예송논쟁은 왕권의 적통을 어떻게 보느냐는 문제와 직결되는 것이었고, 왕권의 적통을 차지하는 집단은 출세의 길이 트이게 되는 일이었다. 선비 집단의 대결은 상호 대척적인 집단 간의 골육상쟁으로 이어졌고, 죽고 죽이는 일이었고 입신출세의 길이 열리거나 닫히는 일이었다. 윤선도는 물고 물리는 이전투구 속에서 남인집단의 선봉장이었다. 그리고 그의 맞수는 조선시대 거유의 맹장 송시열이었다. 윤선도 자신의 벼슬길은 이런 난세 속에서 심한 부침을 겪을 수밖에 없었다.

1636년 병자호란이 일어나자 고산은 가복 家僕 수백 명을 배에 태워 왕자와 왕족들이 피란해 있는 강화도를 향해 떠났다. 그러나 강화도에 도착했을 때는 이미 청에 함락된 뒤였다. 윤고산은 임금이 남한산성에서 청에 항복했다는 소식을 듣고, 세상을 등질 결심을 하게 되었다고 한다. 그는 제주도를 향해 가다가 잠시 들렀던 보길도의 경치를 보고 반해 그곳을 부용동 芙蓉洞 이라 이름 짓고 이곳을 여생을 마칠 곳으로 삼았다. 이때를 겪으며 그는 현실 정치에의 미련을 떨쳐버리게 되었으며 보길도에서 그가 꿈꾸던 이상낙원을 꾸미고 스스로 자족

고산 윤선도 유물전시관 ©해남군

한 여생을 살게 되었다. 현실 세계에서 펼치려던 이상세계 대신 보길
도 부용동에 이상낙원을 만들었으며 유유자적한 노후의 시간을 영위
하기로 한 것이다. 이때 쓴 시 『어부사시사』는 한국문학사상 불후의
명작이다.

　윤선도는 흠결 많은 현실 속에서 쉼 없이 좌절을 감내하면서도 '현
실 지향'을 버릴 수 없었다. 조선시대 시가의 대부분은 현실 좌절 속
에서 자연에 의탁하며 자신의 심회를 담으려 하였으나, 전면에 내세
운 자연이 문제가 아니라 자연에 의탁해서 표현한 '현실지향'이 핵심
이었다. 자연에 귀의한 상태가 아니라 현실 복귀의 염원을 담아내는
방편으로서의 자연의탁이며 자연상찬이었다. 그러나 윤선도의 『어부
사시사』는 전혀 다른 모습을 담아낸다. 좌절과 숱한 귀양으로 점철된

이건청

'사회적 자아'를 버리고 배를 타고 즐기는 '서정적 자아'가 시를 견인해내게 된 것이다.

'사회적 자아'와 '정치적 자아'를 버리지 못해 번민하던 윤고산은 그렇게도 이뤄내고 싶었던 이상적 공간을 보길도에 이루게 된 것이다. 보길도 부용동은 자연풍광 속에 이뤄낸 윤고산의 독자공간이다. 그는 그가 이뤄내고 싶은 공간을 그의 뜻대로 이뤄낼 수 있었다. 그의 고아한 품격과 선비 교양에서 우러나오는 심미적 정원을 만들고 있는 것이다. 다행스럽게도 그는 고아한 품격의 정원공사를 할 만한 상당한 자산이 있었고, 지금 우리는 400여 년 전에 만들어진 극미極美의 정원 하나를 지닐 수 있게 되었다.

우는 것이 뻐꾸기인가 푸른 것이 버들 숲인가?
노 저어라 노 저어라
어촌 두어 집이 안개 속에 들락날락
지국총 지국총 어사와
맑고도 깊은 소연못에 온갖 고기 뛰어논다.
―「춘사 4」

기러기 떠 있는 밖에 못 보던 산 보이누나
노 저어라 노 저어라
낚시질도 하려니와 취한 것이 이 흥興이라

지국총 지국총 어사와

두어라! 석양이 비치니 모든 산이 비단이로다

-「추사 4」

당시 한문투의 시가들이 회자되던 시기에 이런 한글표기 시가 창작되었다는 사실이 놀랍다.

『어부사시사』는 윤고산이 60대에 접어들어 쓴 40편 단시 모음이다. 봄, 여름, 가을, 겨울, 계절별로 각 10편씩으로 되어 있다. '어부'라는 시적화자에 자신을 의탁하고 있다. 티끌 많은 현실세계의 모든 애증으로부터 벗어난 자의 호방한 뱃놀이 모습이 눈에 잡힐 듯 떠오른다. 현대어 표기로 되어 있지만 전체적으로 빠른 호흡이 느껴진다. 아마도 이 시는 노래로 불리어졌을 것이다. 북이나 뱃전을 두드려 박자도 맞추며 배를 저어나갔을 것이다. 조선시대에 쓰인 수많은 시가 중에서, 나 개인의 취향으로는 『어부사시사』가 단연 압권이다. 송강의 시편보다 윤고산의 『어부사시사』가 월등 윗질이다. 같은 윤고산의 『오우가』보다 『어부사시사』가 좋다. 이미지의 참신성이 두드러진다. 한국시가사를 일별하면서 『어부사시사』 같은 명시가 400여 년 전에 쓰였다는 것, 경이롭게 우러러보게 된다.

이건청 _____ 1967년 한국일보 신춘문예로 등단했다. 현대문학상, 한국시협상, 목월문학상, 김달진문학상, 현대불교문학상 등을 수상했고, 한양대 명예교수와 한국시인협회 회장을 역임했다. 시집 『실라캔스를 찾아서』, 『곡마단 뒷마당엔 말이 한 마리 있었네』 등이 있다.

· 이경철 ·

백련재, 전통과 자연이 어우러져
올곧은 서정을 일구는 창작의 현장

진달래 피었다고 별빛 가득한 밤 하늘에서 밤새 소쩍새 운다. 어둠 속 플래시 불빛 비추듯 '휘익-휘익-휙' 휘파람새 신호하듯 울자 가까운 마을 새벽닭들 힘차게 울어댄다. 뒤이어 꿩이 아침 산을 깨우듯 한 번씩 울고 딱따구리 소리 부지런히 새벽을 쪼면 여명이 밝아온다. 날이 밝아오면 꾀꼬리, 그 애교가 뚝뚝 떨어지는 소리로 울어대고.

비자림 올라가는 길 고산 윤선도 고가古家 녹우당綠雨堂 고샅에 매화 개나리는 이미 만발했고 목련꽃도 피기 시작한다. 눈 속에서 피기 시작한 애기동백꽃들은 목째 떨어져 고샅에 나뒹굴고 있고. 덕음산

백련재 문학의 집 ⓒ해남군

중턱 비자림은 산 너머 바다에서 몰려온 해무 海霧 인지 아침안개에 자욱이 잠겨 있다.

덕음산 꼭대기로 해 떠오르며 옛 기와들을 차례차례 비춘다. 깊게 파인 기와 골골들이 정말 고래등 같다. 백련재는 봄날 아침은 늘 그렇게 맞는다. 녹우당 등 고택들이 들어선 고산 유적지 뒤란의 한적하고 조용한 곳에 새로 지은 백련재도 니은 ㄴ 자 전통한옥이다.

창호 방문을 통해 온갖 새소리도 다 들어오고 앞 툇마루도 넓어 자연을 자연으로 감상하기에 안성맞춤이다. 막 새잎이 돋는 연초록 나무들에 내리는 비, 문자 그대로 녹우 綠雨 를 제대로 볼 수 있고 골 깊은

229
•
이경철

기와지붕을 흘러내리는 낙숫물 소리도 제대로 들을 수 있다.

백련재는 고산의 문학과 애민愛民 정신을 기리기 위해 해남군에서 전국의 문인들에게 집필 장소로 내주고 있다. 나도 거기서 봄부터 여름까지 두 계절을 완상하며 집필했다.

백련재 너른 잔디밭 한 켠에 일군 채마밭에 가보니 상치 사이사이 멋대로 날아든 제비꽃이며 풀꽃들도 피고 있다. 그 밭에서 상치며 고추 등 채소를 따다 자연의 입맛을 싱싱하게 돋우기도 한다. 작품을 쓰다 막히면 툇마루에 앉아 동료 입주 작가들과 함께 담소를 나누기도 한다.

그렇게 작품을 완성해 책으로 펴내기라도 하면 너른 잔디밭에 천막을 치고 해남 분들 모시고 출판기념회도 갖곤 한다. 백련재에서는 시, 시조, 소설, 수필 등 문학 전 장르에 걸쳐 창작교실이 매주 열리는데, 각 교실마다 수십 명씩 수강하고 있어 남쪽 땅끝 해남이 문학의 고향임을 여실히 증명하고 있다.

조선시대 문인을 대표하는 고산은 물론 해남은 현대에 들어서도 수많은 시인들을 낳아 현대문학 흐름의 물꼬를 트며 중추를 맡고 있다. 문학관 앞에 즐비하게 시비詩碑로 서 있는 이동주, 박성룡, 김남주, 고정희 시인 등 작고문인들과는 생전부터 인연이 있었다. 윤금초, 노향림, 윤재걸, 황지우, 이지엽, 박병두 시인 등과는 여행도 같이하고 몇 날 며칠 술과 시 이야기로 지새운 적이 있다.

해남 출신뿐 아니라 다른 지역 문인들도 해남에 와서 자신의 문학의 한 전기를 이루곤 했다. 서정주 시인은 6·25 전쟁 통에 땅이 끝나고 바다가 시작되는 해남에 와서 영원의 시학을 일구다 갔고. 유신독재에 항거하던 김지하 시인은 해남에 숨어들어 저항시, 민중시를 일구는 등 해남은 우리 현대문학의 산실이기도 하다.

해남 하면 특히 김남주 시인의 강하면서도 가없는 인상이 내겐 선명하게 떠오르곤 한다. 좋은 세상 만들려 하얀 설원雪原을 장총 한 자루 매고 뚜벅뚜벅 걸어 사라져가는 서정적 아나키스트 이미지로.

'바람의 손이 구름의 장막을 헤치니/거기에 거기에 숨겨둔 별이 있고//시인의 칼이 허위의 장막을 헤치니/거기에 거기에 피 묻은 진실이 있고//없어라 하늘과 땅 사이에/별보다 진실보다 아름다운 것은.'

김 시인의 시 「하늘과 땅 사이에」다. 이런 시로써뿐 아니라 배부른 집 털어서 배고픈 집 먹이려다 잡혀서 투옥돼 지난 연대 혁명의 신화가 된 남민전 전사 시인이 김남주다. 오랜 투옥으로 다 망가져 풀려난 몸, 보양도 해드리고 고향 해남에도 같이 갔었다.

백련재에서 멀지 않은 고향마을 동구 앞 또랑에서 햇살을 향해 방뇨하며 "야, 너도 이렇게 치켜들고 갈겨봐. 오줌발에 무지개 뜬당께"라는 말에 나는 그냥 반할 수밖에. 투사에게 이 무슨 어리고 예쁘고 순수한 짓이냐며.

이경철

권력 지향. 얼치기 혁명 세파를 개탄하며 시인이 이 세상 떠나던 날. 난 꿈속에서 선명히 봤다. 기다란 장총에 칼을 꽂아 매고 별빛 따라 홀로 뚜벅뚜벅 새하얀 설원 속으로 걸어가는 혁명 전사 김남주 시인의 뒷모습을, 뒤도 안 돌아보고.

그런 시인이 그리워질 땐 백련재에서 대흥사 쪽으로 걸어서 1시간이면 족할 그 동구에 가보곤 했다. 그 마을 건너편에는 독재타도와 여성해방 운동의 선구자 고정희 시인 생가가 있다. 봄에는 갓꽃이며 유채꽃 분간할 수 없게 노랗게 피고, 여름이면 키 작은 해바라기들이 피어 온몸으로 손을 흔드는 길.

가을이면 코스모스 피어 그리 손 흔들겠고, 겨울이면 드넓은 설원이 펼쳐질 그 논밭 길과 저수지 둘레 고적한 길을 걸어 김남주와 고정희 시인을 만나러갔다가 찻길가 주조장에 들러 막걸리만 마시다 오곤 했다. 갓김치 안주로 막걸리 마시며 길가에 매운 향기 날리며 핀 갓꽃을 보며「해남 갓꽃」이란 시를 써보기도 했다.

'담장 안 매화며 동백꽃 시드는데/황톳길 가 갓꽃 막 피고 있다.//쫓겨 온 땅 끝 꽃대 높이 세워/노랗게 꽃피우고 있다.//아리고 매운 향내 봄 햇살 가득/이 풍진風塵 세상 먼지로 흩날리고 있다.'

붉은 황토와 드센 바람과 맑은 햇살, 해남의 자연환경에 동화돼 쓴

시다. 해남 시인들의 시편에는 아리고 매운, 반역과 혁명의 냄새가 난다. 풋보리같이 여물지 않은 말랑말랑한 서정이면서도 까실까실 심장을 쿡쿡 찔러오는 날선 서정의 지엄함이 묻어난다. 그런 해남시 한번 흉내라도 내본 것이다.

그 길 반대편 백련재 바로 뒤 고개 넘어 해남읍내로 가는 반 시간 남짓의 산길, 들길도 참 좋다. 시적이다. 오솔길 가에 산벚꽃 피고 산딸기 빨갛게 익어가는 길. 푸릇푸릇 솟아오르는 보리 싹과 사이사이 개불알꽃이 피어 있는 보리밭도 걸으며 남녘바다에서 불어오는 보드라운 봄바람에 온몸을 맡기면 먼 머언 그리움이 울컥울컥 밀려오곤 한다.

그렇게 봄신명이 지펴 걷다보면 막 물오르는 버드나무와 소나무 숲에 가린 조그만 호수가 나타난다. 입구에 큰 산벚나무 화사하게 꽃 피워 꽃잎 하르르 하르르 날리는 곳에 꼭꼭 숨겨놓은 듯한 신안저수지다.

아무도 찾지 않은 1천 평 남짓한 저수지 둑으로 오르니 고라니 두어 마리 파다닥 숲속으로 달아난다. 푸르게 푸르게 드리운 버드나무 장막에 가려져 산짐승과 새들만이 찾아와 물만 마시고 가는 그 호젓한 그 저수지에 가만 앉아보면 시상詩想이 저절로 떠오른다.

여름을 알리며 열정적으로 피어나는 장미꽃들도 볼 만하다. 문학관 앞뜰에 해남군민들이 가족 단위로 정성스레 가꿔놓은 장미정원에는

신안저수지 ⓒ해남군

세계의 모든 장미꽃들이 정말이지 고혹적으로 피어난다. 유혹에 빠지
면 글 쓰는 데 지장 있을까 못 본 채 지나치다 하짓날 태양이 하늘 꼭대
기 절정에 이른 정오에 가봤다.

빨강, 핑크, 노랑, 하양, 검정 등 온갖 색깔의 장미들이 다 모여 밝은
태양 아래 그림자도 없이 제 색깔들을 뽐내고 있다. 작으면 작은 대로
깜찍하고 상큼하게, 크면 큰 대로 점잖으면서도 요염하게 유혹하고
있다. 그래 세계의 미녀들 다 모아놓은 하렘 속을 이슬람왕국의 왕이
되어 거니는 듯한 달짝지근한 착각에 빠져들 수밖에 없다.

그렇게 장미꽃들과 함께 하지축제를 벌이고 나는 그런 장미꽃들을 떠나왔다. 뒤 고개를 넘어 백련재를 떠나왔다. 막 깨어나는 산을 떠나왔다. 꿩, 꿩 우는 산꿩 소리를 떠나왔다. 팔랑팔랑 나는 산벚꽃 이파리와 앞장서서 나는 작은 나비를 두고 왔다. 아침 안개 이는 호수를 두고 왔고 손을 흔드는 개옻나무 새순들을 두고 왔다.

길가에 무리지어 노랗게 서서 손 흔드는 갓꽃들을 떠나왔고 모개가 막 피어오르고 있는 푸른 보리밭을 두고 왔다. 눈 마주치자 뒤도 안 보고 달아나던 어린 고라니를 산속에 두고 떠나왔다. 아무것도 모르고 자연 삼라만상과 한 몸으로 어우러지던 어린 시절 고향을 그렇게 떠났듯이. 백련재를 다시 찾을 고향으로 두고 떠나왔다.

해남에 가시거든 고산이 피운 문향文香이 현재진행형으로 풍기고 있는 백련재도 한 번 꼭 들러보시라. 지고 매고 온 짐 다 부려놓고 툇마루에 앉아 차 한 잔 드시며 그윽한 자연을 완상하시며 깊고 깊은 우리네 속내도 둘러보셨으면 한다.

이경철 _____ 2010년 『시와시학』으로 등단했다. 시집 『그리움 베리에이션』 등이 있고, 지은 책으로 『한국 현대시 100년 기념 명시』, 명화 100선 시화집 『꽃필 차례가 그대 앞에 있다』, 『시가 있는 아침』, 『천상병, 박용래 시 연구』, 『미당 서정주 평전』, 『현대시에 나타난 불교』 등이 있다.

· 이지엽 ·

비자림이 시를 쓰는 곳, 은적사

　　　　　　　　　내가 태어난 곳은 해남군 마산면 은적골이다. 은적사 바로 밑에 있는 10여 가구의 집이 전부인 아주 조그만 마을인데, 지금은 모두 떠나가고 집도 다 헐려 집터만 간신히 보이는 궁벽한 곳이다. 나는 은적골과 은적사에서 어린 시절을 보냈다. 은적사 隱跡寺 는 숨을 은 隱 에 자취 적 跡 이라고 적는다. 절의 모습이 산 밖에서는 잘 보이지 않기 때문이다. 은적사의 주소는 전라남도 해남군 마산면 은적사길 404이다. 구번지로는 장촌리 66이다.

은적사는 대한불교조계종 제22교구 본사 대흥사의 말사로 이곳에는 본래 다보사多寶寺 라는 절이 있었고, 부속 암자로 은적암隱寂庵 이 있었다고 한다. 그런데 19세기 중반 무렵에 다보사가 폐허가 된 뒤, 은적사로 이름이 바뀌었다. 다보사는 신라 때인 560년진흥왕 21 에 창건되었다고 전해지지만 이를 적시한 문헌 기록이 없다. 그런데『동국여지승람東國輿地勝覽 』과『범우고』에 이름이 보이고 있어 19세기 중반까지는 다보사가 존재하고 있었다고 보아도 무리는 아닐 듯싶다. 지금은 다보사 주변에는 절터만 남아 있지만, 절 아래쪽으로 사하촌寺下村 이 형성되었다는 것으로 보아 그 규모가 작지 않은 절로 추측할 수 있다.

조선시대 전기까지는 기록이 없으나, 조선 후기에 들어와서 여러 차례 중창 불사가 이루어지고 대흥사 승려들이 주석하여 활기를 띠게 된 것으로 보인다. 은적사는 1592년선조 25 의 임진왜란 때 병화로 응진각만 남고 거의 폐허가 되었다. 1648년인조 26 에는 큰 석탑과 건물을 세워 면모를 일신하였다. 1708년숙종 34 에 화주이며, 세속 별좌인 희간熙侃 등이 범종을 조성하였다. 하지만 범종은 광복 뒤 대흥사로 옮기는 도중에 분실하였다고 한다. 1728년영조 4 에 약사전에 모신 철불상이 땀을 흘리는 신기하고 기이한 일이 일어났다고 한다. 1791년부터 1793년에 봉총奉總 이 화주가 되어 제3중창 불사가 이루어지고, 1795년정조 19 부터 1796년에 기와를 바꾸는 등 약사전을 중수하였다. 1839년헌종 5 에 노전이 낡아 기울어지자 단월 최순국崔舜國 이 시주하고. 1856년 철종 7 에 승려 준활俊活 이 중심이 되어 약사전을 중건하였다. 1858년에 제4중창 불사가 이루어졌는데 1865년 고종 2 에 지장탱화를 조성해서 봉안했다. 1872년에 해남의 수사 秀士 김태희 金台禧 형제가 재산을 기부하여 산신각을 지었고 1970년 5月에 범종을 조성하였다. 은적사 사찰 내에는 약사전, 비로전, 지장전, 삼성각, 나한전, 요사채 등의 전각이 있다.

은적사 바로 밑에 있는 아주 조그만 마을이 은적골이다. 은적사 주변은 비자나무 숲이 우거져 있었는데 비자나무가 혼자서는 도저히 껴안을 수 없을 정도로 우람하였다. 나무 중에는 나무 하단이 움푹 팬 곳이 있었는데, 나는 그곳에 들어가 놀고는 하였다. 꿈속에서 가끔 나는 이 나무 둥치의 조그만 동굴 같은 곳에 간다. 그곳은 참 아늑한 느낌을 준다. 초등학교 들어가기 전이었으니 아마 나는 그곳에서 소꿉놀이나 숨바꼭질을 하고 놀았을 것이다.

은적골 밑에는 저수지가 있었다. 이 저수지를 조성할 때 마을 사람들이 울력을 하였는데 그중 한 분이 사고로 목숨을 잃었다. 저수지 밑의 장촌리가 외갓집이어서 나는 초등학교와 중학교 시절 이곳에 자주 놀러가곤 했다. 외숙은 마을 일에도 적극적이어서 이 저수지 공사의 감독을 맡게 되었는데 불의의 사고로 감옥을 가게 되었다. 장흥으로 가서 재판을 받아야 해서 새벽같이 면회를 갔던 외숙모가 저녁 늦게야 툇마루에 와서 한숨을 쉬며 낙담하던 일이 아직도 생생하게 기억

해남 땅끝에 가고 싶다

이 난다. 그때 우리 집은 은적골을 떠나 해남 읍내에 살았었다. 장촌리는 은적골과는 다르게 50여 호 이상이 되었다. 저수지에서 흘러내리는 물은 개울을 이루고 흘러내렸는데 여기서 우리는 발을 담그고 헤적이기도 하고 물고기를 잡기도 했다. 물가 구석에 있는 돌들을 가만히 들어보면 가재가 웅크리고 있는 눈을 휘둥그레 뜨고 왕발을 들어 보이기도 했다. 그 개울물은 마을 중앙부를 지나 상당히 큰 물 웅덩이가 만들어졌는데 우리는 여기서 여름날이면 목욕을 하며 물싸움을 하고 놀았다. 큰 바위 위에서 물로 뛰어내리는 맛이 더위를 쫓는 데는 일품이었다. 깊은 곳은 우리 키만 하여서 크게 두려움을 갖지 않아도 되었기 때문에 온 동네 남자애들이 다 모여서 난장판을 벌여도 누구 하나 뭐라고 하지 않았다. 놀다보면 지쳐서 다들 꾸역꾸역 집으로 들어갈 무렵 여자애들이 하나둘씩 나와 그 자리를 점령했지만 남자애들은 흘끔거리기만 할 뿐 훼방을 놓진 않았다. 그 개울 방죽 바로 앞 조금 들어간 곳에 외갓집이 있었다. 해남읍을 가려면 면소재지에 나가서 버스를 타거나 그 개울 방죽을 넘어 들길 산길을 걸어 20리 이상을 걸어야 했다. 등교 시간을 맞추려면 새벽에 길을 나서야 했다. 들길에서 산길로 접어들면 오르막은 거의 없이 산 옆구리를 타고 몇 바퀴를 계속 돌고 돌다보면 아침재에 다다르곤 했다. 아침재에서 바라보는 일출은 언제나 상큼하고 찬란했다. 내리막으로 달리다보면 해남 학동이었다. 들길을 지나면 해남읍 서림 瑞林 이었는데 이곳은 수백 년 된 팽나무가 십여 그루 이상 있을 정도로 운치가 있는 곳이었다. 읍내 살던

해남 은적사 철조비로자나불좌상 ©해남군

집은 바로 이 서림과 맞닿은 집이어서 은적사의 비자림과 이 서림의
팽나무는 두고두고 내 문학의 자양분이 되었다.

  은적사 약사전은 한적하고 단아한 옛 절집이다. 고벽식 古壁式 예술
장식물이 잘 보존되어 있어 목조미술의 놀라운 일면을 보여준다. 또
한 비로자나불이 명물이다. 비로자나불은 부처가 설법한 진리가 태
양의 빛처럼 우주에 가득 비추이는 것을 형상화한 것으로 불교의 진
리 자체를 상징하며 법신불 法身佛 이라고도 한다. 이 해남 은적사 철조

장촌리사지 삼층석탑 ©해남군

비로자나불좌상 海南 隱跡寺 鐵造毘盧舍那佛坐像 은 고려불상의 특징을 잘
보여주는 것으로 1981년 10월 20일 전라남도의 유형문화재 제86호
로 지정되었다. 세상에 철로 만든 불상이 이리도 아름다울 수 있을까.
균형 잡힌 몸매에 규칙적인 옷 주름이 자연스럽기 그지없다. 부처의
얼굴이 그지없이 평온하고 다정하기만 하다. 볼륨 있는 얼굴에 비해
눈은 길게, 코는 작게 표현하여 단정하면서도 다소 근엄한 인상을 준
다. 목에는 3개의 주름인 삼도 三道 가 뚜렷하며, 귀는 길게 늘어져 있

다. 어깨는 둥글며 전체적인 신체 표현은 양감과 활력이 줄어든 느낌을 준다. 양 어깨에 두른 옷에는 규칙적인 평행 계단식의 옷 주름이 표현되어 있는데, 기하학적으로 추상화된 느낌을 준다. 이것은 통일신라 이후 고려시대까지 그 맥이 계승된 것으로 보인다. 두 손은 가슴에 모아 오른손 검지를 왼손이 감싸 쥐고 있는데 일반적인 비로자나불의 손 모양과는 반대로 되어 있다. 이 불상은 당시 유행하던 철불좌상의 비로자나불로서 신라 말 고려 초의 철불 연구에 중요한 자료로 평가되고 있다.

절 마당에는 장촌리 남계마을에서 이전해 온 고려 후기 장촌리사지 삼층석탑이 있다. 이 석탑의 상층부 옥개석은 새로 보강하였지만 하층기단과 상층기단 중석과 갑석은 물매가 있고 내림마루를 새겨 운치가 있음은 물론 오래된 옛 친구를 보는 듯한 느낌을 준다. 이 밖에 창암 이삼만이 1856년 쓴 것으로 추정되는 약사전 편액이 있는데 활달한 글씨가 일품이다.

탑이 서 있는 앞마당에는 벤치가 구비되어 있어 편하게 앉아 은적사의 멋진 풍경을 감상할 수 있다. 최근에는 무려 33만 제곱미터 규모의 땅에 직접 차를 가꾸기 시작하여 차 밭도 함께 구경할 수 있으며 직접 재배한 차도 맛볼 수 있어 차 한 잔의 여유와 함께 은적사를 천천히 둘러볼 수 있다.

은적사는 세상의 이야기를 받아들이지 않는 태곳적 고요함이 있는 절이다. 화려하지도 그렇다고 중후한 것도 아니면서 차분하게 마음에 들어오는 절이다. 살아가는 일에 지치고 힘든 일이 있다면 은적사를 다녀오는 것을 추천하고 싶다. 약사전에서 대웅전으로 오르는 돌계단은 아늑하면서도 정스럽다. 조곤조곤하게 말을 걸어올 것도 같고, 아무렇게나 쌓인 낮은 돌담 옆으로 흐르는 개울물은 흐린 세상의 오욕을 씻어내기에 충분하다. 간간이 만나는 동백꽃의 붉은 입술이 어두운 마음을 선명하게 밝혀주고 소나무의 향내가 초록의 맑은 기운을 채워준다. 대명 스님을 이어 2017년부터 은적사 도량을 책임지고 있는 종수 스님 061-532-5131, 010-4035-4747 은 은적사의 명물이 그래도 160년이 된 약사전이라며 세상 걱정을 모두 이 은적사에 묻어두고 가라 말씀하신다.

이지엽 _____ 1982년 『한국문학』 신인상에 시 「촛불」, 1984년 경향신문 신춘문예에 시조 「일어서는 바다」가 당선되어 작품활동을 시작했다. 평화문학상, 중앙시조 대상 등을 수상했다. 시집으로 『씨앗의 힘』, 시조집으로 『해남에서 온 편지』, 『떠도는 삼각형』 등이 있다.

· 장석주 ·

해남, 대흥사, 그리운 나라

본디 해남 여행은 예정에 없었다. 목포에서 일박을 하고, 광주에서 시외버스를 타고 해남으로 건너가는 것을 결정한 것은 여행의 마지막 날 아침이었다. 내 인생은 태풍 직전의 고요를 맞고 있었다. 젊은 벗과 함께 떠난 내 첫 남도 여행은 소규모 삶의 기획 속에서 시나 끼적이며 사는 내게 인터미션 같은 틈이 주어졌을 때 일어난 일이다. 호모루덴스로 사는 일은 풋사과처럼 떫거나 그보다 자주 끔찍했다. 봄이 오면 민들레가 피었다. 쪼그리고 앉아 세상에서 가장 작은 우산을 펼친 민들레꽃을 들여다보곤 했다. "나는 조그맣게 살 거야"라고 민들레꽃이 속삭이는 듯했다. 나는 아직 크고 너른 바다를 보지 못했다. 택시에 중요한 서류를 두고 내린 적도 없다. 내 운명이 유별난 것이라고 말하지는 못한다. 날마다 실내수영장에서 수영을 하며 체력을 단련하고, 내 안의 어린 철학자에게 최소주의 철학을 가르쳤다.

무엇보다도 건강하게 살 것. 큰일을 도모하지 말고, 가능한 한 작게 살 것!

해남을 찾은 건 가을이었던가? 숲 너머로 번지는 가을 오후의 색조를 보았던가? 사실을 말하자면 어느 계절인지 가물가물하다. 해남을 찾은 이유는 특별하지 않다. 그곳이 은하계 저 너머만큼은 아니지만 내가 사는 데서 가장 먼 곳 중 하나였기 때문이다. 아직 프라하나 베를린 같은 먼 곳을 향한 동경이 있던 젊은 나이였다. 슬픔의 파랑은 모르고 슬픔의 노랑을 겨우 알았을 때이니, 아마도 20대 끝 무렵이었을 게다. 짧은 여행이었으니 해남에 대한 회고의 부피 역시 얇을 수밖에 없다. 빨래가 마르는 어느 집 마당이나 꽃이 핀 배롱나무, 갓길에서 무화과 열매를 사 먹은 기억은 어쩌면 내 기억이 가공해낸 건지도 모른다. 빛바랜 스냅사진 같은 소도시의 인상 이상을 꺼낼 수는 없다. 그게 내 기억 용량의 한계였다.

내가 기억의 저장소에서 꺼내 보일 수 있는 것은 씻은 듯 청결한 하늘 아래 두륜산 자락이 품은 대흥사 풍광이다. 나는 일주문을 거쳐 경내까지 계곡 물소리를 들으며 걸었다. 피안교를 건널 때도 시적 영감

북가시나무가 늘어선 오솔길을 거쳐 가부좌를 한 수행자 같은 대웅전에 도착한다. ⓒ해남군

따위가 전두엽을 스치는 일은 일어나지 않았다. 북가시나무가 늘어선 오솔길을 거쳐 가부좌를 한 수행자 같은 대웅전에 도착한다. 오래된 고찰이었다. 대흥사로 올라가는 도중 어느 곳에선가 자전거를 타는 한 젊은 여자를 만났다. "당신은 어디서 왔나요?", "멀리서요.", "먼 데는 얼마나 멀까요?", "밤엔 별이 뜨지 않고, 낮엔 지옥의 개들이 춤을 추는 곳이라오.", "그런 데가 다 있어요?" 여자는 양말을 신지 않은 맨발인 채로 웃었다. 여자의 쇄골은 가을비 몇 방울이 고여 찰랑일 만큼 움푹했다. 여자의 웃음이 너무 천진해서 나는 돌연 슬퍼졌다. 그 슬픔은 난해했다. 죽음보다 더 달콤했지만 여의치 않던 연애 때문이었을까? 연애가 조만간 끝날 것을, 내 방황이 끝나지 않을 것을 알았다.

그리고 많은 세월이 지났다. 내 연애는 죽었고, 처음이었던 연애는 오래된 연애가 되었다. 해남의 자연풍광에 대해 쓸 것은 없다. 과연 내 연애는 끝나고 말았다. 나는 전두엽에 번갯불처럼 내리 꽂힌 대흥사의 잔상을 되새김질하며 시를 썼다.「그리운 나라」가 그것이다.

그리운 나라

1.
시월이면 돌아가리 그리운 나라
젊은 날의 첫 아내가 사는 고향
지금은 모르는 언덕들이 생기고
말없이 해떨어지면 묘비 비스듬히 기울어
계곡의 가재들도 물 그늘로 흉한 몸 숨기는 곳
이미 십년 전부터 임신 중인 나의 아내
만삭이 되었어도 그 자태는 요염하게 아름다우리
시월이면 돌아가리 그리운 나라
연기가 토해내는 굴뚝
속에서 꾸역꾸역 나타나는 굴뚝 아래
검은 공기 속에서 낙과처럼 추락하는
흰새들의 어두운 하늘 애꾸눈 개들이
희디흰 대낮의 거리에서 수은을 토한다

-수은을 먹고 흘리는 수은의 눈물,
눈물방울
절벽 같은 천둥번개 같은

2.

시월이면 돌아가리 그리운 나라
달의 엉덩이가 구릉에 걸리고
너도밤나무 숲속 위의 하늘에도 그리운
물고기들이 날아다니는 것이 자주 발견된다
아내의 지느러미는 여전히 매끄럽고 그동안
낳은 딸들은 낙엽 밑에 잠들어 있으리 내 아내는
여전히 낮엔 박쥐들을 재우고
밤엔 붉고 검은 땅에 엎드려 알을 낳으리
아내의 삶에 약간의 이끼가 낀 것이
변화의 전부이다 내 앞가슴의
거추장스러운 의문의 단추들이 툭툭 떨어진다

3.

나는 밤에 도착한다 지난
여름의 장마로 끊긴 다리의 보수공사가 한창이다
눈치 빠른 새앙쥐들은 낯선 침입자를

힐끗거리고 무심한 아내는 자전거만 타고 있다
나를 알아보지 못하는 그녀의 흰 종아리가
자전거의 페달을 힘차게 밟을 때마다
스커트자락 밑으로 아름답게 드러나곤 한다 아아
너무 늦게 돌아왔구나 내 경솔함 때문에
빠르게 날이 어두워진다 그동안 아내의
입덧은 얼마나 심하였던가 유실수의
성한 열매들이 하나도 남아 있지 않다 내가
최후의 시장에서 인신매매업으로 치부를 할 때
아내는 날개 달린 다람쥐처럼 날아다녔으리라
너도밤나무 과의 북가시나무 숲속 위로 열린 하늘엔
죽은 사람의 장례가 나가고 바람을 방목하는
언덕의 숲속에서 누가 지느러미도 달리지 않은
사람의 아들을 낳는다 그림처럼 누운 아내의 입술에
내 입술이 닿기도 전 아내는 힘없이 부서져 내린다
그리움은 그렇게 컸구나
머릿속의 우글거리는 딱정벌레들을 한 마리씩 풀어 주어
내 머릿속은 빈 병실 같다 피안교를 건너서
내일이 오는 것은 어쩔 수 없더라도
다시 최후의 시장으로 돌아가지 않으리라
-『그리운 나라』, 평민사, 1984

다시 가을의 끝이 돌아온다. 서른 몇 번의 가을이 더 지나갔다. 열
몇 개의 파탄도 지나갔다. 양파를 썰면 눈물이 났다. 개수대 아래로 물
이 조용히 흘러들어갔다. 당신이 떠난 뒤 종달새는 울지 않는다. 장
롱 밑에서 사라졌던 거북이는 죽은 채 발견되었다. 우리는 나이를 먹
으면서 잦은 불행에 무뎌진다. 나는 접시를 깨고, 생활과 사업을 뒤엎
고, 앞니를 깨먹었다. 분별은 무거워서 분별을 멀리했다. 짧은 황혼
이 지고 빛이 희박해지면 나무들이 목발을 짚고 어둠 속에 서 있었다.
나는 어리석었음으로 해질녘엔 문설주에 이마를 대고 누군가를 기다
렸다. 누구도 오지 않는다는 걸 모르지 않았다. 누군가는 기차를 놓치
고, 누군가는 애인과 헤어졌다.

입동 부근 기온이 영하로 떨어지자 항아리에 살얼음이 끼고, 인도
네시아에서 온 동물원의 원숭이들은 몸을 웅크린 채 잠들었다. 우리
가 하지 않은 연애는 슬프거나 우습고 빛나거나 치졸했다. 이별은 돌
이킬 수 없는 일이 되면서 내 몸 어디선가 뜨거운 것이 치밀어 올랐다.
나는 이미 오래 살았다. 날씨는 나쁘거나 좋았지만 영혼은 가장 무른
부분에서 부패가 시작되었다. 나는 빨리 늙으면 좋겠다는 생각을 하
거나 혼자 무서운 생각에 빠지기도 했다.
두 번째 대흥사를 찾은 것은 스무 해쯤 된다. 나보다 키가 더 큰 애
인과 여행을 떠났는데, 우리는 대흥사 아래 유선여관에서 일박을 했
다. 신발을 벗어두는 댓돌이 있고, 마루가 딸린 한옥 몇 채로 이루어

유선여관 ⓒ유선관

진 곳이었다. 하룻밤을 묵으려고 일부러 예약을 하고 찾아간 곳이다. 댓돌에 벗어놓은 구두는 어디에 두었나? 댓돌 위에는 구두가 없었다. 밤이 깊어지자 자욱한 안개가 밀려오고 밤이슬이 내렸다. 밤새가 우는 소리를 들었고, 크지도 작지도 않은 물소리를 들었다. 앞날은 미정형이고 모든 게 아득했으니, 불을 끄고도 오래 잠을 이룰 수가 없었다. 내일이면 우리는 다시 떠날 것이다. 아침이 밝자 큰 상을 두 사람이 들고 방으로 왔다. 반찬이 스물 몇 가지도 넘게 가득 차린 한 상이었다. 감탄이 나올 만한 남도의 한식 정찬이었다. 오, 살아서 이런 밥상을 받다니 왠지 황송했다. 아침밥을 다 먹고 대흥사를 올라갔다가 고정희 생가를 찾아갔다. 고정희 생가는 조촐한 시골집을 개조한 것이었는데, 문이 열려 있었다. 우리는 사람이 없는 빈집을 둘러보았다. 서가에는 고정희가 생전에 읽던 책들이 가지런히 꽂혀 있었다. 그 이후의 일정은 어슴푸레하다. 마당에 금목서가 있는 가옥을 개조한 어느 골목 식당을 찾아가 저녁밥을 먹었을까? 무슨 음식이었는지는 기억나지 않는다. 우리는 해남을 떠나 서둘러 벌교를 향했다.

장석주 _____ 1979년 조선일보 신춘문예로 등단했다. 애지문학상, 질마재문학상, 영랑시문학상 등을 수상했다. 시집 『일요일과 나쁜 날씨』, 『몽해항로』, 『헤어진 사람의 품에 얼굴을 묻고 울었다』 등이 있다.

· 정끝별 ·

김남주 생가와 고정희 생가를 잇는
벼들의 초록바다

해남은 땅끝에 있습니다. 우리나라 육지부의 최남단 전라남도 해남군 송지면 갈두리 사자봉 땅끝은 극남 북위 34도 17분 38초, 동경 126도 6분 01초입니다. 땅끝의 정확한 위도와 경도입니다. 이 사자봉 정상에 있는 전망대에 오르면 다도해가 한눈에 펼쳐진다고 합니다. 흑일도, 백일도, 꽃섬, 자막섬 그리고 진도와 완도, 보길도와 제주도……. 그러나 장마철의 전망대는 낮게 이동하는 구름에 휩싸여 오리무중입니다. 새벽 6시 일출의 다도해를 보러 올랐을 때도, 점심을 먹고 한낮의 다도해라도 볼 량으로 다시 올랐을 때도, 양심적인 매표소 청년은 지금은 올라가 봐야 아무것도 안 보입니다. 합니다. 전망대가 솟아 있는 사자봉과 바다에 면한 사자봉 끝자락을 쳐다보며, 들고나는 보길도 행 자동차 선박들을 쳐다보며, 방파제 끝자락에 옹기종기 앉아 낚싯대를 드리우고 있는 토종낚시꾼들을 보며, 청정해역을 분주히 오가는 통통배를 쳐다보며, 여기가 땅끝이구나, 땅끝이구나 했습니다. 사실은 바다가 시작되는 곳은 죄다 땅끝일 텐데, 최남단의 땅끝은 이렇게 간절한 의미가 더해지나 봅니다. 사라지는 것들을 품어 안은 쓸쓸하고 고요한 남해의 여백이라든가, 무상과 희망과 영원의 상징인 남해의 별들이라든가……

1980년대를 온몸으로 통과해 온 김태정 시인도 어찌어찌 하여 쫓기듯 이곳 땅끝에 이르러 해남 시편들을 썼다고 귀동냥으로 들었습니다만, 해남의 시맥詩脈은 윤선도에서부터 오늘날 김남주, 고정희, 김준태, 황지우 등으로 이어지고 있습니다. 해남 시내에서 미황사로 향하는 국도를 20~30분 달리다 보면 2차선 도로 오른쪽으로 '김남주 시인의 생가' 팻말이 나옵니다. 김남주 시인의 생가는 사람이 살지 않은 지 오래인가 봅니다. 본채와 사랑채 문은 굳게 잠겨 있고 마당의 잡풀은 우거져 개구리가 뛰어놀고 있습니다. 담은 물론 사랑채의 바깥벽에 우거진 초록담쟁이가 사랑채 안에 남아 있을 그의 유품들을 봉인하고 있는 듯합니다. 사랑채 양철지붕이 유난히 핏빛으로 다가옵니다.

김남주 시인의 생가 ⓒ정끝별

　그 도로에서 1.5km를 더 들어가면 이번에는 왼쪽으로 '고정희 시인의 생가' 푯말이 나옵니다. 고정희 시인의 생가 본채에는 사람이 살고 있습니다. 고정희 시인이 기거했던 곳은 행랑채인 듯, 생전의 시인의 손때가 묻은 책과 책장과 책상과 의자와 소파와 식탁과 소품들이 고스란히 남아 있습니다. 시인의 영정 사진과 그 밑에 놓인 향로가 아니었다면 고정희 시인이 흙 묻은 신발을 털며 금방이라도 대문을 들어설 것만 같습니다. 남쪽 물가의 처마, 방문 위에 걸린 '남정헌南汀軒'이라는 작은 편액은 생전의 시인이 유독 아꼈을 법합니다. 1980년대 우리시를 대표하는 김남주 시인과 고정희 시인이 이렇게 가깝게 살았다는 걸 해남에 와서야 알았습니다.

　김남주 시인은 1946년 실제로는 1945년 봉학리에서, 고정희 시인은

1948년 송정리에서 태어났습니다. 두 마을 모두 대흥사의 사찰문화권에 속하는 삼산면입니다. 김남주 시인의 아버지는 행랑방에서 총각 머슴을 살다 주인집 애꾸눈 딸과 결혼해 김남주 시인 형제를 낳았답니다. 고정희 시인도 넉넉지 못한 집안 형편 때문에 중·고등학교를 검정고시로 마치고 스물일곱 살에야 신학대학에 입학하면서 문단에 등단합니다. 한 시인으로서, 몸과 마음과 정서와 감각과 언어의 토양이 된 어린 시절을 두 시인은 모두 비슷한 곳에서 보냅니다. 가까이로는 두륜산 그늘에 파묻혀, 조금 더 멀리로는 달마산 계곡과 땅끝 포구의 바다를 바라보며 자랐을 겁니다. 막막하고 아름다운 자연의 품에서 그 척박하고 절박한 삶을 견디며 꿈을 키웠을 겁니다.

고정희 시인은 1991년 6월 9일 지리산 등반 도중 실족사로, 김남주 시인은 1994년 2월 13일 10여 년의 감옥살이 후 췌장암으로 작고합니다. 김남주 시인은 옥바라지를 자청한 여성과 옥중결혼해 아들 하나를 두었고, 고정희 시인은 독신으로 살다 갑니다. 두 시인 모두 민중해방, 여성해방을 위해 온몸을 내던지며 시인다운 삶을 살았으며, 시를 투쟁의 무기로 삼아 혁명적 열정을 꽃피웠던 참다운 저항시인입니다. 두 시인 모두 남녘 땅끝마을이 낳은 '대지의 시인'입니다.

내가 내켜 부른 노래는
어느 한 가슴에도
메아리의 먼 여운조차

남기지 못할 수 있다.
그러나 삶의 노래가
왜 멎어야 하겠는가
이 세상에서……

무상이 있는 곳에
영원도 있어
희망도 있다.
나와 함께 모든 별이 꺼지고
모든 노래가 사라진다면
내가 어찌 마지막으로
눈을 감는가.
-김남주, 「나와 함께 모든 노래가 사라진다면」 중에서

오 모든 사라지는 것들 뒤에 남아 있는
둥근 여백이여 뒤안길이여
모든 부재 뒤에 떠오르는 존재여
여백이란 쓸쓸함이구나
쓸쓸함 또한 여백이구나
그리하여 여백이란 탄생이구나

나도 너로부터 사라지는 날
내 마음의 잡초 다 스러진 뒤
네 사립에 걸린 노을 같은, 아니면
네 발 아래로 쟁쟁쟁 흘러가는 시냇물 같은
고요한 여백으로 남고 싶다
그 아래 네가 앉아 있는
-고정희, 「모든 사라지는 것들은 뒤에 여백을 남긴다」 중에서

　두 편 모두 유고시집에 수록된 작품들입니다. 두 시인의 고향인 땅끝에서, 그들의 유고시집을 읽는 일은 참으로 사무치는 일입니다. 그 날선 투쟁의 언어들도 죽음의 그림자 속에서는 이렇게 맑고 투명해지나 봅니다. 끝을 껴안은 넉넉한 언어가 되기도 하나 봅니다. 두 시인 모두 사라짐을 단지 사라짐으로, 끝을 단지 끝으로 보고 있지 않습니다. 저 들꽃을, 저 별들을, 저 하늘끝과 땅끝과 물끝 너머의 노을을, 희망의 다른 이름으로 그리고 탄생의 여백으로 바라보았던 두 시인의 삶의 끝을 가늠해 보는 일은 참으로 가슴 먹먹한 일입니다.
　두 시인이 사라짐에 대해 또 이렇게 비슷한 시기에 노래했다는 것도 신기하지 않습니까? 고향, 태어난 시기, 문단 활동 시기, 시적 지향성, 심지어 작고한 시기까지 비슷한 이 두 시인이야말로 인연이라면 참 인연인 듯도 합니다. 생전의 김남주 시인은 한 인터뷰에서 다음과 같이 말했다고 합니다. "나의 아버지와 고정희 아버지는 아주 가까운 친

생전의 고정희 시인의 손때가 묻은 책과 책장과 책상과 의자와 소파와 식탁과
소품들이 고스란히 남아 있습니다. 남쪽 물가의 처마, '남정헌(南汀軒)'이라는
작은 편액은 생전의 시인이 유독 아꼈을 법합니다. ⓒ정끝별

구 사이였지. 그래서 한때는 서로 사돈을 삼자고 농담 아닌 진담, 진담
아닌 농담도 즐겁게 나누며 살았던 모양이야. 저 건너 고정희네 마을
도 우리 마을처럼 대흥사 계곡에서 흘러내린 물로 농사를 짓고 있지."
두 시인의 생가를 잇는 들판의 벼들은 한창이어도 너무 한창인 초록
바다였습니다.

끝이니 이제 모색해야 할 게고 그러니 변할 수밖에요. 그래서 절박

한 그 무엇인가에 직면했을 때, 저무는 바다 너머로 그 무엇인가를 떠나보내야 할 때, 사람들은 이곳 땅끝을 찾는 것이겠지요. 간절한 의미를 되새겨보고는 다시 돌아가는 것이겠지요. 팍팍함과 막막함을, 안간힘으로 끌고 이곳 땅끝에 이르렀다면 이쯤에서 그만 넓고 깊은 평안과 평강을 찾았으면 합니다. 또 그래서 땅끝을 기념하는 비석에 이런 시를 새겨놓고 있는 것이겠지요.

땅 끝에 서서
더는 갈 곳 없는 땅 끝에 서서
돌아갈 수 없는 막바지
새 되어서 날거나
고기 되어서 숨거나
바람이거나 구름이거나 귀신이거나 간에
변하지 않고는 도리 없는 땅 끝에
혼자 서서 부르는
-김지하, 「애린」 중에서

정끝별 _____ 1988년 『문학사상』에 시가, 1994년 동아일보 신춘문예에 평론이 당선된 후 시 쓰기와 평론 활동을 병행해 오고 있다. 현재 이화여대 교수이며, 유심 작품상, 소월시문학상, 청마문학상, 현대시작품상 등을 수상했다. 시집으로 『자작나무 내 인생』, 『흰 책』 등이, 평론집으로 『천 개의 혀를 가진 시의 언어』 등이 있다.

· 정일근 ·

해남에는 '4est 수목원'이 있다

해남 海南 은 '바다의 남쪽'으로 읽힌다. 나는 해남이란 지명에서 넘실대는 쪽빛 바다와 종일 남으로 쏟아지는 무량의 햇살을 동시에 떠올리고, 느낀다. 그건 해남이 가진 지명학적인 축복이라 해도 좋다. 해남은 남도에서 다도해 바다로 열린 '워터프런트 waterfront '다. 또한 볕이 좋아 땅도 좋다. 즉 명당이란 말이다.

해남을 집으로 비유하자면 바다를 보고 남쪽으로 앉은 단아하고 단단하게 지어진 기와집이다. 상상해 보라. 앞으로는 바다가 펼쳐지고, 마당으로는 늘 빛이 충만한 해남! 해서 나에게 해남 가는 길은 언제나 처음인 듯 발걸음이 설레는 여정이다.

　해남은 '산티아고 데 콤포스텔라' 순례자의 명소인 유럽의 서쪽 땅
끝 '피니스테레'처럼, 한반도 '땅끝'의 랜드마크다. 하지만 그건 해남
여행의 발목을 잡는 족쇄일지 모른다. 해남군에는 1개의 읍과 13개의
면에, 사람이 모여 별처럼 뿌려져 사는 514개의 리里가 있다. 그 어느
곳이든 빛나고 수려한 풍광이 없겠는가.

　당신이 해남을 '땅끝'이란 키워드로만 찾아간다면, 지금 내가 찾아
가는 '전남 해남군 현산면 봉동길 232-118'에 뿌리를 내린 '4est 수목
원'으로 가는 길은 땅끝을 포함해 참으로 많은 명소, 명소가 모여 만든
여행길이라는 걸.

　당신도 수목원 이름이 4est인 것에 궁금증이 제일 먼저 생길 것이
다. 어떻게 읽는지, 무슨 뜻인지……. 4est는 포레스트로 읽는다. 포레
스트는 '숲'의 영어식 발음이다. 어떻게 해서 '4est'가 'forest'를 의미
하는지 궁금증이 생길 것이다.

　'4est'는 'forest', 즉 숲이며 이 수목원에서는 '별 star ', '기암괴석
stone ', '이야기 story ', '배울 거리 study '라는 4개의 st를 즐길 수 있다
는 뜻을 담고 있다.

　4est는, 하늘에는 무수한 별 star 들이 가득하고, 땅에는 기암괴석
stone 이 펼쳐지며, 곳곳에 얽혀 있는 이야깃거리 story 가 있고, 끊임
없이 배울 거리 study 를 제공하는 수목원이란 뜻이다. 나는 이 기발한

'4est'는 'forest', 즉 숲이며 이 수목원에서는 '별(star)', '기암괴석(stone)',
'이야기(story)', '배울 거리(study)'라는 4개의 st를 즐길 수 있다는 뜻을 담고 있다.
ⓒ4est 수목원

작명 앞에 감탄한다. 실제로 수목원을 둘러보고는 무릎을 치고 만다.

이 재미있는 이름을 가진 4est 수목원은 '해남 사람'이 만든 '사람의 작품'이다. 수목원 대표 김건영[57] 씨는 해남 신이면이 고향인 해남 사람이다. 김 대표는 고향 신이면에 수목원을 만들려고 땅을 찾다가 현산면에 좋은 부지가 나와 수목원으로 가꾸었다.

2019년 4월 5일 전남도청으로부터 최종 승인을 얻고 2019년 6월 1일 '4est 수목원'의 문을 열었다. '4est'란 이름에는 아무리 좋은 수목원을 잘 만들어 놓은들 '땅끝 해남'까지 사람들이 얼마나 오겠는가 싶은 김 대표의 고민이 담겨 있는 것이다.

4est 수목원을 찾아가면서 김건영 대표 이야기를 하는 것은, 결국 명소를 만드는 일은 '사람'이 중요하다는 의미다. 고산의 섬 보길도 역시. 고산이 있었기에 사람들이 땅끝에서 여객선을 탄다. 명소를 만드는 가장 큰 힘은 사람이다. 4est 수목원은 김 대표의 인생이 만든 작품이다. 그의 좌절과 도전이 만든 명소다.

김 대표는 농대 출신이다. 골프장 그린 키퍼 Green keeper 와 관리자로 20여 년 근무하며 임원으로까지 승진했으나 어느 날 손을 털었다. 한 번 좌절의 폐허를 경험한 그의 인생에 '살아 있는 수목원으로 가는 길'을 새로 내는 것은 '쉬운 길'은 아니었다. 그는 골프장이 가진 자연과 환경에 대한 회의로 사직서를 던지고, 새로운 꿈을 꾸기 위해 도서관에서 책을 읽기 시작했다. 그때의 일을 김 대표는 어딘가에 이렇게 썼다.

'40대의 멀쩡한 사람이, 남들이 출근할 시간에 도서관 입구 커피자판기에 동전을 넣을 때 느껴지는 주변의 시선은 경험하지 않은 사람들은 알지 못합니다. 이때, 3백여 권의 고전·인문학 도서와 세계적으로 유명한 경제·경영서를 거의 다 읽었습니다. 다 이해했다고 하면 거짓말이겠지만 이해가 안 되는 부분은 세 번, 네 번, 한 자도 빼지 않고 다 읽었지요. 많은 중학생 사이에 눈물을 뚝뚝 흘리며 책을 읽는 40대 중반의 남자. 그가 우는 이유는, 미래가 불확실한 현실 때문이 아니라. 멀쩡한 직장에서 쫓아내면서까지 이 좋은 책들을 읽을 수 있도록 기회를 만들어 준 그의 '신'께 감사해서였습니다. 함박눈이 펑펑 내리는 겨울날, 도서관 앞 노상에서 붕어빵 한 봉지를 사서 하나를 꺼내 입에 물고 집으로 향할 때, 내 앞에 놓인 기다란 절망의 그림자 안에는 희망과 도전정신으로 가득 채워지고 있었습니다.'

　오랜 그리고 많은 양의 독서를 통해 그는 문득 수목원과 자신을 기다려주는 고향 해남을 떠올렸으리라. 고향이 좋은 이유는 떠나간 사람을 언제든 기다려준다는 것이다. 돌아갈 수 있는 고향이 있는 것, 그것도 해남이 고향이어서 김 대표에게는 행운이었다.

　김 대표는 손님을 기다리는 수목원을 만들고 싶지는 않았다. 손님을 부르는 수목원으로 만들어야겠다고 계획하고 다짐했다. 처음부터 초석을 정확하게 다진 것이다. 6만여 평의 부지를 매입하고 공사를 시작했다. 해발 90m에서 200m까지 부지에 편안한 탐방로를 만들며 그만의 수목원을 디자인해 나갔다.

　그는 시간이 날 때마다 전국의 수목원과 식물원을 찾아다녔다. 사람이 많이 찾는 유명한 수목원 몇 곳은 사계절별로 열 번 이상씩은 방문했다. 그러나 수목원에서 만난 대표나 관계자에게 자신이 수목원을 준비한다고 하면 열이면 열이 모두 하지 말라고 말렸다. (사)한국수목원협회 임원들마저 사석에서는 하지 마시라고 말렸다. 그만큼 우리나라에서 사립수목원 경영이 어렵고 적자라는 뜻이다.

　그래서 자리를 잡기 위해 앞에서 소개한 4est 수목원이라는 신박한 이름을 제시하고 사계절마다 방문자를 부르는 축제를 준비했다. 사실 우리에게 수목원은 생소하지만, 신기한 장소는 아니다. 그런 비인기 장소를 명소로 변화시키기 위해서는 전략이 필요했다.

4est 수목원에서는 봄에는 '분홍 꽃 축제'가 열린다. 삼색 참죽나무, 박태기나무, 팥꽃나무, 꽃잔디로 식물원을 분홍색으로 물들인다. 여름에는 '수국 축제'가 마련된다. 국내 최대의 수국 정원인 7,000여 평에 수목원이 보유한 국내 최다품종인 200여 종의 다양한 수국을 피워 선보인다.

가을에는 이국적인 이름인 '팜파스 축제'가 준비된다. 국내 최대인 1,200주의 천연색 팜파스그라스가 화려함을 자랑한다. 겨울에는 '얼음 축제'가 펼쳐진다. 복사면을 이용해 인공얼음을 만들어 우리나라 최남단 얼음 축제를 즐긴다. 김 대표는 이 축제 중에서 6월 6일부터 7월 20일까지 열리는 수국 축제가 방문객의 사랑을 많이 받고 있다며, 그때 수목원에 방문하면 가장 볼거리가 많다고 안내했다.

4est 수목원은 5년 내에 방문객 10만 명을 오게 하겠다는 목표를 세웠는데, 첫해인 2019년에 52,000여 명이 입장해 청신호가 켜졌다. 2020년에는 102,000여 명의 방문객이 찾아 즐거운 비명을 질렀을 정도다. 2021년에는 큰 수해를 입어 방문객이 가장 많은 7월과 8월에 수해 복구공사를 하느라 휴원을 했지만 86,000여 명이나 다녀갔다. 수목원 측은 그해 6월까지의 증가 추세로 본다면 방문객 130,000명

수국 축제 ⓒ4est 수목원

은 충분히 넘었을 것으로 보고 있다.

특히 2021년에는 코로나19의 어려움 속에서 하루 최고 5,000여 명이라는 놀라운 기록을 세웠다. 주차장 200면이 좁아 공휴일에는 찾아온 방문객의 3분의 1 이상은 입장하지 못하고 되돌아갔다. SNS에서 해남 포레스트 수목원 방문기를 쉽게 찾을 수 있고 다양한 언론매체에 4est 수목원이 소개되어 있다.

4est 수목원에는 곳곳에 조형물이 만들어져 있다. 김 대표는 수목원

에 고전 인문학 조형물을 세우고 청소년들에게 꿈을 갖게 하려고 투자를 아끼지 않는다. 현재 한비자, 마키아벨리, 한신의 가랑이, 논어, 개츠비, 다모클래스의 칼, 사마천 등 10여 개의 조형물이 설치되어 있다. 올해는 단테의 신곡 지옥 편, 조지 오웰의 1984 등이 만들어진다.

그래도 마지막까지 드는 의문은 과연 누가 해남까지 수목원을 보러 오고, 지속해서 방문객이 오겠냐는 것이었다. 김건영 대표는 땅끝에 수목원 한 곳쯤 있는 것이 오히려 특색이지 않겠냐고 반문한다. 방문객 창출 해법은 해남에 오는 길에 같이 들르는 재미있는 수목원으로 거듭나겠다는 전략을 감추지 않았다.

수목원을 나오면서 다시 돌아보니 입구에 들어갈 때 보지 못한 '네루다의 종'이 서 있었다. 칠레의 시인 파블로 네루다가 망명 중일 때 고향 바닷가 소리를 듣기 위해 만든 종을 김 대표가 재현했다. 어쩌면 추억은 종소리 같은 것인지 모르겠다. 문득 해남이 그리울 때 내 마음 속에 울리는 종소리, 그 종소리가 퍼지는 4est 수목원이 떠오를 것 같다. 그렇다. 해남에는 4est 수목원이 있다.

정일근 _____ 1985년 한국일보 신춘문예 시 부문, 1986년 서울신문 신춘문예 시조 부문에 당선했다. 소월시문학상 등을 수상했으며, 현재 경남대 석좌교수이다. 시집 『바다가 보이는 교실』, 『기다린다는 것에 대하여』 등이 있다.

해남 땅끝에 가고 싶다

· 조동범 ·

해창주조장,
백 년의 세월을 견딘 삶과 역사

공간은 단순히 물리적인 영역만을 의미하지 않는다. 그 안에는 무수히 많은 삶과 세계가 들어가 있으며, 공간은 그것들과 끊임없이 소통한다. 어쩌면 우리의 삶도 공간에서 경험한 추억들의 집합일지도 모른다. 그런 점에서 공간은 그 자체로 살아 있는 유기체와도 같은데, 스스로 숨을 쉬며 살아 움직이는 존재처럼 느껴지기도 한다. 뿐만 아니라 공간은 누군가의 삶으로 전이되어 한 사람의 인생에 많은 영향을 주기도 하고 오랜 세월을 견디며 공간 자체가 역사가 되기도 한다. 그리고 공간이 지닌 특성은 고유의 느낌과 의미를 형성하며 다가오기 마련이다. 특정

해창주조장 ⓒ해창주조장

공간을 생각할 때 우리가 떠올리는 보편적이고 객관적인 이미지가
있다는 말이다. 이를테면 학교라는 실제 공간이 주는 느낌과 의미
가 우리가 생각하고 있던 것과 대체적으로 비슷한 것처럼 말이다.
그런데 우리의 예상에서 벗어난 의외의 공간을 만나게 될 때가 있
다. 해창주조장이 바로 그런 곳이다. 해창주조장은 우리나라의 근
대사 100여 년을 고스란히 견뎌왔다는 점에서 우리의 삶과 역사
그 자체인데, 술을 빚는 주조장과 빼어난 정원이 한데 어우러져 있
다는 점에서 장소의 전형성을 벗어난 곳이기도 하다.

해창주조장은 집과 정원은 물론이고 창고에 이르기까지 지난했던
역사를 담고 있다는 점에서 특별한 마음이 드는 곳이다. 전국적으로

손꼽히는 좋은 막걸리를 빚는 이곳은 100여 년의 세월을 견디며 우리의 삶이 되었다. 그것은 우리나라의 근대사 자체라고 해도 지나침이 없다. 일제강점기에 문을 연 뒤 해방과 한국전쟁, 근대화의 과정을 거치며 변함없이 한곳을 지킨 사연을 가지고 있기 때문이다. 해창주조장은 일제강점기부터 지금까지 같은 장소에 있었다는 것 이외에 건물과 정원도 원형을 그대로 유지하고 있다. 마치 현재의 시간에 100년 전의 시간이 중첩된 것 같은 느낌마저 든다. 바로 이 점이 해창주조장이 지니고 있는 특별함의 가장 큰 이유이다. 고스란히 남아 있는 100여 년 전의 집과 창고는 단순한 과거의 흔적이 아니다. 그것은 일제강점기라는 고통의 역사이며, 우리가 견뎌야 했던 슬픔 자체이다.

　해창주조장이 처음 문을 연 것은 일제강점기인 1927년이다. 일본인 시바다 히코헤이 씨가 정미소와 양조장을 세워 운영했는데, 지금까지 남아 있는 적산가옥과 창고는 당시에 지은 것이다. 그동안 적산가옥 내부는 수리했지만 외부 원형은 잘 보존되어 있다. 창고 역시 양철로 된 외벽 곳곳은 녹슬었지만 당시 모습 그대로다. 해창주조장은 해방 이후에도 양조장의 명맥을 이어가게 된다. 해방 후에는 해남 삼화초등학교 설립자인 장남문 씨가 살았는데 1961년에 주조장 면허를 받았다고 한다. 이후 양조업에 종사하던 황의권 씨가 인수하여 30년 넘게 술을 빚었다. 현재는 오병인, 박리아 부부가 운영하고 있는데, 해창막걸리를 좋아하던 부부가 2008년에 인수하여 오늘에 이르

271

렀다.

　해남의 너른 평야와 들판을 생각한다. 그리고 일제강점기의 참혹한 수탈의 날들을 떠올려본다. 해창주조장 앞은 일제에 의한 수탈이 이루어지던 해창포구였다. 해창주조장 인근에 남아 있는 창고 역시 수탈과 연관이 있는 장소이다. 해남 일대에서 농사지은 곡식을 수탈하여 해창주조장 인근의 창고로 옮겼고, 이후 해창포구를 통해 일본으로 반출했다. 해창포구는 1988년 고천암 방조제가 만들어지며 물길이 막힌 탓에 지금은 사라졌다. 포구는 없어졌지만 역사를 알고 바라보는 들판이 남다른 느낌으로 다가온다. 해창주조장 역시 일제강점기 일본인에 의해 만들어지고 운영되었다는 점에서 슬픔의 역사와 무관하지 않다.

　그런데 해창주조장은 앞에서 말한 것처럼 아름다운 정원을 품고 있는 곳이라는 점에서 특별한 느낌을 자아내기도 한다. 술과 정원은 잘 어울린다는 생각이 드는데 왠지 술을 빚는 주조장과 정원을 연결하는 것은 쉽지 않다. 아마도 주조장이 술을 마시며 즐기는 곳이라기보다 술을 빚는 노동의 현장인 탓일 것이다. 그런데 놀랍게도 해창주조장에는 빼어난 정원이 있다. 심지어 주조장에 정원이 딸린 것이 아니라 정원 한편에 주조장이 들어선 것처럼 느껴질 정도이다. 그만큼 주조장 전체 면적에서 정원이 차지하는 비중이 높다. 그러나 이곳 정원이 우리의 마음을 사로잡는 것은 단순히 주조장 대부분이 정원으로 이루어져 있기 때문은 아니다. 해창주조장의 정원이 작은 규모에도 불구

하고 잘 짜인 아름다움을 가지고 있기 때문이다.

  700년 된 백일홍나무를 비롯하여 은목서, 측백나무, 배롱나무, 동백나무, 육박나무, 비자나무 등 40여 종의 수목으로 이루어진 정원은 조화를 이룬 교향악과도 같다. 서로 다른 수종이 이토록 잘 어우러질 수 있다는 것이 놀랍기만 하다. 각각의 나무들이 만들어내는 봄과 여름, 가을과 겨울의 모습이 얼마나 다채로울지 상상만 해도 즐겁다. 정원 한가운데 있는 연못도 나무들과 잘 어울린다. 나무와 물에 더해 산의 형상을 조화롭게 배치한 모습도 찾아볼 수 있다. 이 정원에 얼마나 빼어난 미적 감각이 덧입혀졌는지 알 수 있는 대목이다. 이토록 아름다운 정원을 술을 빚는 주조장에서 만날 수 있다니 낯선 기분이 든다. 하지만 술을 빚는 정성을 생각해 보면 주조장과 아름다운 정원만큼 잘 어울리는 것이 있을까 싶기도 하다. 술 마시는 공간과 시간뿐만 아니라 술을 빚는 시간의 정서적 충만함 역시 정원의 아름다움과 더할 수 없는 조화를 이룬다. 아름다운 정원이 있는 곳에서 빚는 술이기에 남다른 흥취를 느끼게 할 것이라는 생각도 해본다. 물론 일제강점기에 만든 일본식 정원이기에 복합적인 감정이 든다. 하지만 슬픔의 역사 역시 우리가 지나온 길이며 결코 잊어서도 안 된다. 정원의 아름다움과 함께 오래된 역사의 슬픔을 떠올리는 것도 의미 있을 것이다. 해창주조장의 정원은 이런 사연을 담고 세월을 견디며 그 자체로 하나의 역사가 되었다.

창고 역시 양철로 된 외벽 곳곳은 녹슬었지만 당시 모습 그대로다. ©해창주조장

이외에 해창주조장 정원에는 특별한 비석 세 개와 종이 있다. 백제의 주조장인 주신酒神을 부르는 종과 비석이 있으며, 암행어사 '백파 신헌구 공덕비'가 있다. 이곳이 제물포조약 당시 조선 대표였던 신헌구 선생의 집터였음을 짐작할 수 있는 부분이다. 그리고 일제강점기 오욕의 역사가 뼈아프게 다가오는 '황국 신민 서사비'가 있다. '황국 신민 서사비'는 1930년대 후반 민족 말살 정책을 펼친 일제가 내선 일체와 황국 신민화 등을 강요하며 암송하게 한, 황국 신민 서사를 새긴

비석이다. '황국 신민 서사비'는 오병인 대표가 정원 땅속에서 발견했는데 일제의 지배라는 치욕의 역사를 잊지 않기 위해 정원 한편에 세워두었다.

이처럼 해창주조장은 단순히 술을 빚는 곳이 아니다. 그곳에는 일제강점기를 비롯한 우리 민족의 서사가 담겨 있다. 일제강점기 일본인이 만든 주조장에서 우리 민족의 전통주를 만든다니 역사의 아이러니가 많은 생각을 하게 한다. 하지만 분명한 것은 해창주조장에 서린 고통과 슬픔의 역사가 그 자체로 의미를 갖는다는 점이다. 해창주조장에 담긴 특별한 사연은 술의 향에 서사를 부여함으로써 술이라는 물성 너머 마음의 파동을 만들어낸다. 이런 사연을 지니고 있는 해창주조장은 2014년 농림식품부가 선정한 '찾아가는 양조장'이 되기도 했다.

주조장은 술을 빚는 곳을 말하며 우리가 흔히 쓰는 말인 양조장은 술 이외에도 간장이나 식초 등을 담가 만드는 곳이다. 오늘날에는 술 빚는 곳을 지칭하는 말로 양조장이 널리 쓰이지만 전라도 지역은 술 酒 자를 써서 '주조장'이라고 부른다. 해남에는 해창주조장 이외에도 옥천막걸리, 삼선막걸리 등을 빚는 이름난 주조장이 여럿 있다. 왠지 해남의 풍경과 술 빚는 모습이 하나가 된 듯한 느낌이 든다. 술을 빚는 과정은 인내하고 견디며 기다리는 삶의 모습과 닮았다. 우리가 술을 마시는 것 역시 취하기 위해서라기보다 고단함을 어루만지며 삶에 조금 더 가까이 다가가기 위해서일지도 모른다. 술이 만들어내는 삶의 풍경 역시 고통과 분노가 아니라 치유와 회복, 화해와 연민이 본모습일 것이다. 우리 땅의 끝 해남에는 해창주조장이 있다. 그리고 그곳에 바람과 들판과 바다가 있다. 바닷바람을 맞고 자란 쌀로 빚은 술을 마시면 바다의 내음이 나는 것만 같고, 어디선가 파도의 출렁임이 들리는 듯도 싶다.

조동범 _____ 2002년 문학동네신인상으로 등단했다. 청마문학연구상, 딩아돌하작품상, 미네르바작품상, 김춘수시문학상 등을 수상했다. 시집 『심야 배스킨라빈스 살인사건』, 『카니발』, 『금욕적인 사창가』 등이, 산문집 『보통의 식탁』 등이, 비평집 『디아스포라의 고백들』 등이 있다.

오기택의 고향 유정, 해남 오소재

오기택의 '고향 무정'의 무대는 뜻밖에도 북녘 땅 어촌이 무대

해남은 땅끝이다. 반 토막 나 있는 이 강산에서 갈 수 있는 육지의 <u>끄트</u>머리다. 서울에서 대여섯 시간은 잡아야 넉넉한, 먼 길이 있다는 것은 차라리 고맙다. 산과 바다, 너른 들판이 한반도의 남서쪽 모퉁이를 만들어 황톳길 고향을 선사했다.

그 여름의 끝자락에 자전거로 해남 오소재를 넘는다. 가수 오기택의 '고향 무정' 노래비가 거기 있다고 해서였다. 대흥사를 안고 있는 두륜산 언저리를 동쪽으로 돌아서 오소재에 올라서자 쉼 없이 흘러나오는 노래 '고향 무정'이 반갑다. 젊은 날 불렀던 매력적 중저음이 산

오기택 노래비 ⓒ해남군

고개의 허전한 기운을 누른다. 땀을 식히며 편안하게 쉬어갈 수 있는 배경음악이 되어주어 고맙다.

전국의 수많은 노래비 가운데서도 '고향 무정' 노래비는 관청의 돈이 아니라 고향 해남 북일면민, 북일 향우회와 오기택의 팬들이 호주머니를 털어 만들었다는 점에서 뜻깊다. 오기택의 '고향 무정'을 순수하게 안아주려는 따뜻한 '고향 유정'의 결실이다.

오소재 정상에서 바라보는 서남해 바다는 노랫말 2절에 나오는 '바다에는 배만 떠 있고 어부들 노랫소리 멎은 지 오래일세'와 딱 맞아떨어지는 풍경이다. 오기택이 중학교만 마치고 떠나온 고향 마을도 '지금은 어느 누가 살고 있는지'와 그대로 싱크로율 100%다. 흡사 그를 염두에 두고 지은 노래 같지만, 전혀 뜻밖에도 함경북도 웅기雄基 땅을 배경으로 한다. 무인도라는 예명을 가진 작사가 김운하본명 김득봉는 눈 내리는 임진강 변에서 이 노랫말을 떠올렸다. 6·25 그 언저리에서 북녘 땅 웅기 정어리 공장에서 근무했던 김운하무인도는 자기에게 월남을 권유하고 정작 자신은 북한에 남은 친구 아버지 김민규 교수를 그리워하며 이 가사를 썼다고 한다. 결국 실향민을 위로하는 대표적 망향의 노래가 되고 말았다.

1.
구름도 울고 넘는 울고 넘는 저 산 아래/그 옛날 내가 살던 고향이 있었건만
지금은 어느 누가 살고 있는지/지금은 어느 누가 살고 있는지
산골짝엔 물이 마르고 기름진 문전옥답/잡초에 묻혀 있네

2.
새들도 집을 찾는 집을 찾는 저 산 아래/그 옛날 내가 살던 고향이 있었건만
지금은 어느 누가 살고 있는지/지금은 어느 누가 살고 있는지
바다에는 배만 떠 있고 어부들 노랫소리/멎은 지 오래일세
-'고향 무정', 무인도 작사, 서영은 작곡, 오기택 노래, 1966년, 신세기 레코드

조용연

흡사 '닥터 지바고'의 배경이 된 시베리아의 설원이 정작 현지촬영은 캐나다 밴프 국립공원의 눈 덮인 삼림과 벌판에서 이루어졌어도 너무나 생생한 것처럼 오소재에서 듣는 '고향 무정'은 산업화 시대 신실향민의 노래로 들어도 손색이 없다. 남몰래 단봇짐을 싸거나 식솔들을 이끌고 '잘살아 보자'고 떠나, 고단한 도시민의 일원이 된 시골내기들의 가슴속에 고향은 언제나 살아 있다. 하지만 정작 '돌아가야 할 그곳'에 살던 옛사람은 가고, 초가집은 양옥집으로 바뀐 무정한 고향이 되어 버렸다. 그 탄식이 '고향 무정'이다.

오기택의 이름을 딴 '오기택 전국가요제'가 12회를 맞게 된 2018년 10월 오전에 '고향 무정' 노래비 제막식이 있었다. 이미 육신이 자유롭지 못한 오기택이 휠체어를 탄 채 참석했다. 그날 오후 가요제가 열리는 무대에 올라 그는 어쩌면 고향에서 생의 마지막이 될지도 모를 자신의 노래를 힘겹게 부르며 감격의 눈물을 흘렸다. '아빠의 청춘'과 '고향 무정'이었다.

모두가 눈시울 뜨겁게 그의 쾌유를 빌며 박수로 장단을 맞춰주었다. 오기택에겐 잊지 못할 해남의 뜨거운 '고향의 밤'이었다.

1960년대 가요계를 평정한 저음의 마법사
오기택이 떠나온 해남

천 리는 우리네 정서 속 머나먼 길의 기본 단위다. 못 살아 등진 고향, 어떡하든 대처에서 성공해 돌아오겠다고 야반도주하듯 눈물조차 못 훔치며 떠나온 고향을 그려보면 남도의 먼 바닷가 해남은 '천리 타향'의 거리 원표 元標 가 서야 제격인 땅이다. 해남 황산면 출신 중견가수 박우철이 부모를 따라 일찍이 떠나 빛고을 광주 光州 에서 유년 시절을 보냈지만, 대표곡 '천리 먼 길'을 노래 부른 것도 그냥 우연은 아닐지도 모른다.

오소재 아래 북일면 월성리에서 태어나 북일국민학교와 해남중학교에 다닌 오기택은 고등학교를 서울로 진학하며 타향살이를 시작한다. 노래의 끼는 이미 타고난 것. 고등학교를 졸업하자마자 지금의 신세계 백화점 자리 동화백화점 5층에 있던, 고복수 선생의 동화예술학원에서 가수의 꿈을 키웠다. 그러다 1961년 KBS 제1회 직장인 콩쿠르에 1등 상을 받으며 가요작가동지회 작곡가 김부해의 눈에 띈다. 반야월, 조춘영, 박시춘 등 당대의 대가들도 그를 지켜보았다. 해병대를 막 제대한 오기택이 신세기 레코드와 전속계약을 맺고 내놓은 첫 노래가 김부해 작사·작곡의 '영등포의 밤'이다.

재건·산업화 시대의 청춘 연가, 오기택의 '영등포의 밤'

여의도에서 다리 하나만 건너면 영등포다. 경기도 시흥군 북면이었다가 1917년에 영등포면, 영등포읍을 거쳐 서울 경성부 이 된 영등포다. 1899년 경인 철도가 부설되면서 영등포역이 들어서고 교통의 중심지가 된다. 영등포라는 이름도 음력 2월 초하루에 영등제를 지냈던 서낭당이 방아곶나루 신길동 50번지 부근에 있었다 해서 비롯되었다는 말도 있다. 영등포라는 포구는 영등포 로터리와 당산동 사이의 한강 성심병원 건너 샛강이었을 것으로 추정된다. 마포나루처럼 위치가 확실하지 않은 것은 당시 포구의 존재가 미미했기 때문일 것이다.

영등포는 일찍이 공장지대로 자리매김했다. 방직공장의 흔적이 경방 터 경성방직 '타임스퀘어' 자리다. 밀가루와 제과·제빵 공장이 많아 양평동 근처는 지나갈 때마다 달콤한 냄새가 코를 즐겁게 했다. 주물공장도 유난히 많아 문래동에는 지금도 1,500여 개의 영세한 기계·금속 공장들이 몰려 있어서 오늘날 문래동 창작촌의 밑그림이 되었다.

신도림역 근처 남성 아파트 터는 동신화학의 고무신 공장이었고, 인근 '한국타이어' 공장에선 손가락이 절단된 근로자들이 피를 철철 흘리며 충무병원까지 후송되던 서글픈 직공 시절의 애환이 담겨 있다. 구도심의 중심인 영등포역 주변은 OB맥주 동양, 크라운맥주 조선에 대선제분까지 먹고 마시는 산업이 에워싸고 있었다. 고향 역으로 금의환향은커녕, 고달픈 타관살이에 지쳐 있는 삼남 출신의 사내들에게 그래도 사랑은 위안이었다. 고향 처녀라고 해봤댔자, 방직공장 직공이거나, 서러운 '시다 생활'을 거쳐 재봉틀에 앉아 월급 3,000원을 버는 재봉사였다. 휴일도 제대로 없이 폐병이나 위장병 하나쯤은 달고 살면서도 라디오 속 이미자의 '섬마을 선생님'에게 위로받던 시대였다.

해남 출신의 오기택은 상경한 청년 근로자가 마주한 영등포를 노래했다. 딱히 영등포가 아니더라도 공장의 불빛이 명멸하는 곳이라면 어울릴 노래다. '영등포의 밤'은 그의 선 굵은 매력적 저음과 어울려 공전의 히트를 한다. 같은 이름으로 영화화되기도 했고, 은방울 자매가 리메이크해서 더 널리 퍼졌다. '고향 무정', '충청도 아줌마', '우중의 여인', '아빠의 청춘'까지 그의 노래는 아련한 고향에서부터 소외된 도시의 뒷골목까지를 두루 짚고 있다.

1.
궂은비 하염없이 쏟아지는 영등포의 밤/내 가슴에 안겨오던 사랑의 불길
고요한 적막 속에 빛나던 그대 눈동자/아~ 영원히 잊지 못할 영등포의 밤이여

2.
가슴을 파고드는 추억어린 영등포의 밤/영원 속에 스쳐오던 사랑의 불꽃
흐르는 불빛 속에 아련한 그대의 모습/아~ 영원히 잊지 못할 영등포의 밤이여
　-'영등포의 밤', 라희 작사, 김부해 작곡, 오기택 노래, 1965년,
신세기 레코드

의지할 곳 없는 아버지의 시대, 회한의 몸부림 '아빠의 청춘'

'영등포의 밤'이 공전의 히트를 하며 남진, 나훈아 대결 시대 직전, 가요계의 신성新星이 된 오기택에게 '아빠의 청춘'은 연이은 후속 홈 런 곡이 된다.

1.

이 세상에 부모 마음 다 같은 마음/아들딸이 잘되라고 행복하 라고
마음으로 빌어주는 박 영감인데/노랭이라 비웃으며 욕하지 마라
나에게도 아직까지 청춘은 있다.
원더풀 원더풀 아빠의 청춘/ 부라보 부라보 아빠의 인생후렴

2.

세상 구경 서울 구경 참 좋다마는/돈 있어야 제일이지 없으면 산통
마음 착한 며느리를 내 몰라 보고/황소고집 부리다가 큰 코 다 쳤네
나에게도 아직까지 꿈이야 있다.후렴 반복
-'아빠의 청춘', 반야월 작사, 손목인 작곡, 오기택 노래, 1965 년, 신세기 레코드

내리사랑이라고는 해도 부모와 자식 간의 갈등은 영원한 주제인가. 서로를 몰라준다고 섭섭해한다. 고향을 떠나지 못하고 있지만 어쩌면 그 아버지도 고향을 조만간 잃어버릴 처지다. 국민소득 100달러 시대의 아버지에게 드리운 외로운 그림자는 3만 달러의 풍요시대에도 여전히 같은 숙제다. 내 마음 몰라주는 아들딸에 대해 야속함도 잠시다. '에헴' 소리로 억눌러 놓았던 며느리의 반기에 후회하는 아버지의 안쓰러움은 영원한 마부. 이 땅의 가부장적 아버지 김승호의 굵직한 헛기침과 목소리에 묻어난다. "아빠 우리가 있잖아요"라고 합창하는 고사리손으로부터 안마받는 시간도 '품 안의 자식'일 때의 잠시다. 아빠의 청춘은 아빠가 부르는 청승스러운 안간힘이지만 그나마 민요풍에 가까워 위로라면 위로가 될지 모르겠다.

인기는 물거품 같은 것인가. 오기택의 근황을 지켜보던 올드팬의 가슴은 착잡하기 그지없었다. 볼링이 좋아 명동에서 살았고, 골프를 너무 좋아해 전국체전에 전라남도 대표로 출전해 입상까지 했던 톱가수 오기택이다. 옆길로 빠져도 너무 깊이 빠졌다. 젊은 날, 방송 스케줄을 펑크 내자 "오기택이 노름에 미쳐 워커힐 카지노에 산다"라는 생방송 멘트가 전국으로 퍼져나갔고, 급기야 M 방송국 PD와 드잡이까지 하다 보니 자연히 방송계로부터도 외면당했다. 바다낚시를 좋아해 추자도 근처 나바론 포인트는 그의 무대가 되었다. 1997년 새해 벽두, 상추자 외딴섬에서 혼자 낚시를 하다 뇌출혈이 와 허리띠를 절벽소나무에 걸며 사흘을 버티다 구사일생으로 목숨은 건졌으나 반신불

조용연

화원반도와 구등대 ⓒ해남군

수에 파킨슨병까지 덮친 불운에 갇힌다. "노래에 전념하지 못했고, 결혼하지 못해 어머니께 불효했다"라는 후회가 그를 에워쌌다. 어쩌면 그리도 '후회 後悔 는 앞서는 법이 없는가?' 늘 뒤따라오니까 후회인가.

"어서 휠체어를 박차고 다시 무대에 서서 노래하고 싶다"라는 그의 소망은 이미 여든을 훌쩍 넘긴 병상의 노가수에겐 그저 기운 없는 꿈이었을까. 속절없이 저물어가던 국민가수의 한 시대가 막을 내렸다.

코로나 역질이 1,000만 명을 포로로 잡았다는 다음 날, 그는 우리 곁을 떠나갔다. 전 재산을 고향 해남에 장학금으로 남기고 간 가수 오기택 선생은 '고향 유정' 속에 영원히 잠들 것이다.

조용연 _____ 1954년 경북 문경에서 태어나 동국대학교 경찰행정학과를 졸업했다. 1978년 경찰에 입문해 울산경찰청장, 충남경찰청장 등으로 33년간 재직하다 치안감으로 퇴임했다. 현재 월간 <자전거생활> 편집위원이며, 지은 책으로 『빽 없는 그대에게』, 『반나절 주말 여행』 등이 있다.

해남의 명소 '해남공룡박물관'

공룡을 본 사람은 없다. 6,600만 년 전까지 지구상에서 살았지만 이후에는 멸종된 동물이다. 화석으로나마 남아 존재를 확인시켜 줄 뿐이다. 지구를 지배하던 최상위 포식자가 어느 순간 왜 사라졌는지에 대한 추측은 무성하다. 빙하기가 닥쳤다거나 운석충돌, 화산폭발, 재난발생설 등 여러 가지가 혼재하지만 정확한 이유는 여전히 오리무중이다.

공룡 dinosaur 은 중생대 동안 지구에서 가장 번성했던 파충류 가운데 하나이다. 1842년에 영국의 해부학자 리처드 오웬 Richard Owen 은 이전까지 알려지지 않았던 파충류 그룹에 대해 그리스어 Deinos ^{끔찍}^한 와 Sauros ^{파충류 또는 도마뱀} 를 합쳐 dinosaur ^{공룡} 이라는 용어를 사용하였다.

가장 오래된 원시 파충류는 고생대 석탄기 중기에 양서류에서 진화한 것으로 알려져 있다. 공룡은 파충류 가운데서도 두 개의 측두창을 가진 이궁류^{Diapsid} 에서 진화하였다. 페름기에 이궁류는 다시 인용류 ^{Lepidosaurs} 와 조룡류^{archosaurs} 로 나뉘어졌으며, 그중 조룡류 중 일부가 공룡으로 진화하게 된다. 원시 파충류에서 공룡으로 진화한 그룹이 가지는 가장 큰 특징은 몸통 아래쪽에 다리가 발달한 것이다. 이러한 해부학적 구조는 공룡이 육상에서 다른 동물들보다 더 잘 걷고 뛸 수 있게 하였으며 4족 보행은 물론 2족 보행을 가능하게 하였다.

일반적으로 공룡은 골반의 형태의 따라 크게 조반목^{Ornithischia} 과 용반목^{Saurischia} 으로 나눌 수 있다. 조반목은 골반의 형태가 새의 골반과 닮았다 하여 이름 붙여졌으며 용반목에 비해 장골이 작고 치골이 뒤를 향하며 좌골과 겹쳐지는 반면에, 용반목은 장골이 크고 둥글며 좌골와 치골은 반대 방향을 향하며 그중 치골은 앞을 향하고 있다.

최근의 연구는 공룡의 관계와 초기 공룡 진화에 관해 새로운 가설을 제기하였다. 새로운 분류에서 볼 수 있는 가장 큰 변화는 그동안 용반목에 포함되어 있었던 수각류를 분리하여 조반목^{Ornithischia} 과 함께 오르니토스켈리다^{Ornithoscelida} 에 포함하고, 용반목^{Saurischia} 에는 헤레라사우르스과^{Herrerasauridae} 와 용각아목^{Sauropodomorpha} 을 포함하였다. 비록 수각류의 골반 모양이 용반목에 더 가깝지만 다른 특성은 조반목에 더 가깝다는 점을 고려한 결과로 보이며 공룡의 초기 진화와 분류에 대한 논의는 더욱 치열해질 것으로 보인다.

현생의 새는 분류학상 조류강강, Class 에 속하며 이들의 직접적인 조상은 백악기 후반에 다양하게 변화하였던 것으로 알려져 있다. 새와 공룡의 유사성은 1867년 에드워드 드링커 코프Edward Dringker Cope 와 오스니엘 찰스 마쉬Othniel Charles Marsh 의 논문에 의해 처음 제시되었다. 이후 영국의 동식물학자 토머스 헨리 헉슬리Thomas Henry Huxley 는 새가 공룡의 후손이라고 처음 주장했다. 현재까지 알려진 가장 오래된 새시조새 는 1855년 독일 졸른호펜Solenhofen 에서 발견된 약 1억 5천만 년 전 쥬라기 말의 아르케옵테리스 리소그라피카Archaeopterys Lithographica 이며 골격 화석과 깃털 화석이 함께 발견되었다. 토머스는 이 새의 화석을 통해 새가 공룡의 후손임을 주장했다.

공룡과 조류의 관계를 이어주는 가장 중요한 증거 가운데 하나는 깃털이다. 시조새인 아르케옵테리스 리소그라피카Archaeopterys lithographica 의 화석에서 확인되는 깃털을 가진 공룡 화석이 발견되었으며, 최근에는 미얀마의 호박 광물amber 에서 수각류로 추정되는 공룡 꼬리 일부와 깃털이 보고되기도 하였다.

이외에도 공룡과 조류는 골격에서도 일부 유사성을 보인다. 데이노

니쿠스 화석에서는 특히 새의 특징이 많이 관찰된다. 머리는 새처럼 가늘고 가슴이 짧으며 새의 날개처럼 팔이 안으로 접혀 있으며 발자국의 형태 역시 새의 발자국을 키워놓은 것처럼 생겼다.

공룡과 조류의 유사성을 바탕으로 어떤 공룡이 조류로 진화했는지에 대한 관심 역시 증가했다. 조류의 가벼운 체중, 깃털, 날개의 형태 등을 고려했을 때 공룡 가운데서도 체격이 작은 수각아목에서 진화한 것으로 추측한다.

지구상에서 공룡 정확하게는 비조류형 공룡, non-avian dinosaur 이 사라진 시기는 대략 6,600만 년 전으로 추정된다. 공룡 멸종에 관한 대표적인 2가지 가설은 천재지변설과 점진설이다. 천재지변설은 운석충돌, 화산폭발 등으로 인한 지구의 갑작스런 환경변화에 의해 대부분의 공룡이 멸종했다고 설명하는 반면에, 점진설은 수십만 혹은 수백만 년에 걸친 지구 환경의 변화, 예를 들어 대륙이동에 의한 점진적 기후변화로 인해 공룡이 멸종했다는 설이다. 이외에도 생리적 변화에 의한 질병, 백악기 말 대기 중 산소 비율 감소, 포유동물의 등장 등 다양한 가설이 제기되었다.

신화 속의 공룡이 구체적인 모습으로 부활한 것은 '쥬라기 공원'이라는 영화가 등장하면서였다. '쥬라기 공원'은 육식공룡 티라노사우루스의 맹포한 모습을 실물처럼 보여주었고, 병아리처럼 작은 육식

공룡도 있고, 덩치는 크지만 양처럼 순한 공룡도 있다는 것도 보여주었다. 공룡의 모습만큼이나 궁금했던 울음소리도 실제처럼 들려주었다. 영화에 등장하는 공룡의 종류나 모습, 으르렁거리는 소리가 얼마나 실제에 가까운지는 여전히 확인할 방법이 없지만 멸종된 공룡이 다시 살아나기라도 한 것처럼 눈앞에 되살려 놓았다. 사람들은 마치 사라졌던 공룡이 부활하기라도 한 듯 열광했다. 곳곳에 공룡 테마 공원이나 놀이시설이 생겨났고 공룡 이미지를 활용한 기념품도 쏟아졌다. 가히 공룡 신드롬이라 할 정도였다.

이 같은 관심을 타고 전국의 지자체들은 공룡의 흔적만 있으면 박물관이나 공원, 기념관을 만들었다. 한반도는 공룡이 흔하게 살았던 지역이었는지, 발자국 화석이나 뼈 같은 흔적들이 곳곳에서 발견되었다. 공룡이 살았던 당시 한반도는 지금과는 기온이 달랐는지 공룡들이 살기에 적합했던 것으로 추정한다.

경남 고성, 경남 하동, 경기도 화성은 공룡 발자국이나 알 등의 흔적이 발견된 곳으로 유명하고, 그 밖의 지역들에서도 흔적들이 발견되고 있다.

전남 해남군 황산면 우항리의 '해남공룡박물관'은 해남이 자랑하는 명소 중의 한 곳이다. 1992년 한국자원연구소의 지질학 연구조사 중 공룡발자국이 최초로 발견된 이래 해남군의 발굴노력에 의해 1996년 기초조사, 1997~1998년 종합학술조사를 진행하여 현재의 모습을 갖추게 되었다. 또한, 학술조사 내용을 토대로 하여 세계적인 공룡발자국 권위자인 미국의 마틴 록클리 교수, 세계척추고생물학회 회장 루이스 제이콥스 교수, 캐나다 티렐 박물관 필립 커리 교수, 영국의 브리스톨 대학의 언원 교수, 스위스 솔로손 박물관 크리스찬 메이어 박사 등 세계적인 권위자를 해남군에서 초빙하여 공룡발자국과 익룡발자국에 대한 인증을 받았다.

우항리의 공룡 익룡 새발자국 화석산지는 천연기념물로 지정받았으며, 화석지로서의 가치뿐만 아니라 지질사의 무수한 수수께끼를 간직하고 있는 소중한 자연유산이기도 하다. 해남군에서는 이러한 자연유산을 자라나는 청소년들에게 보여주고 체험할 수 있는 공간을 마련하여 '우항리 공룡화석 자연사유적지'라 명명하였다.

우항리실室 , 공룡실, 중생대 재현실, 해양파충류실, 익룡실, 거대공룡실, 새의 출현실, 지구과학실 등 8개의 방으로 나뉘어 각각의 특징들을 설명하고 있다.

우항리 지역의 고대 지질학적 특성을 설명하는 우항리실에서는, 백악기시대 우항리 지역의 지층형성과 퇴적층에서 발견되는 다양한 변화과정을 디오라마를 통해 알아보고, 발자국 흔적 화석을 한눈에 살펴볼 수 있다.

공룡실에서는 트라이아스기, 쥬라기, 백악기 등 각 시대를 대표하는 동물 골격과 각 시대별 환경과 공룡의 특징을 살펴볼 수 있고, 아시아 최초로 공개되는 '알로사우루스' 진품화석을 만날 수도 있다.

조희문

　　중생대실에서는 중생대를 지배했던 대표적인 육식 공룡 티라노사우르스가 대표적인 초식공룡인 '에드몬토사우르스'를 공격하는 장면을 작동모형으로 연출하여 당시 공룡의 먹이사슬 구조를 보여주고 있다.

　　국내에서 최초로 전시되는 해양파충류실은 육지의 공룡, 하늘의 익룡과 함께 바다를 지배했던, 해양파충류가 다양하게 전시되어 있다. 그들의 실체를 확인하고 특성 및 생태를 파악할 수 있는 곳이다. 날아다니는 공룡들을 전시한 중생대에 살았던 익룡의 골격을 통해 익룡의 특징을 확인하고, 초기 익룡과 후기 익룡의 골격 차이를 통해 진화과정을 이해할 수 있다.

　　해남공룡박물관은 매일 오전 9시～오후 6시 매주 월요일은 휴관 이용

해남공룡박물관은 매일 오전 9시~오후 6시(매주 월요일은 휴관) 이용 가능하며,
7~8월에는 토요일과 일요일, 공휴일에는 7시까지 운영한다. ⓒ해남군

가능하며, 7~8월에는 토요일과 일요일, 공휴일에는 7시까지 운영한다. 입장료는 개인인 경우 어른 5,000원, 청소년 4,000원, 어린이 3,000원이며, 단체 20인 이상 는 어른 4,000원, 청소년 3,000원, 어린이 2,000원이다. 4세 이하 어린이, 65세 이상 노인, 국가유공자, 장애인은 무료이며, 해남군민이면 누구나 무료 입장할 수 있다.

조희문 _____ 상명대와 인하대 교수, 영화진흥위원회 위원장, 한국영화학회 회장, 대통령실 자문위원 등을 역임했다. 현재 영화평론가로 활동하고 있다. 지은 책으로『위대한 한국인 나운규』, 『채플린』, 『한국영화쟁점 1』, 『조희문영화평론집』 (전2권) 등이 있다.

• 최수철 •

미륵, 명상 그리고 해남에 대하여

한때 미륵불과 마애불을 찾아 전국을 돌아다닌 적이 있었다. 누군가 이유를 물으면, 그저 일종의 테마 여행이라고 말을 아꼈다. 그러나 사실 내게는 그 신성함과 오묘함 앞에서 숙연함을 느끼는 것을 넘어서, 더 분명하고도 실제적인 목적이 있었다. 이미 오래전부터 나는 머릿속이 온갖 잡념으로 넘쳐나는 고통에 시달리고 있었고, 특히 얼마 전부터는 그 증상이 점점 더 심해지고 있었다. 매 순간 꼬리에 꼬리를 물고 끊임없이 일어나는 잡다한 생각에 정신을 차릴 수 없었고, 그러다 보니 마치 나 자신이 지옥 중에도 가장 깊은 반성과 상념의 늪에 떨어져 당장이라도 익사해 버릴 것 같다는 느낌이 들 정도였다.

그로 인해 사실 그동안 나는 잡념과의 싸움에 많은 힘을 기울였다. 무엇보다도 생각을 가다듬는 데 도움이 되는 모든 말에 주의 깊게 귀를 기울였다. 특히 승려나 신부, 정신의학자나 사회학자를 망라하여, 그들의 책을 읽는 데 몰두했다. 그들은 무엇보다도 자기 수양의 요건으로서 자신의 마음을 정확히 파악하는 일이 중요하다고 강조하면서 그 지침을 세세하게 제시해 주었다. 그중에는 정곡을 찌르는 구절도 적지 않아서 그때마다 나는 마침내 내게 결핍된 것을 얻었다는 기쁨에 몸을 떨었다. 그러나 다음 날 아침에 눈을 뜨면 다시금 온갖 잡념이 머릿속을 장악했다. 전날 밤 느꼈던 전율을 떠올리며 그것들을 물리치려 해도 아무 소용없었다.

그런데 놀랍게도 미륵불과 마애불을 보면 어지러운 상념이 스러져 버리면서 머릿속이 더할 나위 없이 청정해지는 것이었다. 하지만 물론 시간이 지나면 이번에도 모든 게 원점으로 돌아가서 다시금 머릿속이 잡념으로 들끓으면서 이마가 뜨겁게 달아오르고 두통이 밀려왔다. 그러나 미륵불과 마애불 앞에서 맞이하는 그 짧은 순간의 평온함은 내게 무엇보다도 귀중한 것이었고, 장차 잡념을 이겨낼 수 있는 교두보가 되어줄 수 있으리라는 믿음을 주었다.

해남에서도 나는 미륵불과 마애불을 찾았다. 연당리의 미륵, 신안리의 석불입상, 남천리의 미륵을 보았고, 두륜봉 꼭대기에 있는 대흥사 북미륵암의 마애여래좌상 앞에서도 오랜 시간을 보냈다. 큰 바위면에 10세기에 새긴 것으로 추정되는, 법의를 착용하고 연화좌 위에 가부좌를 결하고 촉지인을 취하고 있는 부처의 좌상. 부드러운 윤곽, 큼직큼직한 이목구비, 둥글고 부드럽게 처리된 어깨, 생동감 넘치는 대좌의 연꽃, 신체의 굴곡을 따라 자연스레 처리된 법의 자락. 그 앞에서 나는 머릿속이 단순해지다 못해 멍해지면서 나 자신을 잊었고, 그와 함께 내 몸은 그저 초라하고 스산한 한 덩어리의 진흙이 되어버렸다.

그 후로 나는 남쪽을 여행할 때면 발길이 저절로 해남을 향했다. 더욱이 해남에는 달마산이 있었다. '달마'는 내가 잡념과 싸울 때 무엇보다도 중요한 화두였다. 달마 대사가 인도를 떠나 중국을 주유하며 면벽 수행하던 중에, 그곳의 왕이 달마를 찾아와 물었다. 어떻게 하면 득도를 하느냐고. 달마가 대답한다. 아주 쉽다. 오늘 궁궐에 돌아가서 내일 다시 나를 찾아올 때까지 원숭이에 대해 생각하지 않으면 된다. 그 말에 왕은 불쾌했고 괘씸하기도 했지만 내색하지 못한다. 그런데 그날 밤 그의 머릿속은 온통 원숭이들의 놀이터로 황폐해져 버린다. 말하자면, 그 원숭이들이 바로 나의 잡념들이었고, 내 머릿속은 그 원숭이들의 놀이터가 되어 있는 것이었으며, 그런 내게 미륵불과 마애불이 잠시나마 평온을 주는 것이니, 그렇다면 돌로 이루어진 그 형상들 속에는 인간 마음의 요체를 꿰뚫어 본 달마의 기운이 어려 있는 게 분명했다.

대흥사 북미륵암 마애여래좌상 ⓒ해남군

　몇 년 전에 나는 아파트를 떠나 나무들이 많은 곳에 작은 집과 마당
을 얻었다. 자연과 어우러져 여러 해를 보내는 동안, 나는 풀과 나무를
키우면서 여러 가지 시행착오를 겪었다. 무엇보다도 아름다움에 이끌
려 곁에 두려 했던 많은 식물이 겨울을 넘기지 못하는 것을 자주 지켜
보았다. 그러면서 차츰 나는, 아무것도 기댈 것 없이 홀로 땅에 뿌리를
내리는 식물들에게서 노지 월동의 가능 여부가 무척 중요하다는 것,
그리고 이 좁은 나라에서도 중부와 남부의 기온 차이는 결코 무시될
수 없다는 사실을 되새기지 않을 수 없었다. 그러자 남부지방, 특히 해
남의 온화하고 따스한 기운이 새삼스레 절실하게 다가왔다. 사실 해
남은 내가 남도 여행을 할 때, 말하자면 진도와 장흥과 보길도는 물론

최수철

미륵사 미륵불 ⓒ해남군

이고, 여수의 향일암과 남해의 보리암을 찾을 때도 기점이 되는 곳이
었다. 해남에서 나는 대흥사와 도솔암, 미흥사와 같은 절들을 돌아보
면서, 틈틈이 풀과 꽃과 나무를 살피고 누리며 즐거움을 얻었다. 언젠
가는 '해남, 찬바람 속의 따사로운 메시지'라는 제목으로 수필을 쓰고
싶다는 생각이 들었고, 그 욕구는 지금도 내 속에 자리 잡고 있다.

　해남의 미륵불과 마애불이 내 여정의 중요한 지점들이라는 것은 두
말할 나위가 없을 것이다. 여러 차례 그 앞에 서면서 차츰 나는 내 속
에서 변화가 일어나는 것을 느낄 수 있었다. 그동안 나는 그 불상들을
대할 때마다 머릿속이 청정해지면서 마음의 열기가 가라앉는 것을 느
꼈다. 하지만 돌아서서 그 자리를 떠나면 얼마 지나지 않아 마음이 헛

헛해지면서 스산함이 밀려들었고, 다시금 온갖 잡념에 사로잡히게 된 것도 그 때문이었다. 그런데 언젠가부터 돌 불상들이 조금 다른 느낌으로 다가왔다. 그 돌들이 부드럽고 따뜻하게 느껴지면서 내 마음에 불을 피웠고, 그러자 내 속에서 청정함이 아니라 온화함이 일어나면서, 문득 앞으로는 내 마음과 영혼을 채우고 있는 한기와 스산함을 조금은 멀리할 수 있겠다는 뿌듯함이 찾아들었던 것이다. 말하자면, 내가 미륵을 찾는 게 아니라, 미륵이 나를 찾는다는 느낌과도 흡사했다.

그리하여 이제 나는 차츰 나 자신으로부터 무장해제할 수 있을 것 같았고, 한겨울의 찬바람에서도 그 속에 깃들어 있는 따사로운 메시지를 읽을 수 있을 것 같았고, 중부지방의 헐벗은 겨울 정원에서 남도의 따사로운 숨결을 품을 수 있을 것 같았다. 또한 글을 쓰는 사람으로 살아가며 겪고 있는 신경증의 음습함과 그로 인한 머릿속의 시퍼런 도깨비불도 점차 가라앉힐 수 있을 것 같았다. 그리고 보면 내 머릿속에서 자책과 회한, 원한과 분노, 미련과 체념 등등으로 수없이 모습을 바꾸고 있는 잡념, 그 잡념의 서늘한 바람이야말로 미륵이었다. 잡념이라는 그 차가운 진흙 덩어리를 따뜻한 돌로 된 미륵으로 볼 수 있을 때, 미래불 미륵의 현신을 느낄 수 있을 것이었다.

최수철 _____ 1958년 춘천에서 태어나 1981년 조선일보 신춘문예에 소설 부문에 「맹점」이 당선되어 등단했다. 현재 한신대 문예창작과 교수이며, 윤동주문학상, 이상문학상, 동인문학상 등을 수상했다. 소설집으로 『공중누각』, 『화두, 기록, 화석』, 장편소설로 『고래뱃속에서』, 『어느 무정부주의자의 사랑』, 『벽화 그리는 남자』 등이 있다.

· 허형만 ·

문내면 우수영 법정 스님 마을 도서관

해남, 유홍준 선생이 『나의 문화
유산답사기』에서 강진과 함께 '남도답사 일번지'라고 칭한 곳. 해
남이 낳은 이동주 1920~1979 시인이 서울에 살면서 "윤고산 尹孤山
의 옛집인 연동을 지나/길은, 한듬절 大興寺 로 이어 가고//오늘도
무사한가//동백꽃이 타는 마을의/착한 씨앗들.//(중략)//가고파
라/화원산 무명옷 다시 입고//더러는 앞서 간 사람들의/슬픈 소식
이//12층 빌딩에 가린/남쪽을 보게 한다.//이제 내게 남은 것은/
그리운 친구들의 이름뿐." 「망향가」 이라고 그리워한 고향. 해남, 하
면 유홍준 선생이 녹우당, 윤고산 유물 전시실, 대흥사 유선여관,

두륜산 대흥사, 일지암, 미황사, 땅끝을 남도답사의 길로 안내한 뒤로 대부분 이곳이 전부인 것으로 인식되어 왔다.

나는 국립목포대학교 국문과에서 30년간 봉직하면서 학생들과 해마다 문학답사를 갔는데 목포에서 가까우면서도 문화예술 박물지로 손꼽히는 강진, 해남, 진도를 빠뜨리지 않았다. 강진에서는 영랑생가에서 「모란이 피기까지는」을 읊어주고, 다산초당, 백련사를 거쳐 해남에서는 고산 윤선도의 녹우당에서 「오우가」와 「어부사시사」를 함께 읊고, 두륜산 계곡 대흥사로 들어가는 입구에 세워진 이동주 시인의 시 「강강술래」를 읊었다. 그리고 해남 출신이면서 1970년대 말 나와 함께 '목요시' 동인 활동을 함께했던 고정희, 김준태 시인을 비롯해 김남주, 박성룡, 윤금초, 윤재걸, 황지우 등 해남 출신 시인들의 작품에 대해서도 소개를 하면서 땅끝을 갔다. 물론 어떤 해에는 황산면 우항리의 중생대 백악기 공룡·익룡·새 발자국 화석 산지를 둘러보기도 했다. 진도에서는 우수영 울돌목에서 충무공의 구국정신을 기리고 남종화의 삼대, 소치, 미산, 남농의 예술세계를 기렸다.

대학에서 정년퇴임을 하고 한동안 뜸했던 해남행은 최근 나와 함께 시공부를 하는 몇몇 시인들과 동행함으로써 새로운 해남의 명소를 알게 되었다. 그곳은 바로 송지면 송호리에 자리한 '인송문학촌 토문재'와 문내면 우수영의 법정 스님 생가터에 자리 잡은 '법정 스님 마을 도서관'이다. '인송문학촌 토문재'는 해남 출신 작가 박병두 박사가 사

303

법정 스님 마을 도서관 ⓒ해남군

비로 지은 한옥으로 작가들의 집필실과 도서관으로 꾸며져 있고, '법
정 스님 마을 도서관'은 해남군이 사단법인 '맑고 향기롭게'의 고현 광
주지부장, 미황사 금강 스님의 고증과 조언을 받아 법정 스님 생가터
에 지은 것이다. 이 마을 도서관은 그렇게 으리으리하지 않다. 평소 무
소유를 설파하신 법정 스님의 정신을 살려 소규모로 아담하게 지었
고, 전시품도 저서 14권, 찻잔 1점, 사진 2점으로 최소화했으며, 도서
관 안에는 별도로 스님의 저서 70여 권이 따로 비치되어 있어 언제든
지 꺼내서 읽어볼 수 있게 했다.

울돌목 스카이워크 ⓒ해남군

일반적으로 대부분 사람들은 법정 스님이 이곳 해남 문내면 우수영 출신인지 모른다. 왜냐하면 '법정 스님' 1932~2010년 하면 1975년부터 홀로 기거하셨던 송광사 불일암이나 김영한 보살의 시주를 받아 개원한 서울 길상사를 떠올리기 때문일 터이다. 법정法頂 이라는 법명은 "부디 수행을 잘하여 불법法 의 정수리頂 에 서라"는 스승 효봉 스님의 기대와 격려라고 한다. 속명이 박재철인 법정 스님은 해남군 문내면 선두리 415번지에서 출생하여 이곳 우수영초등학교와 목포상고를 졸업하고 전남대 상과대학 3학년 재학 때인 1955년에 효봉 스님

허형만

제자로 출가했다.

　앞으로 해남을 방문하는 분들은 이순신 장군이 명량대첩 _{1597년} 을 거둔 울돌목과 인접해 있는 '법정 스님 마을 도서관'에서 생전에 법정 스님이 우리에게 보여주신 '무소유 사상'과 '맑고 향기롭게 살아가기 운동' 정신을 다시금 되새기고, 법정 스님이 불일암 마루 옆에 손수 부엌 장작나무로 만들어 애용하신, 일명 '빠삐용 의자'라 불리는 의자를 본뜬 동제 銅製 의자에 앉아 명상에 잠기신 법정 스님을 생각해 보는 것도 좋은 추억이 될 것 같다. 아울러 최근 개장한 울돌목 해상케이블카를 타거나 스카이워크에서 여유로운 시간을 가져보는 것도 좋을 듯하다. 나는 법정 스님을 생각하며 「빠삐용 의자」라는 제목의 시를 써서 발표한 적이 있는데, 전문은 다음과 같다.

빠삐용 의자

마치 등신불 等身佛 이다

법정 스님은 꼼짝도 하지 않고
이 산중을 떠도는 고독을 응시하고 있었다

산 그림자가 가끔씩
법정 스님의 등을 어루만지다가 되돌아갈 뿐

저 높고 깊은 무량 無量 의 정신 앞에
후박나무 잎 하나도 함부로 내려오지 못했다

마치 절해고도 絶海孤島 다

허형만 _____ 1945년 전남 순천에서 태어났다. 1973년『월간문학』을 통해 시
로, 1978년『아동문예』를 통해 동시로 등단했다. 한국시인협회상, 영랑시문학상,
윤동주문학상, 공초문학상 등을 수상했고, 현재 국립목포대학교 국문학과 명예교
수이다. 시집으로『영혼의 눈』,『불타는 얼음』,『황홀』,『바람칼』등이 있다.

· 홍신선 ·

노포의 아우라와 옛시조의 한 거봉

노포老鋪의 아우라, 천일식당

돌이켜보면 해남에 관한 내 기억은 두 가지로 소환된다. 하나는 해남 읍내의 유명맛집에 관한 것이고 다른 하나는 보길도 기행길에 들른 윤선도 고택에 관한 것이다. 그해 겨울 우리는 해가 설핏하니 기운 무렵에야 해남 읍내에 당도했다. 마침 방학 끝자락이어서 늘 그랬듯 우리는 남도 여행길에 나섰던 참이었다. 위도가 남쪽인 탓이었겠지. 겨울답지 않은 날씨였다. 마치 푸근한 봄날 같았다. 숙소에 짐을 푼 우리는 이른 저녁을 먹기 위해 읍내로 나섰다. 소규모 읍내답게 거리는 한산했다.

천일식당 ⓒ천일식당

"홍 선생, 상당히 유명한 집이야."

"선생님, 소문난 잔치에 먹을 거 없다는데요."

"뭔 소리야. 왔다 간 사람들이 한결같이 하는 얘기인데."

우리는 이런 소리를 해대며 그 유명하다는 식당을 들어섰다. 식당
은 대로변이 아닌 골목 안에 자리 잡고 있었다. 저녁 식사를 하기에는
이른 편이었지만 식당 안은 손님들로 이미 꽉 차 있었다. 명불허전이
로군. 나는 혼잣말로 중얼거렸다. 주인은 뒤켠 외진 빈방으로 우리를
안내했다. 좌정을 하고 음식을 기다리며 이번 여행길에 관한 얘기를
나누기 시작했다.

"해남에 온 목적 중엔 이 집 소문난 음식맛 보는 것도 그 하나야."

"여기까지 왔으니 대흥사는 둘러봐야 되지 않나요?"

"대흥사 아직 안 가봤어? 난 달마산 미황사를 가보고 싶은데."

그 무렵 우리 여행 팀은 단출했다. 황동규, 김현 선생과 시인 김정웅 그리고 나 넷이었다. 김현 선생은 더러 빠질 때도 있었다. 학교와 출판사 일 그리고 당신의 활발한 평필 탓이었다. 여행은 대체로 방학을 이용하기 마련이었다. 차편은 주로 김정웅 시인의 승용차가 징발됐다. 당시로는 드물게 그는 자차 自車 를 몰고 다녔다. 여행팀 '사당패' 초기는 그랬다. 1980년대 초반의 일이었다.

"이 동네 식당은 우선 반찬 가짓수가 달라."

기본 찬이 나오자 목포가 고향인 김현 선생이 한 말씀을 얹었다. 수저를 들기도 전에 나는 상을 꽉 채우는 그 많은 찬들에 주눅이 들었다. 마치 내 어린 날 마을 대갓집 잔칫상인 듯싶었기 때문이다. 흔히 서울의 백반상이라고 해봐야 반찬은 대여섯 가지가 고작 아니었던가. 그런 식당 음식에 익숙한 나로서는 이 집의 밥상은 경이로운 것이었다.

흔히 기본 찬은 가짓수가 문제가 아니라 양념과 간이 문제라고 한다. 말하자면 입안에 착 달라붙는 맛이 핵심인 것이다. 그런 면에서 천일식당의 가짓수 많은 찬은 특별했다. 나 같은 입 짧은 사람에게도 식감이나 맛이 그만이었다. 대를 잇는 주인의 솜씨에는 양념에 더해 세월이 깊게 밑간처럼 버무려져 있었던 것. 특히 떡갈비는 나로서는 그때 처음으로 먹어본 음식이었다. 떡갈비는 육류 특유의 고소하면서도 깊은 양념과 간이 밴, 훅 가는 맛이었다. 그 탓일까. 내가 간 고기를 기름에 둘러 부쳐낸 이른바 동그랑땡을 즐기게 된 것은.

우리는 모처럼 푸짐한 저녁 식사를 끝내고 숙소로 돌아왔다. 그리고 다음 일정을 위해 각자 방으로 들어가 쉬기로 했다.

이튿날 새벽 우리는 의논대로 달마산 미황사를 향해 달려갔다. 하지만 아차차, 우리에게 절경을 완상할 연緣 까지는 없었다. 절 마당에서 멀리 내려다볼 바다도 없었고 절집을 병풍처럼 둘러친 기암괴석도 없었다. 대신 거기엔 짙은 안개만이 겹겹이 둘러 있을 뿐이었다.

후일담이지만 나는 그 뒤로 기회가 있을 때마다 천일식당의 음식 애기를 무슨 자랑처럼 해대곤 했다. 이 식당이 깔고 앉은 몇십 년의 세월이 공연한 것만은 아니란 것도 알았다. 인구에 회자되는 노포老鋪의 평판은 숱한 세월과 함께 깊이 숙성된 것이 아닌가. 서울로 돌아온 뒤 내가 남도 음식점들을 즐겨 찾게 된 것도 오로지 이 식당의 저 특출 난 풍미 탓이 컸다.

옛시조의 거봉巨峯, 윤선도

내가 해남을 자주 찾기 시작한 것은 수원대학에서 일할 때였다. 그 시절 학과에서는 문학기행을 연례행사처럼 다녔다. 우리 문학사의 숱한 유적과 문인들 행적의 현장을 찾는 것이 그 취지였다. 말하자면 학교 강의나 서책에서 듣고 읽은 문학유산을 직접 견문하는 현장학습이었던 것. 문학기행은 전국을 권역별로 나누어 실행됐다. 그렇게 학생들은 4년이면 전국 각지를 두루 돌아볼 수 있었다. 호남권역은 주로 강진의 다산 유배지나 김영랑 생가, 해남의 윤씨 고택 그리고 고산의 보길도 유적 등이 주된 답사지였다.

지금도 선명한 기억으로 나는 소환할 수 있다. 땅끝마을에서 배편으로 가던 보길도까지의 항로와 바다의 정경들을. 당시만 해도 갈두리는 한적한 포구마을이었다. 보길도행 배에는 언제나 현지 아낙네들, 뭍에 나와 용무를 보고 돌아가는 남정네들이 듬성듬성 선실을 차지하고 있었다. 나는 상갑판에 올라 바다를, 특히 갈매기들이 따라오는 흰 물살의 긴 항적을 지켜보곤 했다. 노화도를 지나면 배는 어김없이 고동을 울렸고 이내 보길도 선착장에 당도했다. 선착장을 품 안에 둔 작은 포구에서 세연정은 가까웠다. 학생들과 나는 도보로 세연정, 판석보, 부용동의 낙서재를 둘러보곤 했다. 그러면서 조선조 삼대 가객으로 평가받는 그의 문학작품들에 관한 현장 강의를 들었다. 강의는 고전문학 전공 교수의 몫이었다. 나는 이곳 문학 유적들을 둘러보며 고산의 각별한 생애를 곱씹기 일쑤였다. 누가 읊조렸던가.

산공송자락 山空松子落 하니/유인응미면 幽人應未眠 을.
산은 비었는데 솔방울 떨어지니/숨어사는 이 응당 잠 못 드는 것을.
—위응물, 「추야기구이십이원외 秋夜寄邱二十二員外」3, 4구

고산이 여기 부용동과 금쇄동에 머물며 중앙관가와 한동안 절연한

판석보 ⓒ해남군

것은 병자호란 뒤부터였다. 그 이전까지는 조정에 벼슬을 살며 정쟁
에 곧잘 휩쓸리기도 했다. 함경도 경원, 경남 기장, 삼수 등지에서의
귀양살이가 그것이다. 그가 신산한 벼슬살이에 등을 돌린 것은 당시
임금 인조가 청에 항복한 사실을 접한 뒤부터였다. 많이 부끄러운 국
치로 치부한 까닭이었다. 이때 그는 해남 연동의 윤씨 가와 보길도 등
지에 머물며 위 싯구의 유인幽人 처럼 살았다. 알려진 대로 고산에게
는 이 무렵이 가장 안락한 산수 자연인으로서의 삶을 누린 시기였다.
뒷날 효종의 부름으로 다시 벼슬길에 올라야 했지만 말이다. 효종이
누군가. 대군大君 시절 고산은 그의 사부였지 않은가.

　보길도에서 우리는 주로 예송리에서 민박으로 하룻밤을 지냈다. 그

러고는 되짚어 나와 연동의 윤씨 고택을 방문하곤 했다. 해남 윤씨 가의 종택이기도 한 그 집은 덕음산 자드락에 터 잡고 있었다. 효종이 지어준 남양주 가옥을 헐어 배로 싣고 와 다시 지었다는 녹우당. 그 집은 울 뒤의 비자림 숲과 함께 지금도 내게는 너무 선명하게 소환된다. 집 안팎을 둘러보는 내게 그 고색창연한 건축미와 세월의 결이 깃든 뭇 집기들은 고혹적이기까지 했다. 역사도 세월에 뒤덮이다 보면 신화가 되고 전설로 남는다고 했던가. 고택 앞마당에 집결한 우리는 윤씨 종손되는 분에게서 녹우당 내력을 듣기도 했었다. 녹우당 현판은 색목이 같은 옥동 이서 李漵 가 쓴 글씨라든가. 유배 중인 다산 정약용이 밤을 도와 강진에서 예까지 와 서책을 빌려 갔다는 얘기도 들었다. 나 같은 한미한 후학과 학생들에게 고산은 전설이자 신화가 아니었던가. 그리고 나면 벌써 해는 설핏해지기 시작했고 우리는 대절 버스가 선 큰길까지 천천히 걸어서 이동할 마련이었다.

시를 평생 공부한 내게 고산은 특이한 시객이었다. 그는 나이 열여덟 살 진사 초시 합격으로부터 시작해 별시 문과 등 여러 차례 국가시험에 합격한 수재였다. 그런 그가 왜 시조에 집착했는가. 그것도 남달리 탁월한 우리말 시조 작품들을 남긴 것일까. 당시 정통 시문학으로 치부된 한시보다 그는 우리말 시조를 더 즐겨 읊었던 터다. 더욱이 우리말 아취 雅趣 를 가장 높이, 그리고 웅숭깊게 성취했다고 평가받는 시조작품들을 남긴 일, 이는 우리 근대문학 이행기 국문문학의 선구

314

를 이룬 것은 아닐까. 나는 이런 개인적 소회를 버스 안에서 학생들 앞에 털어놓기도 했다. 모를 일이다. 지금쯤은 아마도 상전벽해 격으로 고산의 저 문학적 유산과 유적들이 현대화의 물결에 덮여 새 단장을 한 것은 아닐지. 어즈버, 내 해남 답사도 돌이켜보면 어언 사십여 년 저쪽의 옛일들이다.

홍신선 _____ 1965년 월간 『시문학』을 통해 시로 등단했다. 현대문학상, 불교문학상, 한국시협상, 김달진문학상, 김삿갓문학상, 노작문학상, 문덕수문학상 등을 수상했다. 시집으로 『서벽당집』, 『겨울섬』, 『우리이웃사람들』, 『다시 고향에서』, 『황사바람 속에서』, 『자화상을 위하여』, 『우연을 점찍다』 등이 있다.

홍신선

일상과 이상을 이어주는 책

일상이상

해남 땅끝에 가고 싶다

ⓒ 2022, 해남군

초판 1쇄 찍은날 · 2022년 7월 7일
초판 1쇄 펴낸날 · 2022년 7월 20일
펴낸이 · 김종필 | 펴낸곳 · 일상과 이상 | 출판등록 · 제300-2009-112호
주소 · 경기도 고양시 일산서구 킨텍스로 456 108-904
전화 · 070-7787-7931 | 팩스 · 031-911-7931
이메일 · fkafka98@gmail.com

ISBN 978-89-98453-74-9 (03810)